REDRUM

Die Anstalt der Toten
1. Auflage
(Deutsche Erstausgabe)

Verleger: Michael Merhi
Lektorat: Stefanie Maucher
Korrektorat: Simon Kossov / Silvia Vogt
Umschlaggestaltung und Konzeption:
MIMO GRAPHICS unter Verwendung einer
Illustration von Shutterstock

ISBN: 978-3-95957-744-1

E-Mail: merhi@gmx.net
www.redrum-verlag.de

YouTube: Michael Merhi Books
Facebook-Seite: REDRUM BOOKS
Facebook-Gruppe:
REDRUM BOOKS - Nichts für Pussys!

Moe Teratos

Die Anstalt der Toten

Zum Buch:

Yannick Gerlach ist der Sohn liebender und wohlhabender Eltern. Eigentlich sollte er glücklich sein, doch das ist er nicht. Ihn quälen Suizidgedanken und er wird immer wieder zum Opfer seiner eigenen Ängste. Dann passiert das Unfassbare: Durch einen schrecklichen Unfall, an dem Yannick die Mitschuld trägt, kommt sein kleiner Bruder Theodor ums Leben. Yannick wird in eine psychiatrische Klinik eingewiesen. Was er dort erlebt, stellt jeden Schmerz, den er je gespürt hat, in den Schatten. Denn in der Seelenheil-Klinik leben nicht nur die Patienten unter menschenunwürdigen Verhältnissen, sondern auch die Geister derjenigen, die dort gewaltsam zu Tode gekommen sind.

Yannick versinkt in einem Sumpf aus Realität und Einbildung, aus dem es offenbar kein Entkommen gibt.

Zur Autorin:

Wenn Moe Teratos eine Geschichte schreibt, hat sie immer ein klares Ziel vor Augen: Menschen müssen sterben. Möglichst viele. Und dabei ist es ihr egal, ob sie den Figuren Zombies, Wesen aus einer anderen Welt, Mutanten oder – was ihre Lieblingsvariante ist – einen Serienkiller auf den Hals hetzt.

Bei einer Sache kann man sich bei ihren Büchern also sicher sein: Gestorben wird immer. Mal geht es schnell und schmerzlos, mal langsam und qualvoll.

Wenn sie sich nicht der Welt von Gewalt und Tod hingibt, lebt sie zusammen mit ihren Katzen und ihrem Mann ein ziemlich spießiges Leben in Duisburg.

Ratz Bestseller:

Mordhaus, Mordsucht, Das Mordgesindel
Mordversprechen, Blutige Ketten, Blutiger Augenblick
Blutige Bestien

Weitere Bücher bei Redrum Books erschienen:

Der Leichenkünstler, Dort unten stirbst du
Er ist Böse!, Franka, Frosttod, Totentanz
Doppelpack, Marvin, Leichenexperimente
Geständnis 1 – Warum ich töte
Geständnis 2 – Ich töte weiter
Vertusa, Der Kehlenschneider, Weltenbruch
Die Anstalt der Toten

Moe Teratos

Die Anstalt der Toten

Thriller

Kapitel 1

Yannick hielt sich die Pistole an den Kopf. Der kalte Stahl auf seiner Haut hatte etwas Beruhigendes. Sein Finger berührte den Abzug. Schweiß lief ihm von der Stirn über die Wangen und tropfte vom Kinn.

»Jetzt mach schon!«, schrie er, sprang vom Bett und presste den Lauf fester gegen seine Schläfe. »Drück ab, verdammt!« Der Finger zuckte, er schloss die Augen und … warf die Waffe zu Boden. Wieder hatte er es nicht geschafft abzudrücken. Dabei wünschte er sich nichts sehnlicher, als endlich alles hinter sich zu lassen. Die Ängste, die ihn Tag für Tag aufzehrten, die Menschen, die ihm helfen wollten und dadurch nur alles verschlimmerten … Er wollte das Chaos und das Leid, das er über sich selbst und seine Familie brachte, nicht mehr ertragen.

Er war siebenundzwanzig, und wenn er sich nicht verrechnet hatte, war das eben sein siebenundzwanzigster Suizidversuch gewesen. Mit Tabletten hatte er es probiert, war jedoch früh genug von seiner Mutter gefunden worden. Von einer Brücke hatte er sich stürzen wollen, machte aber in allerletzter Sekunde einen Rückzug. Als er sich die Pulsadern aufschneiden wollte, hatte er im letzten Moment gezögert und sich das Messer doch nicht in die Unterarme gerammt. Stattdessen hatte er sich aus Frust sechs Schnitte auf der Brust zugefügt, die sein ratloser Vater nachts in seiner Privatpraxis genäht hatte.

Von Yannick hatte er nur wissen wollen: »Was machst du für Sachen, mein Junge?« Nie hatte er nach dem wahren Grund gefragt. Es kam kein: ›Warum tust du das?‹ Vielleicht ahnte sein Vater, dass er die Antwort darauf selbst nicht kannte.

Wie oft hatte er wach gelegen und sich seinen Gedanken hingegeben? Er machte sich Vorwürfe, dass er selbst schuld an seiner Misere war. Aber nie kam er der wahren Ursache seiner Probleme auch nur ein Stück näher. Seit seiner Pubertät waren sie einfach da und trieben ihn in den Wahnsinn. Es gab Tage, da wagte er sich nicht mal aus seinem Zimmer, weil er Angst hatte, in aller Öffentlichkeit eine Panikattacke zu erleiden. Er spürte dann ein leichtes Kribbeln im Rücken, dazu kamen eine starke Unruhe und der Drang, wegzurennen und sich zu verstecken. Wenn dann noch die Knie zitterten und Schweiß aus den Poren floss, der seine Kleidung innerhalb von Sekunden durchnässte, wusste er, dass es zu spät war und er sich gleich blamieren würde. Das war nur eines seiner Probleme – er hatte eine ganze Sammlung davon.

Heute versuchte er wieder, sein Leben zu beenden, damit seine Seele endlich Ruhe fand und seine Familie ein besseres Leben ohne ihn führen konnte. Er hob die Pistole auf und setzte sich aufs Bett. Sanft strich er über ihren Lauf, wog sie in den Händen und dachte daran, wie er sie bei einem zwielichtigen Kriminellen namens Franz gekauft hatte.

»Du willst ’ne Wumme haben?«, hatte der gefragt. »Wofür?«

»Geht dich nichts an.«

»Und ob mich das was angeht, Pussy.« Franz hatte ihm einen Stoß gegen die Brust versetzt. »Ich muss wissen, ob du dichthältst, falls du erwischt wirst. Wenn du mich bei den Bullen verpfeifst, gibts Ärger!«

»Darum brauchst du dir keine Sorgen machen! Ich verrate nichts.«

»Du willst dir damit doch nicht etwa den Schädel wegpusten, oder?«

»Geht dich nichts an!«, wiederholte Yannick und senkte den Blick.

»Mann, da gibt es wirklich bessere Wege, Probleme zu beseitigen …«

»Verkaufst du mir eine, oder nicht?« Yannicks Stimme überschlug sich und er verkrampfte die Hände zu Fäusten. Seine Fingernägel bohrten sich in die Handflächen. Das war ein Weg, den aufkommenden Stress in Schach zu halten. Gelang ihm das nicht, würde er gleich eine seiner Panikattacken bekommen.

»Schon gut, bleib locker! Sonst scheuchen wir Leute auf, die von unserem Geschäft lieber nichts mitbekommen sollten.« Franz zog Yannick in eine Nebenstraße und blieb neben einem verbeulten Mercedes aus den Achtzigern stehen, dessen Kofferraum er nun öffnete.

»Was für eine darf es denn sein? Willst du deinen Schädel in tausend Teile sprengen? Oder willst du nur ein dezentes Loch in der Stirn?« Er zog den Reißverschluss einer Sporttasche auf, deutete zuerst auf eine Schrotflinte, dann auf eine Handfeuerwaffe. Franz hatte seine anfängliche Scheu verloren und redete wie ein Geschäftsmann auf ihn ein. »Was solls sein, der Herr? Lieber die Schrotflinte für ein großes Mosaik an der Wand oder die kleinere Variante? Die Pistole kommt dich günstiger, aber«, er nahm die Schrotflinte aus dem Kofferraum, »die hat Stil. Ist allerdings schwerer zu handhaben. Liegt ganz bei dir.«

Yannick schluckte bei dem Anblick und hatte kaum Zeit, darüber nachzudenken, ob er das Richtige tat. Trotzdem schossen ihm in Windeseile eine Vielzahl an Gedanken durch den Kopf. Eine Waffe in das Haus seiner Eltern zu bringen, in dem auch seine Geschwister lebten, war vielleicht doch nicht die beste Idee. Und ihm wurde die Situation zu heikel. Was, wenn jemand sie beobachtete und die Polizei rief?

»Was ist nun?«, drängelte Franz.

»Die kleine, ich nehme die kleine Waffe!« Er wischte sich den Schweiß von der Stirn. Das Kribbeln kroch seinen Rücken hinauf. Nicht mehr lange, dann würde er weinend zusammenbrechen. Die Panik, sie war da, und sie war bereit zuzuschlagen. Er musste sich beeilen! »Wie viel?«

»Dreihundert auf die Kralle. Ratenzahlung gibt es bei mir nicht. In deinem Fall wäre das auch albern.«

Das hatte Yannick gewusst und all sein Erspartes mitgenommen. Insgesamt tausend Euro, die er in die Innentasche seiner Jacke gesteckt hatte und nun unter den wachsamen Augen seines Gegenübers hervorholte.

»Hätte ich das geahnt, hätte ich mehr verlangt«, sagte Franz beim Anblick der Scheine und seufzte. »Aber gesagt ist gesagt und ich bin ein ehrlicher Geschäftsmann. Ich will ja nicht meinen guten Ruf versauen.«

Genau wegen dieses Rufes hatte Yannick ihn gefunden. Er hatte nicht viele Freunde, aber diejenigen, die er dazuzählte, würden alles für ihn tun. Allen voran war da Christoph, den er seit dem Kindergarten kannte und für den er sterben würde. Andersherum verhielt es sich genauso. Christoph wusste alles über Yannick, war mit seinen Ängsten vertraut und wusste von den Selbstmordgedanken. Er hatte ihm sogar angeboten, ihm zu helfen, sich das Leben zu nehmen. Das hatte Yannick lautstark abgelehnt. Sein bester Kumpel sollte diese Last nicht auf den Schultern tragen. Also hatte Christoph ihm die Telefonnummer von Franz gegeben, den er im Jugendknast kennengelernt hatte, und gesagt, dort würde er die Lösung finden.

Diese Lösung hielt er jetzt in den Händen, nachdem er Franz die dreihundert Euro überreicht hatte. So schwer, wie die Waffe aussah, war sie gar nicht. Erst hatte er fragen wollen, was das für ein Modell sei, aber für ihn war das nicht von Interesse. Hauptsache, das Ding erfüllte seinen Zweck.

»Wars das?« Er steckte die Pistole zu dem restlichen Geld in die Innentasche.

»Brauchst du ein Echtheitszertifikat oder eine Anleitung, wie du dir damit den Schädel wegpusten kannst?« Franz zählte die Scheine und ließ sie in der Hosentasche verschwinden.

Yannick schüttelte den Kopf, drehte sich um und verließ die Seitenstraße. Wenn es nach ihm ging, würde er diesen Kerl nie wiedersehen – und auch sonst niemanden. Wenn er es schaffte, abzudrücken, würden sich seine Augen für immer schließen. Sollte es ein Leben nach dem Tod geben, würde seine Seele dort hoffentlich endlich Ruhe finden.

Jetzt waren alle guten Vorsätze vom Vortag dahin. Nie hätte er gedacht, dass es so schwer war, den Abzug zu betätigen und sich das Licht auszuknipsen. Er legte die Waffe in seinen Nachttisch und atmete durch.

»Vielleicht morgen«, redete er sich ein. »Morgen probiere ich es noch mal und dann klappt es.«

Er nahm sein Handy aus der Hosentasche, öffnete WhatsApp und schrieb an Christoph: *»Ey, Kumpel, ich lebe noch! Treffen wir uns heute Abend auf eine Pulle Jacky?«*

Die Antwort kam prompt: *»Auf diese Frage habe ich gewartet! Bis später!«*

Solche Wortwechsel hatten sie oft geführt. Nach fast jedem missglückten Selbstmordversuch hatte er sich mit Christoph und manchmal auch mit seiner besten Freundin Lola getroffen. Es sei denn, er war durch den Versuch derart geschwächt gewesen, dass er zu seinem Vater in die Praxis oder ins Krankenhaus musste.

Seine Freunde waren die einzigen Menschen, die er näher an sich heranließ und vor denen er sich nicht schämte. Der Grund war einfach: Sie waren nicht anders als er. Auch sie kämpften mit seelischen Problemen. Einen Unterschied gab es: Yannick hatte eine wohlstrukturierte, gut situierte und ihn liebende Familie. Lola und Christoph hatten das nicht. Gebracht hatte es ihm allerdings nichts, dass seine Schwester und sein Bruder zu ihm aufsahen. Dass seine Mutter, die an der Universität Duisburg lehrte, ihn über alles liebte. Und dass sein Vater, der als Allgemeinmediziner den Großteil des Geldes nach Hause brachte, alles dafür gab, damit sein erwachsener Sohn die Kurve bekam. Was bei Yannick schiefgelaufen war, konnte der in Anbetracht dieser perfekten Familie nicht sagen. Vielleicht hatten ihn seine Eltern zu früh bekommen? Sie waren erst Anfang zwanzig gewesen. Womöglich waren sie mit seiner Erziehung überfordert und hatten irgendetwas bei ihm falsch gemacht, was sie heute nicht zugeben wollten? Mit seinen Geschwistern hatten sie sich mehr Zeit gelassen. Sein Bruder Theodor war zwölf, also fünfzehn Jahre jünger als Yannick. Cindy war sogar erst zehn. Yannick hatte nie die Rolle des großen Bruders für sie gespielt, sondern versucht, so wenig wie möglich auf die beiden einzuwirken, damit sie nicht so endeten wie er.

Er warf noch einen Blick auf die nun geschlossene Nachttischschublade, verließ sein Zimmer und ging hinunter in die Küche. Dass er mit siebenundzwanzig noch bei seinen Eltern wohnte, gefiel ihm zwar nicht, aber er hatte keine andere Wahl. Um allein zu leben, brauchte er Geld und das hatte er nicht. Bloß das Taschengeld, das er jeden Monat bekam.

Er hatte weder eine Ausbildung gemacht, noch hatte er jemals anderweitig gearbeitet. Seine Ängste – die Liste wurde von Jahr zu Jahr länger – hatten ihn davon abgehalten. Zum einen hatte er Angst vor sozialen Kontakten: Sobald er mit fremden Personen in einem Raum war, fürchtete er, einen Fehler zu begehen und sich zu blamieren. Das löste dann die Panikattacken aus. Zum anderen hatte er Angst vor bestimmten Plätzen und Orten, an die er sich nicht wagte, weil er dort peinliche Situationen erlebt hatte. Andere Orte hingegen jagten ihm einfach so einen Schauer über den Rücken, weil er befürchtete, im Notfall nicht schnell genug von dort fliehen zu können. Sein Vater hatte gesagt, das nenne man eine Agoraphobie. Was nutzte es Yannick, den Namen zu kennen? Er brauchte einen Ausweg, doch den hatten weder seine Eltern noch die Psychiater parat, zu denen sie ihn schleppten. Die Hälfte seines Lebens hatte er bei Ärzten auf der Couch gesessen oder in verschiedenen Kliniken verbracht. Niemand hatte eine Lösung für seine Probleme gefunden. Also sah er nur eine Möglichkeit. Und es würde der Tag kommen, an dem er es schaffte, sich das Leben zu nehmen.

»Hey, Brüderchen, alles klar?« Theodors Stimme riss ihn aus den Gedanken.

Yannick fand sich unerwarteterweise im Wohnzimmer auf dem Sofa wieder, ein Glas Wasser in der Hand haltend. Diese Filmrisse, wenn er zu viel nachdachte und sich die Steuerung seines Körpers automatisierte, sodass er um sich herum nichts mehr wahrnahm, jagten ihm eine Heidenangst ein. Er stellte das Glas auf den Wohnzimmertisch und versuchte, sich seine Verwirrung nicht anmerken zu lassen.

»Hast du heute nicht bis zwei Uhr Schule?«, fragte er seinen Bruder, der mit in die Hüften gestemmten Händen im Türrahmen stand.

Theodor warf seinen Rucksack auf den Boden. »Eigentlich schon. Aber die letzten beiden Stunden sind ausgefallen, weil Frau Ich-bums-den-Rektor-und-alle-wissen-es krank ist.«

Yannick lachte und war froh, dass er nicht abgedrückt hatte. Er wollte nicht, dass Theodor derjenige war, der seine Leiche fand, sondern seine Eltern. Deshalb hatte er es vorhin tun wollen, da seine Mutter vor Theodor zu Hause hätte sein sollen.

»Was machst du?« Theodor ließ sich auf die Couch fallen und starrte ihn an. Yannick liebte seinen Bruder, es war ihm jedoch unmöglich, es ihm zu zeigen.

»Nichts. Hast du keine Hausaufgaben auf?«, antwortete er mit einer schroffen Gegenfrage.

»Aber die kann ich doch nachher …«

»Du kennst die Regeln. Gleich nach der Schule werden die Hausaufgaben gemacht!«

»Ach Scheiße, verdammte.«

»Und was Mama vom Fluchen hält, weißt du auch.«

Theodor funkelte Yannick mit diesem kindischen Du-Verräter-Blick an, schnappte sich seinen Rucksack und stiefelte aus dem Wohnzimmer. Yannick hörte die übertrieben lauten Schritte auf der Treppe und atmete auf, als endlich Ruhe einkehrte und er sich wieder den wichtigen Dingen im Leben zuwenden konnte: seinen Problemen.

Er trank einen Schluck Wasser und überlegte, ob er Lola zu dem Treffen am Abend einladen sollte. Dann könnten sie, Christoph und er über ihre Psychosen sprechen und darüber, wie schlecht die Welt doch war.

Kaum hatte er den Gedanken zu Ende geführt, vibrierte sein Handy. War Lola seit Neuestem Meisterin der Telepathie?

»Sehen wir uns heute Abend? Hatte gerade ein Zusammentreffen mit meinem Ollen. Der hat mir ein Veilchen verpasst. Bräuchte etwas Trost UND Alkohol.«

Das war ihr Problem: Der Vater und ihr daraus resultierender Alkoholkonsum, mit dem sie sich seit ihrem sechzehnten Lebensjahr herumschlug. Jetzt war sie einundzwanzig und ihr Alter terrorisierte sie weiter.

Er antwortete, dass er sich sowieso mit Christoph treffen wollte und sie gern dazustoßen durfte.

Im nächsten Moment zerriss ein ohrenbetäubender Knall die Stille. Yannick ließ das Handy fallen. Er sprang auf und rannte zur Treppe, die hinauf zu den Schlafzimmern führte.

»Theodor?« Seine Kehle war staubtrocken.

»Alles in Ordnung mit dir?« Seine Knie zitterten.

»Theodor!«, brüllte er und nahm auf dem Weg nach oben immer gleich zwei Stufen auf einmal.

Als er bei seinem Zimmer ankam, sah er das Rot, das den Blondschopf seines Bruders umgab. Und die Pistole, die neben dem leblosen Leib lag.

Yannick schrie.

Kapitel 2

Seit dem Tod seines Bruders waren mehrere Wochen vergangen und Yannick konnte noch immer nicht fassen, was geschehen war. Als er jetzt im Auto hinter seinem Vater saß, der auf Yannicks neues Zuhause zusteuerte, kam ihm alles wie ein böser Traum vor.

Selbstverständlich hatte er ein schlechtes Gewissen, weil er eine Schusswaffe ins Haus gebracht hatte. Aber wie hätte er ahnen können, dass Theodor ohne Erlaubnis in sein Zimmer gehen, seine Sachen durchwühlen und die Waffe finden würde? Die Polizei hatte Yannick geglaubt, dass es ein tragischer Unfall gewesen war. Theodor hatte die Pistole gefunden, sie sich angesehen und ein Schuss löste sich, der ihn genau zwischen die Augen traf. Er war sofort tot gewesen. Das war der einzige Trost, den Yannick hatte: Theodor hatte nicht gelitten, er war nur einfach von der einen auf die andere Sekunde nicht mehr da. Sein Bruder hatte das geschafft, woran Yannick gescheitert war.

Im Auto herrschte eisige Stille, wie auch in den vergangenen Wochen daheim. Es war keine Frage, wem seine Eltern die Schuld gaben – und damit hatten sie recht. Hätte er die Waffe nicht gekauft, würde Theodor noch leben.

»Da ist es«, flüsterte seine Mutter.

»Mmh«, brummte sein Vater.

»Sieht gar nicht so übel aus, nicht wahr?« Sie kicherte unsicher.

Yannick schwieg und schaute aus dem Fenster. Seit er im Internet von der Einrichtung gelesen hatte, war ihm oft der Gedanke gekommen, dass er lieber ins Gefängnis gegangen wäre und sich von den anderen Insassen hätte verprügeln lassen, als hierhin gebracht zu werden. Hier war angeblich das Tor zur Hölle.

Der Wagen stoppte vor einem gigantischen Stahltor und sein Vater redete durch das geöffnete Fenster mit einem Wachmann: »Familie Gerlach, wir haben einen Termin.«

Der Mann prüfte etwas auf einem Klemmbrett, nickte und öffnete wortlos das Tor.

Familie Gerlach, wir haben einen Termin … die Worte hallten in seinem Kopf nach. *Wir haben einen Termin …* Streng genommen hatte nur Yannick den, und zwar mit der Leiterin dieser Institution, die im Internet den Namen *Anstalt der Toten* verliehen bekommen hatte. Was diejenigen, die diesen Namen benutzten, damit meinten, hatten sie nicht geschrieben, nur, dass man zusehen sollte, nicht dort eingeliefert zu werden. Aber was sollte er tun? Ihm blieb keine andere Wahl. In Windeseile hatten seine Eltern die erforderlichen Schritte eingeleitet, damit er zu seinem und ihrem Schutz – wie sie es so schön formuliert hatten – in die geschlossene Psychiatrie eingewiesen werden konnte. Viel Mitspracherecht hatten sie ihm nicht gelassen. Die Dominanz seines Vaters hatte sich durchgesetzt.

Er hatte sie angefleht, ihm einfach ein Messer zu geben, damit er sich umbringen konnte. Natürlich hatten sie das nicht einmal in Betracht gezogen, sondern hielten an der stationären Therapie fest. Yannick wusste, dass selbst ein Ort wie dieser ihm nicht helfen würde. Der

Tod war der einzige Weg und jetzt würde es für ihn schwerer werden, dieses Ziel zu erreichen. Seine Eltern wollten nur das Beste für ihn, dabei erreichten sie das Gegenteil.

»Sieht richtig nett aus.« Wieder kicherte seine Mutter wie eine Verrückte. Sie stieg aus dem Wagen.

Yannick blieb sitzen, bis ihm jemand die Tür öffnete. Sein Vater hatte die Kindersicherung aktiviert, damit er sich nicht bei voller Fahrt aus dem Auto stürzte. Nun entließ er Yannick aus dem Wagen und packte ihn sofort am Arm. Das tat er nicht ohne Grund. In den letzten Wochen hatte Yannick mehrere Fluchtversuche unternommen. Am Schluss hatten sie ihn sogar im Keller eingesperrt. Erst heute Morgen ließen sie ihn heraus, um ihn fortzubringen. Weg von seinen Freunden und weg von dem Zimmer, in dem das Blut seines Bruders geflossen war. Ab nach Bielefeld, in eine der größten Psychiatrien Nordrhein-Westfalens: die Seelenheil-Klinik. Ein makabrer Name für eine Anstalt dieser Größenordnung.

Als er noch Zugang zum Internet hatte, informierte er sich ausführlich darüber. Die Leiterin dieser Institution war eine gewisse Katja Dohmen. Seit mehr als zehn Jahren hielt sie das Zepter in der Hand. Über die Klinik existierten unterschiedliche Meinungen. Einerseits die von Patienten, die vor einem Aufenthalt warnten. Andererseits gab es auch solche, die voll des Lobes waren. Dazu kamen andere Ärzte und Forschungseinrichtungen, welche die Seelenheil-Klinik als die modernste und erfolgreichste Psychiatrie betitelten, die es je gegeben habe.

Yannick vertraute diesen Lobeshymnen nicht und hatte seinen Eltern gesagt, dass er ein schlechtes Gefühl hätte und nicht in diese, sondern in eine andere Einrichtung wollte. Sein Vater hatte mit dem Kopf geschüttelt und gemeint, Yannick habe nicht mehr das Recht, selbst zu entscheiden, wie es mit seinem Leben weiterging. Dass er damit recht behalten sollte, sah Yannick jetzt. Er stand neben seiner Mutter vor dem gewaltigen Gebäude, das von außen wie ein gemütliches Hotel wirkte. Rote Klinkersteine, ein hübsches Dach, weiße Gardinen in den Fenstern … Allerdings zerstörten die Gitter davor den Eindruck, man befände sich im Urlaub. Auch die Wachmänner mit den Schäferhunden trübten das Bild der idyllischen Urlaubsanlage.

Als seine Mutter die gefährlich aussehenden Hunde und die Waffen an den Gürteln der Wachmänner bemerkte, flüsterte sie ihrem Mann zu: »Muss das denn sein?«

»Die legen Wert auf die Sicherheit ihrer Patienten und der Menschen, die in dieser Gegend wohnen.« Er sah Yannick an. Früher hatte Liebe in seinem Blick gelegen, jetzt war da nur noch Hass. Sein Sohn hatte ihn auf eine Weise enttäuscht, die er niemals wiedergutmachen konnte. Nicht in hundert Jahren.

Durch einen breiten Eingang betraten sie die Klinik. Sofort bekam er Gänsehaut. Draußen waren es zwanzig Grad Celsius, der Sommerbeginn stand kurz bevor – vom Gefühl her herrschten hier drin zehn Grad weniger.

Sie gingen auf einen Tresen zu. Eine junge Frau stand dahinter und begrüßte sie lächelnd: »Hallo, was kann ich für Sie tun?«

»Wir sind die Familie Gerlach und haben einen Übergabetermin mit Frau Dohmen«, sagte sein Vater.

Übergabetermin … War das der fachlich korrekte Ausdruck dafür, oder nannte man es unter Ärzten so? Yannick selbst hätte ein Wort wie *Wegsperrung* gewählt.

»Setzen Sie sich bitte in den Warteraum.« Sie deutete auf eine Tür rechts von ihnen. »Frau Dohmen empfängt Sie gleich.«

Sie mussten nicht lange warten. Eine Frau in den Fünfzigern betrat den Warteraum und lächelte freundlich. Sie hatte die grauschwarzen Haare zu einem Dutt zusammengebunden und eine hässliche vierkantige Brille auf der Nase. Katja Dohmen war eine Anstaltsleiterin, wie sie im Buche stand: streng wirkend und nicht auf Äußerlichkeiten bedacht.

»Guten Tag«, begrüßte Frau Dohmen sie und gab ihnen die Hand. »Wenn Sie mir folgen wollen?« Hüftschwingend lief sie voran. Ihre Schuhe, klobige Gesundheitstreter, hämmerten im Takt über den Marmorboden der Empfangshalle. Sie folgten ihr eine Treppe hinauf und gingen einen Flur entlang, bis sie eine Tür mit der Aufschrift ›Lt. Katja Dohmen‹ erreichten. Als sie den Raum betraten, spürte Yannick wieder diese Kälte. Er fröstelte.

»Setzen Sie sich«, bat sie und nahm hinter einem wuchtigen Eichentisch Platz. »Ich freue mich, dass Sie hier sind.«

Das glaub ich dir gern, dachte er, *immerhin bekommst du viel Geld für mich.*

Als hätte sie seine Gedanken gelesen, betrachtete sie ihn. »Und du bist das Sorgenkind, habe ich recht?«

Achselzuckend ließ er seinen Blick durch den Raum schweifen und antwortete: »Mag sein.«

»Sei nicht frech, Junge!«, mahnte sein Vater.

Dohmen tat Yannicks Bemerkung mit einer lapidaren Handbewegung ab. »Da habe ich schon weitaus Schlimmeres gehört. Ihr Sohn scheint ein anständiger Junge zu sein.«

»Wenn man davon absieht, dass er eine Waffe in unser Haus gebracht hat, mit der sich Theodor …«

Dohmen unterbrach ihn. »Ich bin mit Ihrer Geschichte bestens vertraut. Es ist wirklich tragisch, aber wir sind zusammengekommen, um Ihren Sohn wieder auf die richtige Bahn zu lenken. Schuldzuweisungen sind fehl am Platz.«

Yannick betrachtete die Leiterin kritisch. War es ihr ernst damit, oder leierte sie bloß einen Standardsatz herunter, der die Gemüter abkühlen sollte.

»Ich muss hier weg«, flüsterte seine Mutter und schaute sich ängstlich um. Sie wedelte sich Luft zu, als würde sie gleich in Ohnmacht fallen.

Dohmen reagierte schnell: »Was halten Sie davon, wenn Sie sich erst bei Ihrem nächsten Besuch die Klinik und die Zimmer ansehen? Es scheint für Ihre Frau zu aufwühlend zu sein. Nehmen Sie sich die Zeit, sich zu Hause an die neuen Gegebenheiten zu gewöhnen. Sobald Sie Ihren Jungen das erste Mal besuchen, kann er Sie herumführen.«

»Können wir das so machen, Patrick?« Seine Mutter war bereits im Begriff aufzustehen.

Sein Vater seufzte, stand auf und streckte Dohmen die Hand hin. Yannick konnte sich denken, wie sehr es ihm missfiel, seinen Sohn hierzulassen, ohne die Zustände überprüft zu haben. Dabei sollte er doch froh sein, seinen Sohn endlich loszuwerden. »Es tut mir leid, aber meine Frau leidet erheblich unter den Ereignissen.«

Die Leiterin winkte ab. »Das brauchen Sie mir nicht zu erklären. Ich kann mir gut vorstellen, wie sich eine Frau fühlt, die ein Kind verloren hat.« Sie lief um den massiven Schreibtisch, zwinkerte Yannick zu und gab seinen Eltern die Hand. »Dann sehen wir uns nächste Woche. Die Besuchszeiten kennen Sie?« Kurz wartete sie das bestätigende Nicken ab. »Schön, kommen Sie gut zurück nach Duisburg. Wir kümmern uns um Ihren Jungen.« Sie bat Yannick, im Büro zu warten, und brachte seine Eltern fort.

Ihn überkam eine Gänsehaut, als er auf Dohmens Rückkehr wartete. Es störte ihn nicht, dass seine Eltern gegangen waren, ohne sich von ihm zu verabschieden. Es war dieser Ort, der ihm Unbehagen bereitete. Schon als er aus dem Auto gestiegen war, hatte er sich unwohl gefühlt. Das würde sich in den kommenden Stunden und Tagen wahrscheinlich nicht bessern.

Die Tür ging auf.

»Komm, Junge, ich zeige dir dein Zimmer. Dann kannst du dich in Ruhe eingewöhnen. Heute Abend darfst du dich auf deiner Station umsehen und die anderen kennenlernen. Deine Sachen wurden schon dorthin gebracht.«

Meine Sachen … Fast hätte er gelacht. Was für Sachen? Die paar persönlichen Dinge, die er hatte mitnehmen dürfen? Das waren nur sein schwarzer Lieblingspullover mit dem Aufdruck ›Der letzte Wagen ist immer ein Kombi‹ und eine seiner bequemen Jeanshosen. Das waren die Kleidungsstücke, die er zu den Besuchen seiner

Eltern oder Freunde – er hoffte zumindest, dass Christoph und Lola ihn besuchen würden – anziehen durfte. Ansonsten herrschte gemäß Infobroschüre in der Anstalt eine strenge Kleiderordnung, bei der alles von der Socke bis zum Pullover gestellt wurde.

Und er hätte Bücher einpacken dürfen. Wobei er die nicht benötigte, denn laut Internet gab es eine gut ausgestattete Bibliothek, aus der er sich bedienen konnte. Und das wars, mehr hatte er nicht mitnehmen dürfen. Kein Handy, kein Tablet, nicht einmal Stifte. Die gab es im Aufenthaltsraum einer jeden Station, und er durfte sie nur dort verwenden. Wegen Suizidgefahr waren spitze Gegenstände auf den Zimmern nicht gestattet.

Die hauseigenen Computer waren nicht an das Internet angeschlossen. Das hatte er in Erfahrungsberichten gelesen. Telefonate oder Besuche von Angehörigen liefen unter ständiger Beobachtung ab. Wenn er es sich genau überlegte, saß er eher in einem Hochsicherheitsgefängnis als in einer Psychiatrie.

Frau Dohmen stieg eine Treppe hinauf. Yannick folgte ihr. Er wunderte sich, dass niemand ihn nach hinten absicherte, um ihn an einer Flucht zu hindern. Dann dachte er an die Wachen, die mit ihren Schäferhunden patrouillierten. Große Chancen auf ein Entkommen gab es wahrscheinlich nicht.

Die Leiterin stoppte im zweiten Stock und schloss eine Tür auf, auf deren Glasscheibe ›Block C, halbsicher‹ stand.

»Was bedeutet halbsicher?«, fragte er.

Dohmen blieb stehen und schloss noch eine Tür auf. Diesmal war eine Nummer in das Holz eingraviert: ›33‹.

»Hier rein, dann erkläre ich es dir.«

Er gehorchte und trat in den Raum. Die Luft war klar und roch nach frischer Wäsche. Es war ordentlich und nicht zu vollgestellt. Ein Bett, ein Schreibtisch samt Stuhl und ein Schrank stellten die komplette Einrichtung dar.

Sie ließ sich auf das Bett fallen und klopfte neben sich auf die Matratze. »Komm, setz dich. Ich beantworte dir ein paar Fragen. Aber nur die wichtigen, alles Weitere erledigen die Pfleger, okay?« Als sie ihn anlächelte, keimte in ihm eine winzige Hoffnung auf, dass es vielleicht nicht so schlimm werden würde, wie im Internet behauptet wurde.

»Was heißt halbsicher?«, wiederholte er seine Frage.

»Dass du nicht vierundzwanzig Stunden überwacht werden musst. Dir obliegt eine gewisse Privatsphäre, sobald du in deinem Zimmer bist. Alles, was außerhalb dieses Raumes passiert, wird allerdings von unserem Personal in Augenschein genommen. Ab und zu werden deine Sachen durchsucht, damit du keine unerlaubten Gegenstände versteckst.«

»Heißt das, es gibt Stationen, die videoüberwacht sind?«

Wieder huschte ein breites Lächeln über ihr Gesicht. »Du bist ein pfiffiges Kerlchen. Ja, das heißt es. Da kommen die Leute hin, die sich nicht an die Regeln halten und die eine Gefahr für sich selbst und andere Patienten darstellen.«

Bin ich das in deinen Augen nicht?, dachte er.

»Du wirst dich immer an die Regeln halten, nicht wahr, Yannick?«

Er nickte und nahm es sich fest vor. Seit frühester Kindheit war er ein Rebell, aber schlau genug, um zu wissen, wann es Zeit war, sich zurückzuziehen und die anderen machen zu lassen. Er würde nur hier herauskommen, wenn er das Theater mitspielte und in den Augen der Klinikleiterin gesundete. Ob ihm dieses Schauspiel gelang oder ob er auf die Freiheit warten musste, bis sie ihn Füße voraus in einem Sarg hinaustrugen, würde sich zeigen.

»Das ist gut.« Sie schaute auf ihre goldene Armbanduhr. »Der nächste Termin wartet. Ich sehe nachher noch einmal nach dir, einverstanden? Gleich schicke ich den Stationspflegeleiter zu dir, der geht ein paar Dinge mit dir durch. Wie zum Beispiel die Sache mit deinen Piercings.«

Das hatte er befürchtet.

Als er nicht reagierte, verließ Frau Dohmen sein Zimmer, schloss ab und verschwand. Yannick ließ sich auf das Bett fallen und starrte an die Decke. Ausgerechnet seine Piercings! Eines hatte er in der Nase, das andere in der Lippe. Er hatte sie sich zu einer Zeit stechen lassen, als es ihm beschissen ging. Der Schmerz hatte ihm Befriedigung verschafft. Sein Lebensplan hatte vorgesehen, sich weitere zuzulegen. Das konnte er jetzt wohl vergessen.

Ein Schlüssel wurde ins Schloss gesteckt und umgedreht. Als die Tür aufging, stand ein Mann da, der nicht viel älter als er selbst war, wenn nicht gar jünger. Daran sah er, wie tief er gesunken war. Ohne Schulabschluss, ohne Ausbildung, null Berufserfahrung. Das Einzige, was er in seinen Lebenslauf schreiben konnte, waren seine diversen Reha-Aufenthalte, die er jetzt um diese Klinik erweiterte.

»Hallo, Yannick.« Er hielt ihm die Hand hin. »Ich bin Tommy Stralkamm und verantwortlich für dich und neun weitere Patienten auf dieser Station. Die anderen Pfleger wirst du in den nächsten Tagen kennenlernen. Du darfst mich gern duzen, solltest mich aber mit Respekt behandeln. Hier drin«, er ging zum Schrank, »ist dein Koffer. Pack ihn aus. Deine Piercings nimmst du bitte sofort raus und gibst sie mir. Leider musst du dich komplett entkleiden. Ich werde dich absuchen. Leibesvisitation. Standardprozedur. Ist schnell vorbei.« Er zog sich Einweghandschuhe über.

Standardprozedur … Tommy klang, als würde er jeden Tag diesen Text herunterleiern. Es wirkte aufgesagt und gelangweilt. Dennoch parierte Yannick ohne Widerworte.

Etwas hinderte ihn daran, mit Tommy zu sprechen. Das hatte er oft erlebt, meistens bei Frauen. Immer, wenn er eine hatte ansprechen wollen, schnürte sich seine Kehle zu und er brachte kein Wort heraus.

Schnell entfernte er die Piercings und legte sie in Tommys ausgestreckte Handfläche.

»Gut, jetzt zieh dich bitte aus.«

Wieder gehorchte er, zog sich aus, bis er nackt vor dem Pfleger stand und sich die Hände vor die Genitalien hielt.

»Stell dich mit dem Gesicht zur Wand, Beine auseinander.«

Sein Herz hämmerte, über seinen Rücken lief die altbekannte Gänsehaut und er spürte die aufsteigende Panik als Tommy ihn an Stellen berührte, die nicht mal ein Arzt zu sehen bekommen hatte. Er atmete konzentriert ein und aus, wollte die aufkommende Furcht niederringen. Es gelang ihm nur bis zu einem gewissen Punkt. Dann war Tommy fertig.

»Im Schrank liegt dein Tagesanzug, der für die Nacht wird dir noch gebracht. Deine Sachen muss ich mitnehmen. Die für die Besuche räumst du in den Schrank. Ich schließe dich für ein paar Stunden ein. Ruh dich aus. Nach dem Abendessen kannst du in den Aufenthaltsraum.« Nachdem er seine Regeln und Aufforderungen heruntergerasselt hatte, verschwand Tommy so schnell, wie er gekommen war.

Yannick legte sich auf das Bett. Er fühlte sich beschmutzt, weil der Pfleger ihn an den intimsten Stellen berührt hatte. Gern hätte er sich abgeduscht, aber wie er bereits bemerkt hatte, gab es nur einen winzigen Raum mit Toilette und Waschbecken. Also blieb er einfach nackt liegen, schloss seine Augen und dachte über die letzten Momente nach. So lange, bis ihn die Müdigkeit überkam und er unruhig einschlief.

Kapitel 3

»Aufstehen, das Abendessen wartet!«

Die männliche, jedoch zu hoch klingende Stimme riss Yannick aus den Tiefen seiner Albträume.

»Los, zieh dir was über. Nicht, dass mir nicht gefällt, was ich sehe, aber dafür werde ich nicht bezahlt.«

Etwas polterte neben ihm und er öffnete die Augen gerade rechtzeitig, um die ihm entgegenfliegenden Sachen aufzufangen. Es waren ein grauer Pullover und eine graue Hose mit Gummibund. Sehr hässlich und sehr kratzig. Ein enorm schlanker Mann schloss seinen Schrank und drehte sich zu ihm um.

»Da ist er ja, guten Morgen, der Herr, haben wir Hunger?« Er lächelte und Yannick erkannte nichts Böses in dem schmalen gebräunten Gesicht, das von gegelten schwarzen Haaren umrahmt wurde. Der Mann war ebenfalls ein Pfleger.

»Was ist mit Unterwäsche?« Mit ihm konnte Yannick ohne Probleme sprechen. Nur vorhin mit Tommy nicht, und das war ein Zeichen dafür, dass mit dem Kerl etwas nicht stimmte. Yannick hatte einen sechsten Sinn, wenn es darum ging, Gut von Böse zu unterscheiden. Bei schlechten Menschen fühlte er sich sofort unwohl und stand vor einer Panikattacke, weil sie ihm Angst einjagten und er fürchtete, etwas falsch zu machen und von ihnen ausgelacht zu werden.

Der tuntig wirkende Mann vor ihm jagte ihm keine Angst ein, eher war er ihm auf Anhieb sympathisch, was nicht oft vorkam. Ähnliches war ihm nur bei Christoph und Lola passiert.

»Unterwäsche? Braucht ihr nicht, gibt es nicht, ist unnötig. Anweisung von der obersten Lady. Sie sagt, ob die Irren jetzt durch die Unterhose pissen oder gleich in die Joggingbuxe, macht den Braten auch nicht fett.« Dreckig lachend hielt er ihm die Hand hin. »Max Heimel ist mein Name, werter Herr.« Wie ein Hofdiener machte er einen Knicks.

Da stellt sich mir die Frage, wer von uns beiden verrückt ist, dachte Yannick.

»Yannick Gerlach.« Er schüttelte die Hand.

»Unser Neuzugang, Tommy hat mir befohlen, jawoll, befohlen, nicht darum gebeten, dass ich dich zum Essen abhole.« Max fuhr Yannicks Körper mit den Augen ab und der beeilte sich, die unbequemen Kliniksachen anzuziehen.

»Schöne Tätowierungen hast du. Ich traue mich nicht, bin viel zu feige. Tat es weh?«

Nickend dachte Yannick an die Sitzungen, die er bei seinem Tätowierer verbracht hatte. Um das Totenkopfbild auf seinem Rücken, das aus zwanzig verschiedenen Schädeln bestand, zu vollenden, hatte es zehn Stunden und einer Menge Schmerzen bedurft. Den Pegasus auf seinem rechten Oberarm hatte er sich stechen lassen, weil er dummerweise gehofft hatte, er würde sein Leben beflügeln. Und auch der Phönix auf seinem linken Oberarm hatte ihn nicht dazu verleitet, aus der Asche aufzuerstehen.

»Klar tut es weh«, antwortete er, zog die Hose hoch und stand voll bekleidet vor dem Pfleger, der offensichtlich selbst irre war. »Eigentlich wollte ich mir noch ein paar mehr machen lassen, aber da wird erst mal nichts draus.«

»Sieht so aus.« Max zuckte mit den Schultern. »Komm, wir haben noch genug Gelegenheit, uns auszutauschen. Du scheinst ein netter Kerl zu sein. Wir müssen los. Tommy bekommt einen Anfall, wenn nicht alle Patienten rechtzeitig am Tisch sitzen.«

Was hatte Tommy vorhin gesagt? Sie seien zu zehnt auf dieser Station? Hieß das, er würde mit neun anderen an einem Tisch hocken und essen müssen? Allein der Gedanke daran schnürte ihm die Kehle zu. Trotzdem folgte er Max einen weitläufigen Flur entlang, dann rechts in einen Raum. Links wäre der Gang weitergegangen, überall gab es geschlossene Türen.

»Begrüßt unseren Neuen, Yannick, mit einem herzlichen …« Max hielt sich eine Hand hinter das Ohr, und als die neun wie betäubt wirkenden Menschen nicht reagierten, wiederholte er lautstark: »Mit einem herzlichen …«

Manche der Patienten sabberten, und nach der zweiten Aufforderung nuschelten sie: »Hallo, Yannick.«

»Haben eben ihre Medikamente bekommen, dann sind die immer ein bisschen ballaballa.« Max tippte sich an die Stirn.

Würde auch Yannick bald zugedröhnt in der Ecke kauern, sich auf den Pullover sabbern und in die nicht vorhandene Unterhose pissen? Es schüttelte ihn und das Kribbeln kam. Etwas kroch kalt über seinen Rücken. Ehe es seine Schultern erreichte, zerrte Max ihn am Arm und zwang ihn, sich hinzusetzen. Sofort verschwand die Panik, weil sie Platz für die Überraschung machte. Er saß neben einer alten Frau, die so schwer atmete, als würde sie innerhalb der nächsten Minuten sterben.

»Das ist Emma.« Max klopfte ihr sanft auf die Schulter. »Denkt, sie ist nicht allein in ihrem Körper. Wundere dich nicht, falls sie in verschiedenen Tonlagen und in der dritten Person spricht. Früher hätte man sie einem Exorzismus unterzogen. Zum Glück sind wir heute schlauer.« Er deutete auf den Jungen neben Yannick. »Das ist Marvin. Der ist seit Kurzem bei uns. Ist erst zwölf, der Arme. Hat ein Trauma erlitten, aber ich denke, der wird nicht mehr lange bei uns bleiben.« Max verzog das Gesicht zu einem seltsamen Grinsen, das Yannick nicht gefiel. Als wäre der Pfleger betrübt, wenn der Junge die Klinik verlassen würde. »Den Rest der Bande wirst du früher kennenlernen als dir lieb sein dürfte«, sagte er, stellte sich in eine Ecke des Speiseraumes und beobachtete die Patienten, die noch auf das Essen warteten.

Auch Yannick sah sich um. Viel gab es nicht zu entdecken. Die anderen saßen bereits mit gesenkten Köpfen über ihren noch leeren Plastiktellern und warteten mit dem dazugehörigen Plastikbesteck auf ihr Essen. Gehörte das zu den Vorsichtsmaßnahmen, damit die Leute sich nicht gegenseitig abstachen?

Einige Minuten war es still, niemand sagte etwas, nicht einmal der abgedrehte Pfleger. Dann hörte Yannick ein lautes Klirren und ein Rappeln. Als ein Essenswagen auf Rollen von einer dicken Frau mit Haarnetz in den Raum geschoben wurde, erkannte er, woher der Krach kam. Mehr genervt als liebevoll verteilte sie das Abendbrot – zwei Scheiben trockenes Brot, Margarine, ein bisschen Wurst für jeden – und wünschte ihnen murrend und nuschelnd einen guten Appetit.

Als die unfreundliche Frau verschwunden war, gab Max den Befehl zu essen. Alle gehorchten umgehend, bis auf Yannick. Er starrte die anderen an, die kaum die Brotscheiben festhalten konnten, weil sie so vollgestopft mit Medikamenten waren. Angewidert beobachtete er, wie vollgesabberte Brocken aus den Mündern auf die Teller fielen. Beim Anblick der angekauten Nahrung wurde ihm speiübel.

»Was ist, Neuling?« Max kam aus seiner Ecke und blieb hinter ihm stehen. »Keinen Hunger?«

Yannick schüttelte schweigend den Kopf.

»Das kann ich nicht durchgehen lassen.« Max flüsterte ihm ins Ohr: »Wenn du nicht isst, fickt Tommy mich in den Arsch.«

Yannick dachte: *Da fährst du doch drauf ab!*

Um des lieben Friedens willen bestrich er jedoch eine der Brotscheiben mit der fast flüssigen Margarine. Er legte eine Scheibe Wurst darauf, deren Rand sich dunkelrot verfärbt hatte, und würgte beides herunter.

»So ists recht«, zischte Max und war Yannick mit einem Schlag unsympathisch und unheimlich. Es würde sich zeigen, was diese Pfleger für Menschen waren und ob sie Yannick das Leben noch mehr zur Hölle machen würden, als es ohnehin schon war. Wenn er es geschickt anstellte und tat, was sie verlangten, würde er vielleicht mit einem blauen Auge davonkommen. Was er auf alle Fälle vermeiden wollte, war, dass sie ihn ebenso mit Tabletten ruhigstellten wie die anderen. Er hatte absolut keine Lust, als wandelnder Medikamenten-Zombie zu enden.

Nachdem alle gegessen hatten, kam Tommy in den Speiseraum. Zusammen mit Max brachte er die Patienten und Yannick in ein anderes Zimmer. Dafür mussten sie den Gang, den er vorhin hergelaufen war, weiterfolgen und links abbiegen. Auf der Tür stand ›Aufenthaltsraum‹. Darin gab es einen alten Fernseher, ein Computer, der aussah, als käme er geradewegs aus den Achtzigern, drei Sofas und zwei Tische, an denen jeweils fünf Stühle standen. Abgerundet wurde das Vorzeigezimmer der Trostlosigkeit von einer grauen Tapete.

»Setzt euch und lernt euch kennen«, sagte Tommy knapp und schloss die Tür hinter sich. Yannick kam sich hier noch abgeschnittener vom Leben vor, als im restlichen Teil der Station. Es war ruhig, roch nach alten Menschen und es war unwahrscheinlich trist. Wie sollte man hier gesund werden?

Yannick nahm an einem der Tische Platz und entdeckte die in der Broschüre als gut ausgestattet angepriesene Bibliothek: Ein wackeliges Regal mit höchstens dreißig Büchern. Wenn er so viel Freizeit hatte, wie er befürchtete, und in seinem normalen Tempo las, hatte er die Bücher in einem Monat durch. Und dann? Däumchen drehen?

Die anderen Patienten standen entweder mitten im Raum, in einer Ecke oder saßen sabbernd auf den Stühlen und den Sofas. Sie waren es gewohnt, abgestellt und sich selbst überlassen zu werden.

Er fühlte sich einsam und vermisste seine besten Freunde und – ob er es glaubte oder nicht – sogar seine Eltern, seine Schwester, das Haus, in dem er so lange gelebt hatte und … Theodor! Ihn vermisste er am meisten. Die Schuld, die seit seinem Tod auf ihm lastete, drohte ihn bis in den Erdkern zu drücken. Er vertraute nicht darauf, dass irgendeine Anstalt ihm helfen konnte, zu akzeptieren, was geschehen war. Er war nicht wie die Irren, sondern ein junger Mann, der einmal zu oft das Glück herausgefordert hatte und nun dafür büßen musste. Eigentlich gehörte er in die Arme seiner liebenden Mutter und nicht in die Hände seltsamer Pfleger.

Erschrocken zuckte er zusammen, als der leere Stuhl neben ihm zur Seite geschoben wurde und der Junge, der im Speisesaal neben ihm gesessen hatte, Platz nahm. Zu seinem Erstaunen sah das Kind ihn mit einem klaren Blick an. Nichts erinnerte mehr an das Delirium von vorhin.

»Hallo, Yannick.« Der Junge streckte ihm eine Hand hin.

»Hallo, Marvin«, sagte er und schüttelte die angebotene Hand.

Marvin bemerkte Yannicks Verwunderung. »Die betäuben uns manchmal zum Essen, hält aber nicht lange an. Und wenn die Waschung ansteht, weil die keine Lust auf Ärger haben. Ansonsten pumpen die uns mit Vitaminen voll.«

»Waschung?«

Marvin lachte. »Waschtag, also von uns, nicht von den Klamotten, die wechseln sie jeden Tag. Dreimal in der Woche werden wir wie Kühe in die Duschen getrieben und abgeseift. Es gibt Schöneres.«

Marvin zwinkerte ihm zu und Yannick erkannte, dass sich der Junge keinesfalls darüber amüsierte, wie es hier ablief, sondern todtraurig und unglücklich war.

Marvin fügte hinzu: »Morgen früh um sieben ist es wieder so weit. Sei also vorbereitet.«

»Und das heißt?«

»Warte nackt in deinem Zimmer. Vielleicht hast du Glück und sie geben dir nichts, wenn sie merken, dass du auch so mitspielst. Klappt nicht immer, aber meistens. Zumindest bei mir. Obwohl es mir oft schwerfällt, mich zusammenzureißen.« Marvin ballte die Hände zu Fäusten. »Ich würde denen so gern sagen, was für Arschlöcher sie sind!«, stieß er hervor und sah sich sogleich um, ob jemand seinen Ausbruch bemerkt hatte. Flüsternd fuhr er fort: »Aber sobald ich das mache, knocken die mich für eine Woche aus. Ist mir bereits passiert. Du bekommst dann nix mit.«

Yannick empfand immer mehr Mitleid. Ob es zu früh war, Marvin nach dem Grund seines Aufenthalts in der Seelenheil-Klinik zu fragen? Er riskierte es. »Warum bist du hier?«

Wie von einer Tarantel gestochen sprang der Junge plötzlich auf, warf dabei den Stuhl um und zeigte mit einem Finger auf Yannick. »Das geht dich nichts an!«

Okay, das war eindeutig zu früh! erkannte Yannick, während sich aller Augen auf die beiden richteten. »Das lief ja prächtig«, murmelte Yannick leise vor sich hin, während er Marvin beobachtete, der sich neben einen Mann setzte, dessen Hände aussahen, als hätte ihm jemand die Haut abgezogen. Sie waren mit Wunden übersät.

Er hakte den Vorfall ab und widmete sich der *gewaltigen* Bibliothek. Immerhin kannte er die meisten nicht und wählte eins mit dem Titel *Der Sonntagsbrunch*. Der Klappentext versprach, dass der Inhalt eine Liebeskomödie sei. Nicht unbedingt das, was er gern las, aber irgendwo musste er anfangen – er hatte viel Zeit. Als er es aufklappte, entdeckte er ein paar Namen von Menschen, die es gelesen und sich namentlich auf der ersten Seite verewigt hatten. Es waren insgesamt fünf. Yannick wusste nicht, ob es Patienten der Klinik waren oder ob das Buch aus einer echten Bibliothek kam und die Namen der Leser von dort stammten. Als er sie sich näher ansah, erregte einer seine Aufmerksamkeit. Mit einem Mal wusste er, dass diejenige, die ihn aufgeschrieben hatte, eine Patientin gewesen sein musste. Ihr Name erstrahlte in einem blutähnlichen Rot und die Schreiberin hatte so fest zugedrückt, dass Yannick die Striche im Papier fühlte. Er hatte keine Erklärung dafür, aber irgendetwas löste der Name in ihm aus und es war nicht unangenehm. Eher war es Neugierde, was sich dahinter verbarg.

»Ramona Borner«, flüsterte er, drückte das Buch an seine Brust und schaute sich um. Unter den neun Menschen, die mit ihm diese Station bewohnten, waren nur zwei Frauen. Eine davon war die alte Emma, die beim Essen neben ihm gesessen hatte. Sie konnte er also ausschließen. Die andere hockte in der hintersten Ecke, wirkte wie ein zu Tode gehetztes Tier und knabberte an den Fingernägeln. Alles an ihr deutete darauf hin, dass sie schlimme Zeiten hinter sich hatte und etwas in ihrem Oberstübchen zerbrochen war.

Langsam ging er auf sie zu, steckte sich währenddessen das Buch in den Gummibund der Jogginghose, und stellte sich ihr vor. »Hallo, ich bin Yannick«, begrüßte er sie, so warmherzig er konnte. »Wer bist du?«

»Lass mich!«, kreischte sie und sprang so stürmisch auf, dass er nicht wusste, wie ihm geschah. Sie rannte quer durch den Raum und knallte mit dem Kopf gegen die Wand. Die Stirn der Frau hinterließ eine rote Spur auf dem tristen Grau und ihr Körper stürzte wie ein nasser Sack zu Boden.

Lautes Stimmengewirr ertönte. Die Tür neben ihm flog auf, Pfleger stürmten herein. Unter ihnen Max. Er packte Yannick an den Armen und drehte sie ihm auf den Rücken. Vor Schmerz schrie er, wehrte sich gegen den Griff, musste aber nach ein paar Sekunden aufgeben, weil er Gefahr lief, sich die Schultern auszukugeln.

»Was hast du gemacht?« Max' Stimme klang nicht mehr tuntig wie vorhin, als er ihn zum Abendessen abgeholt hatte, sondern stinkwütend. Der Pfleger brachte ihn auf sein Zimmer und schubste ihn auf das Bett. Das Buch fiel ihm aus der Hose. Max hob es auf.

»*Der Sonntagsbrunch*, ja?« Wild wedelte er damit in der Luft und schleuderte das Buch auf Yannick. Es traf ihn am Rücken.

Er schrie und griff sich an die schmerzende Stelle. »Bist du verrückt?«

»Nein, aber du! Du hast jetzt viel Zeit zum Lesen, so schnell kommst du hier nicht mehr raus. Einschluss ist zwar erst in drei Stunden, aber für dich ist heute Schluss. Sag mal«, seine Stimme wurde versöhnlicher, »was wolltest du denn von der Bekloppten?«

Yannick setzte sich auf, legte das Buch auf den Nachttisch und wunderte sich über die Stimmungsschwankungen des Pflegers. In Zukunft musste er aufpassen, wie er sich in seiner Gegenwart verhielt und was er sagte. Er hatte keinen Zweifel daran, dass Max nicht vor körperlicher Gewalt zurückschreckte. Die sanfte Variante davon hatte er soeben zu spüren bekommen. Dabei hatte er nicht einmal etwas getan. Die Frau war einfach aufgestanden und losgerannt.

»Ich habe sie nur nach ihrem Namen gefragt.«

»Das reicht schon.« Max machte eine abschätzige Handbewegung. Seine Wut war verflogen. Lässig lehnte er sich gegen die Wand und verschränkte die Arme. »Ist nicht das erste Mal, dass die das macht. Frau Dohmen wird es nicht gefallen, dass die Handwerker schon wieder antanzen müssen, um einen Blutfleck zu überstreichen. Das letzte Mal ist erst acht Wochen her.«

»Was ist mit ihr?«

»Mit Magda?«

Jetzt wusste Yannick, dass die Durchgeknallte aus dem Aufenthaltsraum nicht Ramona Borner war. »Ja, was ist mit ihr passiert?«

»Vor zwei Jahren wurde sie vergewaltigt. Kommt nicht darüber weg. Keine Therapie schlägt an. Die ist jetzt seit elf Monaten bei uns. Schade um sie. Wenn sie sich schminken und sich die Haare anständig frisieren würde, wäre sie ein süßes Mäuschen. Ist ja erst dreißig.«

Yannick hätte sie mindestens zehn Jahre älter geschätzt. Allein schon wegen der ergrauten Strähnen.

»Na ja, kann man nichts machen.« Schulterzuckend stieß Max sich von der Wand ab, wünschte Yannick eine gute Nacht und schloss die Tür hinter sich ab.

Yannick legte sich auf das Bett, kreuzte die Hände hinter dem Kopf und starrte zur Decke. Noch heute Morgen war er in seinem Elternhaus aufgewacht, hatte die vorwurfsvollen Blicke von Mutter und Vater ertragen. Nur ein paar Stunden später befand er sich im Schlund der Hölle, aus der es kein Entkommen gab. Das zeigten die Präsenz der Wachleute und die Eisengitter vor den Fenstern. Im Internet hatte er von Menschen gelesen, die versucht hatten, zu flüchten. Sie berichteten von menschenunwürdigen Zuständen in der Seelenheil-Klinik und davon, dass es nahezu unmöglich war, aus der gut gesicherten Einrichtung zu entkommen.

Er nahm den Roman und schlug ihn auf. Erneut strich er über Ramona Borners Namen und konnte sich nicht die Anziehungskraft erklären, die er auf ihn ausübte. Unbedingt wollte er wissen, wer dahintersteckte: Ob sie eine Patientin gewesen und was mit ihr geschehen war. Schon lange hatte er kein solches Interesse mehr verspürt, schon gar nicht für einen anderen Menschen. Wie konnte er mehr über sie erfahren?

Er blätterte um und las die ersten Zeilen. Schon nach einer Seite hatte er keine Lust mehr. Es war so seicht und langweilig geschrieben, dass er es ab der dritten Seite nur noch durchblätterte. Als er auf ein Symbol stieß, das in roter Tinte gezeichnet war, erstarrte er.

Es war ein Pentagramm mit zwei Spitzen nach oben. War das nicht ein Zeichen des Teufels? Was hatte das in einem Buch zu suchen, in dem es um ein liebendes Ehepaar und ihre Kinder ging? Als er über das Symbol strich, spürte er dieselben Rillen wie bei Ramonas Namen. Er las den Text, der danebenstand, konnte aber aus den Worten, die der Autor an dieser Stelle verfasst hatte, nichts herausfiltern. Es gab keinen Zusammenhang. Er blätterte weiter und entdeckte Pentagramme auf zwei weiteren Seiten. Eins akkurat skizziert, das andere hastig hingeschmiert.

»Wozu hast du das gemacht?«, flüsterte er und blätterte bis zum Schluss, fand dort aber nichts mehr. Drei Zeichen auf drei verschiedenen Seiten. Im Rätselraten war er nicht gut. Dennoch versuchte er, den Sinn hinter Ramonas Kritzelei zu verstehen. Er blätterte hin und her. Zweimal hatte sie es an den Rand gemalt, einmal mitten in den Text. Als er die Augen schloss und sie wieder öffnete, erkannte er es. Es war ganz leicht. Simpler ging es nicht. Die linke obere Spitze des Symbols deutete jeweils auf ein Wort.

Dem Schrank hinter?

Wahrscheinlich hatte sie die Worte nicht in der richtigen Reihenfolge markiert und es sollte *hinter dem Schrank* heißen. Welchen meinte sie?

Er legte das Buch beiseite, ging zu seinem Kleiderschrank, schob ihn zur Seite – da nichts drin war, ließ er sich ohne Probleme verrücken – und blickte dahinter. Da war nichts außer Staub.

Schnell schob er das Möbelstück zurück. Es gab Dutzende Schränke in diesem Gebäude. Welchen meinte Ramona? Das würde er nicht herausfinden, solange er eingeschlossen war. Ramona hatte eine Nachricht hinterlassen und womöglich war Yannick der Erste, der ihr nachging.

Was war, wenn er sich in etwas verrannte? Er zuckte die Schultern. Das war immer noch besser, als sabbernd auf dem Sofa im Aufenthaltsraum zu sitzen und das Leben an sich vorbeiziehen zu lassen. Aber er musste aufpassen. Die Pfleger hatten ihre Augen und Ohren überall, allein durch die Überwachung in den öffentlichen Räumen. Deshalb waren sie auch so schnell bei ihm und Magda gewesen, als diese sich den Schädel an der Wand aufgeschlagen hatte. Sie mussten vor der Tür gestanden und sie beobachtet haben. Falls er Ramonas Hinweis nachgehen wollte, musste er vorsichtig sein. Seine Suche würde er dort beginnen, wo er das Buch gefunden hatte: hinter dem Regal der Bibliothek. Es war naheliegend, dass dieser Ort mit *hinter dem Schrank* gemeint war.

Noch wusste er nicht, ob sie die Patienten täglich dorthin brachten, doch er hatte Zeit und konnte warten. Und er brauchte einen Verbündeten. Wer war da besser geeignet als Marvin? Wenn er das Vertrauen des Jungen gewinnen konnte, wäre es ein Leichtes, ein Ablenkungsmanöver zu starten, damit Yannick nachsehen konnte.

Der Plan gefiel ihm. Was auch immer ihn hinter dem Schrank erwartete, er hatte ein Ziel: herauszufinden wer Ramona war. Eine unsichtbare Macht wies ihn ständig auf ihren Namen und die Symbole hin. Yannick glaubte nicht an Geister, aber wer wusste schon, was durch diese Gänge spukte, welche Geheimnisse sich hinter diesen Mauern verbargen und was noch alles auf ihn zukam? Die Seelenheil-Klinik hatte nicht umsonst den unrühmlichen Titel *Anstalt der Toten*. Irgendwoher musste der ja kommen.

Er legte sich zurück aufs Bett. Vor seinen Augen tanzten Ramonas Namen und die Botschaft, die sie hinterlassen hatte. War sie eine der Toten dieser Anstalt?

Kapitel 4

Etwas knallte und sofort saß er aufrecht im Bett. Das Deckenlicht wurde angeschaltet und ließ ihn für ein paar Sekunden erblinden.

»Aufstehen! Duschen! Oder will die Prinzessin weiterschlafen?«

Kurz glaubte er, bei der Bundeswehr zu sein und den Oberfeldwebel verärgert zu haben. Als das Licht ihn nicht mehr blendete, entdeckte er Tommy im Türrahmen. Neben ihm stand eine verängstigt wirkende, junge Frau. War es sieben Uhr? Hatte er etwa verpasst, Marvins Tipp zu befolgen, dass er sich ausziehen und auf den Pfleger warten sollte? Ja!

»Pia, hilf unserer Prinzessin bitte, sich auszuziehen, und bring sie in den Duschraum.« Tommy grinste und Yannick befürchtete, dass es mit dem Pfleger Ärger geben könnte – großen Ärger. Er sollte seinem Vater am nächsten Wochenende von den Zuständen erzählen. Yannick war in vielen Kliniken gewesen, aber nirgends war der Ton und der Umgang so rau und unerbittlich wie hier. Und das war nur der Anfang.

Tommy verschwand und die eingeschüchterte Pia trat zögerlich auf ihn zu.

»Würden Sie sich bitte entkleiden und mit mir kommen?«, flüsterte sie leise. »Dann wird es kein Donnerwetter geben und Sie müssen nichts schlucken.«

Yannick rieb sich den Schlaf aus den Augen. Er trug noch die Kleidung vom Vortag. Für die Nacht hatte er sich nicht mal umgezogen, sondern war sofort eingeschlafen und hatte ohne Albträume durchgeschlafen.

»Klar, sicher«, murmelte er, schwang die Beine aus dem Bett und zog sich den Pullover und die Jogginghose in der neuen Modefarbe Grau aus.

»Legen Sie das auf die Matratze«, bat sie.

»Kein Problem.« Er hob die Sachen auf und warf sie aufs Bett. Beim nächsten Mal würde hoffentlich alles reibungsloser laufen, wenn er wusste, was genau er zu tun hatte. Jetzt hatte er keine Ahnung, was auf ihn zukam, und war peinlich berührt, als er unbekleidet vor der jungen Frau stand und mit den Händen die Genitalien bedeckte. Noch keine vierundzwanzig Stunden war er hier und stand bereits das zweite Mal nackt vor einer Pflegekraft. Für seine Ängste war das kein guter Zeitvertreib. Das Kribbeln kroch seinen Rücken vom Gesäßansatz aus hinauf und ihm brach der Schweiß aus.

»Kommen Sie«, verlangte Pia. Entweder interessierte sie sein Unbehagen nicht oder sie sah professionell darüber hinweg.

Er schlüpfte in die Hausschuhe und folgte ihr aus dem Zimmer. Es war gespenstisch ruhig, nicht viel anders als gestern, aber als er jetzt mit den Schlappen über den Boden schlurfte, kam es ihm surreal vor. Zum Glück hatte er durchgeschlafen und nicht die Laute der Nacht gehört, die durch solch eine Anstalt hallten.

»Hier lang.« Sie zeigte auf einen Gang, der rechts abging. Allmählich vernahm er die Geräusche seiner Mitpatienten. Manche schrien, andere jammerten. Was war da los? Pia bemerkte seine Unruhe und schob ihn voran. »Keine Angst, die Pillen wirken gleich, dann sind die zahm wie Babys«, kommentierte sie.

Yannick konnte den Ausdruck in ihren Augen nicht deuten. War es Resignation? Irgendwie sah sie aus, als hätte sie es aufgegeben, etwas ändern zu wollen.

Sie schob ihn weiter, immer den Geräuschen entgegen. »Bitte, gehen Sie! Oder wollen Sie Tabletten? Ich rate Ihnen, die Pfleger davon zu überzeugen, dass Sie niemand sind, der Ärger macht.«

Ehe er reagieren konnte, schubste sie ihn. Yannick fand sich in einem kleinen Raum wieder. Der Dunst von heißem Wasser hing in der Luft. Was er unter den Duschen sah, schockierte ihn zutiefst.

Es standen jeweils zwei Patienten unter einer Brause, wurden mit rauen Schwämmen abgeseift und abgespült. Von zwei Pflegern. Dabei war egal, ob eine Frau einen Mann abschrubbte oder umgekehrt. Hier interessierte es niemanden, dass Patienten egal welchen Geschlechts nackt nebeneinanderstanden. Diejenigen, die nicht abgeduscht wurden, drängten sich zitternd gegen die Wände. Yannick wollte nicht glauben, was er da sah. Dass es eine gemischte Station war, war ja in Ordnung, aber dass man sich die Nasszellen teilen musste, erschien ihm nicht richtig. Lola, seine beste Freundin, hatte vor ein paar Wochen einen Job nicht bekommen, weil der Betrieb nicht über Damenumkleiden verfügte. Und in einer Einrichtung wie dieser wurde übers Geschlecht hinweggesehen?

Yannick drehte sich um und wollte Pia fragen, doch sie war fort. Als er seinen Blick nach vorn richtete, stand Max vor ihm und betrachtete ihn wieder von oben bis unten.

»Den übernehme ich.« Max leckte sich die Lippen und Yannick ahnte, dass das schiefgehen konnte. Ob der Pfleger wirklich schwul war, interessierte nicht, gegen Homosexuelle hatte er nichts, aber in Verbindung mit dem irren Max und dieser Klinik verhieß das nichts Gutes.

»Das dürft ihr nicht!« Yannick warf Pias Ratschläge über Bord und schlug um sich. Er traf Max am Kinn, rammte einem anstürmenden Mann den Ellenbogen in die Rippen. Alle schrien durcheinander. Yannick hetzte aus der Dusche. Auf seiner Flucht verlor er einen Schlappen. Sein Herz raste, als er hinter sich die Schreie und warnenden Rufe hörte, er solle gefälligst stehen bleiben. Er bog in einen Gang ein, öffnete die nächstbeste Tür und … stand splitterfasernackt in einer Küche. Die dicke Frau, die ihnen das Abendessen gebracht hatte, und eine andere Küchenfee arbeiteten an Edelstahltischen und bereiteten das Frühstück zu. Sie starrten ihn aus schreckgeweiteten Augen an. Die Messer, mit denen sie Obst für das Müsli kleinschnitten, verharrten in der Luft.

Das Kribbeln bahnte sich endgültig seinen Weg. Er konnte es nicht mehr stoppen. Die Panik war da. Yannick hockte sich in eine Ecke, schlang die Arme um die Beine und zitterte. Er wollte die mitleidigen Blicke der Frauen nicht sehen. Diesen Raum musste er ab jetzt meiden, sonst würde der bloße Anblick in ihm sofort wieder das Gefühl hervorrufen, das er nun hatte.

Eine Tür schepperte gegen die Wand und jemand rief: »Hier ist er.« Dann kurzes Schweigen. »Mach schon, verpass ihm die Spritze!«

Er kniff die Augen zusammen, als er einen Stich in seinem Arm spürte. Kräftige Hände griffen nach ihm, zogen ihn auf die Beine. Nun sah er die beiden Küchendamen doch an, aber er entdeckte kein Mitleid, sondern Angst. Vor ihm oder vor den Männern, die ihn aus der Küche zerrten und den Flur entlang schleiften?

»Ich habe Sie gewarnt«, sagte eine Frauenstimme. War das Pia?

***

Er hob den Kopf und was er sah, verwirrte ihn zutiefst: Eine Zimmerdecke? Hektisch tastete er herum und befühlte den Stoff, auf dem er lag. Yannick setzte sich auf und begriff nicht. Zuletzt wurde er von den Pflegern zurück zur Dusche gezerrt, Pia hatte mit ihm gesprochen und dann? Was war passiert? Warum zum Teufel saß er jetzt auf seinem Bett und starrte das Buch *Der Sonntagsbrunch* an? Er hatte schon einige Filmrisse gehabt, bedingt durch zu viel Alkohol oder zu viel Nachdenken, aber etwas wie das? So etwas hatte er noch nicht erlebt. In der einen Sekunde war er nackt und hilflos in den Händen der Pfleger, in der nächsten saß er angezogen und frisch gewaschen auf seiner Matratze und konnte sich an nichts weiter erinnern. Was hatten sie ihm gespritzt?

Yannick schwang die Beine aus dem Bett und blieb kopfschüttelnd auf der Kante sitzen. Wenn sie den Patienten jedes Mal, wenn sie sich danebenbenahmen, einen solchen Drogencocktail verpassten, konnte es passieren, dass man die Hälfte seines Aufenthalts verschlief. Darum hatten Pia und auch Marvin ihm geraten, die Füße stillzuhalten und zu machen, was die Pfleger verlangten. Ein Gedanke ließ ihn frösteln: Durch die Drogen, die sie ihm gegeben hatten, wusste er nicht einmal, wer ihn beim Duschen berührt hatte. Das erschreckte ihn noch mehr als die Tatsache, wie das Duschen ablief.

Was war weniger schlimm? Bei klarem Verstand zwangsgeduscht zu werden, oder das Gegenteil? Er entschied sich klar für die erste Variante. Beim nächsten Mal musste er sich zusammenreißen und es über sich ergehen lassen.

Es klopfte an der Tür. Sie wurde geöffnet und die Klinikleiterin Katja Dohmen trat ins Zimmer. Bevor sich die Tür schloss, entdeckte er Max, der hämisch grinste und sich den Zeigefinger auf den Mund legte. Wollte er, dass Yannick den Vorfall verschwieg? Das würde er bestimmt nicht tun.

»Hallo, Yannick.« Sie nahm den Bürostuhl und setzte sich ihm gegenüber. »Ich hörte, du hattest einen turbulenten Start.«

»Kann man wohl sagen, Ihre Angestellten haben mich …«

Frau Dohmen hob die Hand. »Petzen mag ich überhaupt nicht! Ich sage dir, wie ich die Sache sehe: Die Pfleger wollten dir helfen, obwohl du Schuld am Unfall mit Magda und dem Chaos beim Waschen hattest.«

Schuld … dieses Wort brannte sich tief in ihn ein, immer aufs Neue, wenn er es hörte. *»Du bist schuld, dass mein Sohn tot ist, du Teufel!«*, war das Schlimmste, was sein Vater je zu Yannick gesagt hatte.

»Ich bin nicht schuld!«, stieß er hervor. »Magda ist von selbst dagegen gerannt und die Zustände beim Duschen sind nicht zumutbar!«

Dohmen lächelte müde, als hätte sie diese oder ähnliche Vorwürfe zu Genüge gehört. »Ich gebe dir noch eine Chance, dich friedlich einzuleben, dann kann das für dich ein entspannter Ritt werden. Aber noch so ein Vorfall und du lernst unsere Einrichtung von einer anderen Seite kennen.« Sie stand auf, klopfte an die Tür und wurde hinausgelassen.

Yannick ließ sich zurück auf das Bett fallen und starrte an die Decke. Hatte sie ihm nicht zugehört oder wollte sie nicht wissen, was er zu sagen hatte? Am wahrscheinlichsten war, dass sie es nicht brauchte, weil sie als Leiterin wusste, was vor sich ging.

»Mist! Was soll ich nur tun?«, fragte er sich laut, sprang vom Bett und tigerte auf und ab. Er durfte keinen Widerstand leisten, weil sie ihn sonst betäubten. Aber wie sollte er das machen, wenn er sich vor jeder unbekannten Situation fürchtete und ihn durch seine Agoraphobie bestimmte Räume, wie jetzt die Küche, ängstigten?

»Ich sitze in der Scheiße!«, fluchte er und trat gegen den Kleiderschrank. Als er das tat, dachte er an Ramona und ihre geheimnisvolle Nachricht. Es hatte sich gestern gut angefühlt, darüber nachzudenken, wer sie gewesen war und wie sie gelebt hatte. Dadurch hatte er seine eigenen Sorgen fast vergessen.

Pia kam herein.

»Kommen Sie, Sie dürfen zu den anderen.«

Er zog sich die Hausschuhe an und folgte ihr, ohne zu murren, ohne Angst und ohne Gegenwehr. Yannick wollte auf keinen Fall wieder unter Drogen gesetzt werden. Schweigend liefen sie nebeneinander her, bis er den Mut fasste, zu fragen: »Sind Sie Auszubildende?«

Erst sah sie ihn verwirrt an, nickte dann schüchtern.

»In welchem Jahr?«

Sie hob drei Finger. Sehr gesprächig war sie nicht. Oder durfte sie nicht mehr als nötig mit ihm reden, weil es sonst Ärger mit den Obrigkeiten gab? Nach deren Auftreten hätte ihn das nicht gewundert.

»Wollen Sie hierbleiben, wenn sie mit Ihrer Ausbildung fertig sind, oder werden Sie die Klinik wechseln?«

Sie zuckte mit den Schultern. Yannick wurde nicht schlau aus ihr. Er konnte ohne Probleme mit ihr sprechen, aber sie wollte partout nicht. Also schwieg er den Rest des Weges und war gespannt darauf, wo sie ihn hinführte. Hoffentlich in den Aufenthaltsraum. Dann könnte er nach Ramonas Hinweis suchen. Aber es kam anders. Pia öffnete eine Eisentür und Yannick schlug frische Luft entgegen. Waren sie nicht im zweiten Stock? Kurz kam Panik in ihm auf und Bilder traten vor seine Augen, wie er aus dem Gebäude fiel, auf dem Beton aufschlug und zerplatzte wie eine Melone. Was er allerdings erblickte, erstaunte ihn. Es war eine Terrasse, ansprechend mit Blumen dekoriert, ausgestattet mit Sitzmöbeln aus Rattan. Was das Bild trübte: ein wuchtiger Eisenzaun drum herum. Eine Flucht oder ein Selbstmord waren von vornherein ausgeschlossen.

»Da ist er ja!« Max nahm ihn in Empfang. »Gut geschlafen? Komm, amüsiere dich mit deinen Freunden, bevor es Mittagessen gibt.«

Mittag? Hatte er so lange geschlafen? Max schob ihn zu den anderen und lief lachend zurück zur Tür, wo er sich neben Pia stellte und die Patienten beobachtete. Diese sahen aus wie er sich fühlte: müde, abgeschlagen, fertig. Er entdeckte Marvin, der am Eisenzaun stand, seine Finger um die Streben krallte und sehnsüchtig nach draußen schaute. Yannick genoss die Luft und die Sonne, die auf ihn herab schien.

»Hi, Marvin«, begrüßte Yannick ihn.

Hinter dem Zaun lag der Parkplatz der Anstalt. Dort patrouillierten die Wachen mit ihren Hunden und er wurde sich einmal mehr bewusst, wo er war. Nicht auf einer Sonnenterrasse im Urlaub, sondern in der Seelenheil-Klinik – in der Hölle.

Der Junge wandte seinen Blick nicht ab und sagte: »Ich würde gern von hier verschwinden.«

»Nimmst du mich mit, wenn es so weit ist?«

Marvin schnaubte verächtlich. »So einen Angsthasen wie dich? Der sich in eine Ecke hockt und flennt?«

»Woher weißt du das?« Yannick spürte Panik und Verärgerung zugleich.

»Die Pfleger.« Er zuckte mit den Schultern. »Das machen die immer, sobald einer von uns durchdreht. Das ist die maximale Erniedrigung, wenn die Mitpatienten Bescheid wissen.«

»Ich werde meinem Vater davon erzählen!« Yannick schlug gegen den Zaun. Seine Hand kribbelte. Das Personal beobachtete ihn interessiert. »Das geht nicht mit rechten Dingen zu«, flüsterte er vorsichtshalber. »Er wird mich rausholen.«

»Niemand wird dich hier rausholen. Das kannst du vergessen. Wir sind gefangen.«

Fast hätte Yannick gelacht, dachte aber an die Pfleger und hielt sich zurück. »Was redest du da? Natürlich holt er mich raus, er ist Arzt und hat mich eingewiesen, also kann er es auch rückgängig machen.«

»Dann bleib in deinem Glauben. Aber so wird es nicht kommen. Meine Eltern wollten mich auch nach Hause holen, weil sie mich vermissten – keine Chance.«

»Als Max mich gestern zu euch gebracht hat, sagte er, dass du nicht mehr lange hierbleiben musst.«

Marvin lachte und Yannick warf einen besorgten Blick zu den Pflegern, die ohne Unterlass zu ihnen starrten.

»Was er damit meint, werde ich wohl oder übel herausfinden. Die anderen, die schon länger hier sind, behaupten, dass manche Patienten einfach verschwinden. Wer sie holt und was mit ihnen passiert, kann uns keiner sagen.«

»Das sind bestimmt bloß Schauermärchen.«

»Und die Schreie?«

»Was für Schreie?« Yannick bekam eine Gänsehaut.

»Die nachts durch die Klinik hallen. Manche hören sie. Keiner weiß, woher sie kommen. Sobald man die Pfleger darauf anspricht, bekommt man eine Spritze. Niemand von uns hat eine Ahnung, was außerhalb unseres Blocks vor sich geht. Wir wollen es auch nicht wissen.«

Die Anstalt der Toten, ging es Yannick durch den Kopf. Er hatte heute Nacht nichts gehört, weil er tief und fest geschlafen hatte. Wollte der Junge ihm Angst einjagen?

Marvin bemerkte seinen Unglauben. »Du wirst sie noch hören, vertrau mir.«

Das will ich doch gar nicht!, dachte Yannick, machte eine abwehrende Handbewegung und sagte: »Und wenn schon, dann schreit da halt ein Irrer rum. Was solls? Das ist in anderen Einrichtungen ähnlich.« So locker, wie er sich gab, war er nicht. Er fürchtete sich vor der kommenden Nacht. »Wann besuchen deine Eltern dich das nächste Mal?«, lenkte er vom Thema ab.

»Gar nicht.«

»Wie meinst du das?«

»Seit Wochen kommen sie nicht mehr. Niemand sagt mir wieso. Sie wollten einen letzten Versuch starten, mich rauszuholen. Sollte das nicht klappen, wollten sie einen Anwalt einschalten. Ich habe weder einen Anruf bekommen, noch haben sie mich besucht. Gut, sie sind nicht die besten Eltern, aber trotzdem kamen sie mehrmals im Monat. Und jetzt auf einmal nicht mehr?«

Yannick dachte an die Berichte der Patienten, die kein gutes Haar an der Seelenheil-Klinik und ihren Mitarbeitern gelassen hatten. Was bedeutete das? Würden seine eigenen Eltern auch nicht kommen?

»Ich habe oft versucht, etwas über die Anstalt herauszufinden. Ohne Erfolg. Meistens wurde ich erwischt und tagelang ruhiggestellt. Die haben ihre Augen überall.« Marvin deutete auf die Pfleger.

»Deshalb benötige ich deine Hilfe«, baute Yannick eine Brücke. Er brauchte Marvin, um hinter dem Schrank im Aufenthaltsraum nachzusehen. Wenn da nichts zu finden war, musste er sämtliche anderen Schränke überprüfen. Aber er ahnte, dass er das nicht brauchen würde. Ramonas Hinweis führte ihn dorthin. Kurz überlegte er, dem Jungen davon zu erzählen, hielt es allerdings für keine gute Idee. Noch wusste er nicht, wem er hier vertrauen konnte. Leiterin Dohmen mochte zwar keine Petzen, aber vielleicht war einer ihrer Spitzel in den Reihen der Patienten?

»Was hast du vor?« Marvin kniff die Augen zusammen. »Ich will wegen dir keinen Ärger.«

»Könnte aber darauf hinauslaufen.«

»Dann vergiss es!«

»Hör es dir wenigstens an, verdammt noch mal!«

»Gut, das heißt aber nicht, dass ich dir helfe.«

Sie gingen zu einer Bank und setzten sich. Yannick kam gleich zur Sache: »Wenn wir das nächste Mal im Aufenthaltsraum sind, musst du ein Ablenkungsmanöver starten.«

»Ein was? Bist du bescheuert?«

»Wäre ich sonst hier?« Yannick lachte, der Junge verstand den Spaß nicht und starrte ihn unverhohlen an. »Ich habe einen Hinweis erhalten und will hinter einem Schrank nachsehen, ob da was ist. Du sollst die Aufmerksamkeit der Pfleger auf dich ziehen … bitte.«

»Was glaubst du, dort zu finden?«

»Keine Ahnung.« Und das war nicht einmal gelogen.

»Du hast dir ja nicht viel Mühe gegeben, mich zu überzeugen. Aber weißt du was? Ist geritzt. Ich lenke sie nachher für dich ab.«

»Was wirst du tun?« Yannick ließ sich nicht anmerken, wie froh er darüber war, dass Marvin sich so leicht hatte überreden lassen.

»Lass dich überraschen.« Er zwinkerte ihm zu. »Aber jetzt sollten wir das Thema wechseln. Man weiß nie, wer zuhört.« Marvin schaute sich um und Yannick wurde sofort unwohl zumute, weil er wieder an einen möglichen Spitzel unter den Patienten dachte.

»Willst du irgendwas wissen?«, erkundigte sich Marvin und hob eine seiner zierlichen Fäuste. »Außer über mich. Wehe, du fragst mich was Persönliches.«

Yannick war über die drohende Geste nicht erstaunt. Marvins Ausraster am Vortag hatte gezeigt, dass es besser war, den Jungen nicht zu fragen, was ihn hierhergebracht hatte. Über seine angeblich verschwundene Familie sprach er offenbar nicht gern.

»Was mir schon die ganze Zeit durch den Kopf geht: Wann gibt es Therapien? Gespräche? Gruppensitzungen? In den Kliniken, in denen ich vorher war, bekam man die gleich zur Begrüßung und anschließend jeden Tag. Hier wurde das nicht mit einer Silbe erwähnt.«

Was Marvin dann machte, verstörte Yannick zutiefst. Das Kind sprang auf, hielt sich den Bauch und lachte, bis ihm die Tränen kamen. Die Pfleger und die anderen Patienten beobachteten sie. Es dauerte einige Minuten, bis Marvin sich beruhigt hatte und sich zurück auf die Bank setzte. Yannick starrte ihn entgeistert an. »Was sollte das denn? Was war so komisch?«

»Therapien? Was soll das sein?«, fragte er kichernd und wischte sich Tränen weg. »Haben wir nicht.«

»Wie meinst du das?«

Marvin wurde schlagartig ernst. »Es gibt keine Therapien.«

Yannick sprang wütend auf. »Was? Was machen wir dann hier? Das ist doch schließlich eine Psychiatrie, oder?« Seine Stimme schwoll an. Es war ihm egal, wer zuhörte. »Was zum Teufel soll ich hier, wenn mich niemand behandelt?«

Was der Junge dann sagte, brachte ihn völlig aus der Fassung: »Sterben sollst du, mehr nicht …«

Ehe er sich umdrehen und wegrennen konnte, spürte er einen Stich im Nacken. Zuerst dachte er an eine Biene, Wespe oder ein anderes Insekt, aber als er sich schwankend umdrehte, erkannte er Max' hämisches

Grinsen und er wusste, dass es für ihn Zeit war, zu schlafen.

***

Yannick wachte schweißgebadet auf. Nach einem kurzen Moment begriff er, dass er in seinem Bett lag und es Nacht war. Offenbar hatte er den restlichen Tag verschlafen. Wenn man den Vorfall am Morgen hinzunahm, hatte er heute nicht viel von seiner Umwelt wahrgenommen.

Wie er durch seinen knurrenden Magen feststellte, hatte er seit über vierundzwanzig Stunden nichts gegessen.

»Scheiße!« Er schlug sich die Hände vor das Gesicht. »Wo bin ich hier nur gelandet?« Als er sich an das erinnerte, was Marvin ihm gesagt hatte, liefen ihm Tränen über die Wangen. In seinen siebenundzwanzig Jahren hatte er eine Menge salziger Tränen vergossen, aber diese waren heiß, brannten sich in seine Haut und zeugten von Verzweiflung.

Als er sich aufsetzte, drückte seine Blase. Er sprang aus dem Bett, schlenderte zur Toilette, zog die Hose herunter und pinkelte im Stehen. Als er abschüttelte und die Spülung zog, erklang ein lautes Knallen. Erschrocken zuckte er zusammen. *Verdammt, was war das?* Er lief aus der Toilette. Als er auf die geöffnete Tür seines Zimmers starrte, wusste er nicht, ob er träumte oder den Verstand verlor. Ängstlich schaute er sich um, ob sich jemand in einer Ecke des Raumes versteckte, entdeckte aber niemanden. Sein Puls beschleunigte sich und sein Atem ging hektisch, als er mit ausgestreckter Hand auf die offene Tür zuging und ohne Probleme hindurchtrat. Ehe er sich versah, stand er auf dem Stationsflur und schaute sich nach allen Seiten um. Es brannte kein Licht, doch durch die vergitterten Fenster fiel genug Mondlicht, sodass er etwas erkennen konnte. Ihm kam es vor, als wäre er der einzige Mensch in diesem Haus. Alles wirkte wie ausgestorben.

Sich die Augen reibend, flüsterte er: »Was soll ich jetzt machen?«

Niemand antwortete ihm, jedenfalls niemand, den er sehen konnte. Etwas in seinem Unterbewusstsein schob ihn voran und riet ihm, sich umzusehen. Schaden konnte es nicht.

Einer der Wärter hatte bestimmt die Tür geöffnet und erlaubte sich einen kleinen Spaß mit ihm, indem er im Dunkeln hinter einer Ecke auf Yannick lauerte, gleich heraussprang und *Buh!* schrie.

Yannick legte eine Hand an die Wand und ein magischer Faden zog ihn zum Aufenthaltsraum. Schritt für Schritt schlich er den Flur entlang. Seine nackten Füße kühlten durch den Steinboden ab. Als er an der Küche vorbeiging, kroch nicht nur die Aufregung seinen Rücken hoch, sondern auch das Gefühl der Panik, das ihn dort überfallen hatte. Tagsüber war dieser Ort schon kein Paradies, nachts schien sich die Hölle aufzutun und die Dämonen auszuspucken. Und als er ein leises Stöhnen hinter sich vernahm, verlor er fast den Verstand. Er drehte sich ruckartig um, sein Nacken knackte und ihm wurde kurzzeitig schwindelig. Aber er sah nichts. Dabei hätte er schwören können, einen Atemzug auf der Haut gespürt zu haben.

Das redest du dir nur ein, sprach er sich in Gedanken gut zu, *hier ist nichts.*

Als Kind hatte er ähnliche Phänomene erlebt. Das alte Haus seiner Eltern machte ausgerechnet nachts seltsame Geräusche und je länger Yannick die Augen auf die Tür zu seinem Kinderzimmer richtete, desto fester glaubte er daran, sie öffne sich Stück für Stück und im nächsten Moment würde der Beelzebub vor ihm stehen. Das, was jetzt passierte, war nichts anderes. Es war dunkel, ein komisches Geräusch ertönte, das sich anhörte wie ein Stöhnen, und schon war die Gespenstergeschichte fertig, die ihm eine Heidenangst einjagte.

Ohne sich umzudrehen, lief er weiter, ließ die Küche hinter sich und bog um eine Ecke. Am Ende dieses Flurs würde er den Aufenthaltsraum vorfinden. Erneut erklang das Stöhnen hinter ihm. Er erstarrte, wagte es nicht, nachzusehen. Da war es abermals! Gedämpft, keuchend und warm in seinem Nacken. Ihm stellten sich die Haare auf. Als etwas knallte, rannte er los. Er stolperte, fiel fast hin, fing sich und flitzte den Flur entlang. Es knallte wieder und wieder, als würde Magda ihren Kopf ein ums andere Mal gegen etwas Metallisches stoßen.

Außer Atem blieb er vor der Tür stehen, drückte die Klinke herunter. Kurz befürchtete er, sie wäre verriegelt und das, was ihn da verfolgte, würde ihn binnen Sekunden in Fetzen reißen – aber sie war nicht verschlossen. Er stürzte in das Zimmer, schloss die Tür so leise, wie er konnte, versteckte sich hinter einem der Sofas und zitterte am ganzen Leib. Als er jetzt die geschlossene Tür anstarrte und seine Hände in den Stoff der Couch krallte, glaubte er, sie würde Stück für Stück geöffnet werden, genau, wie es in seiner Kindheit gewesen war. Als sie tatsächlich mit einem Ruck aufgestoßen wurde, verlor er ein paar Tropfen Urin.

Zuerst erkannte er nicht, wer sich da suchend mit einer Taschenlampe umsah. Yannick wartete, bis der Lichtkegel weitergewandert war, und spähte um das Sofa. Es war der Stationspflegeleiter Tommy, der erst grimmig dreinschauend jede Ecke ausleuchtete, dann verschwand und mit einem Knall die Tür schloss.

Das war knapp! Um ein Haar hätte Tommy ihn erwischt. Oder wusste der Pfleger, dass Yannick sich hinter der Couch versteckt hatte, weil er es gewesen war, der die Tür zu seinem Zimmer geöffnet hatte? Es schüttelte ihn bei dem Gedanken, dass Tommy ihn in die Irre führen wollte, und er blieb vorerst, wo er war, bis er nichts mehr hörte.

Ihn hatte er wahrscheinlich vorhin im Flur gehört. Aber was war mit dem Keuchen? Das musste er sich eingebildet haben – keine Frage.

Er sah sich um und sein Blick fiel auf das schmale Bücherregal. Falls es ihm gelang, keinen Lärm zu machen, konnte er nachsehen, ob Ramona dieses mit der Pentagramm-Nachricht gemeint hatte. So müsste er nicht Marvins und seine eigene Haut riskieren, wenn sie es am Tage versuchten.

Tief durchatmend, schlich er zum Regal und zögerte nicht lange. Yannick packte es mit den Händen und zog es vorsichtig von der Wand, ohne Lärm zu machen. Zumindest vorerst. Denn plötzlich fiel etwa Schweres herunter und knallte hart auf den Boden.

Bevor er nachsah, was es gewesen war, verharrte er hockend neben dem Regal, starrte zur Tür und erwartete, jeden Moment Tommy hindurchstürmen zu sehen. Nichts geschah, alles blieb still. Yannick schaute hinter den Schrank, entdeckte dort aber nichts, weil es zu dunkel war. Als er den Boden abtastete, fand er allerlei Unrat, der an seinen Fingern klebte. Als er endlich auf etwas Großes, Glattes stieß, schrie er fast vor Erregung. Er bekam es zu fassen, zog es zu sich und betrachtete es im Mondschein. Es war ein Tagebuch – zumindest stand das auf dem Einband.

Schnell steckte er es in seinen Hosenbund und schlich zur Tür. Kurz legte er ein Ohr dagegen, hörte jedoch nichts. Wie oft die Pfleger ihre Runden drehten, wusste er noch nicht. Wenn es so lief wie in den anderen Kliniken, würde er irgendwann die Marotten und Gewohnheiten der Angestellten kennen. Wenn Tommy nicht derjenige gewesen war, der ihn aus dem Zimmer gelassen hatte, wollte Yannick nicht wissen, was der Pfleger mit ihm anstellte, sollte er ihn nachts mit einem Tagebuch in der Hose über die Flure schleichen sehen.

Er kam der Ecke näher, an der er abbiegen musste, als er erneut ein Keuchen vernahm. Und noch etwas anderes reihte sich in die gespenstischen Geräusche ein: ein Quietschen, wie von Schuhen in einer Turnhalle. Nervös wirbelte er herum, doch da war nichts. Er beugte sich vor und lugte um die Ecke. Nichts. Die Geräusche kamen näher, wurden dröhnender. Seine Beine zuckten. Irgendwann hielt er es nicht mehr aus und rannte um die Ecke. Seine Füße patschten auf dem Boden. Kurz schaute er sich um. Als er wieder nach vorn sah, kam jemand aus einem Zimmer. Er konnte nicht bremsen und lief ihm in die Arme.

»Wen haben wir denn da?«, brummte der riesige Mann und jetzt landeten nicht nur ein paar Tropfen Urin in seiner Hose, sondern eine ganze Tankwagenladung voll.

Kapitel 5

»Hoppla«, sagte der Riese und trat ein Stück zurück. »Da ist dir aber ein Missgeschick passiert!«

Yannick stand wie angewurzelt vor dem Mann, dessen Haare schon lange ergraut waren und dessen Nase so knubbelig aussah wie die eines Zwerges. Dieser Kerl maß mit Sicherheit zwei Meter.

Etwas knallte und Yannick zuckte zusammen. Plötzlich griff der Mann nach Yannick, zog ihn zu sich heran und stieß ihn in den Raum, aus dem er gekommen war. Schmerzhaft prallte Yannick mit dem Hüftknochen gegen einen Tisch und unterdrückte einen Schmerzensschrei. Der Mann legte sich einen Finger auf die Lippen und zog einen seltsamen Wagen aus dem Zimmer in den Flur. Daran waren ein Schrubber und ein Wischer befestigt und es gab noch einige Putzmittel. Er schloss die Tür hinter sich und verbarg Yannick vor demjenigen, der durch die Gänge patrouillierte.

Yannick schlich zur Tür und legte ein Ohr daran. Versteckte der Riese ihn etwa? Vor wem?

»Was machst du hier, Dummkopf?« Sofort erkannte er die Stimme. Es war Tommys! Der grobschlächtige Kerl hatte ihn davor bewahrt, vom Pfleger ertappt zu werden!

»Meinen Job«, sagte der Riese. »Putzen.«

»Was ist das für eine Sauerei da auf dem Boden?«, wütete Tommy und Yannick hätte fast gerufen: ›Leck doch mal dran, du Arsch‹, besann sich aber eines Besseren und hielt den Mund.

»Mir ist Apfelsaft ausgelaufen, Sir, entschuldigen Sie, Sir.«

Sir?

»Ich wisch das sofort weg, Sir.«

»Das will ich dir auch geraten haben. Wenn ich in zwei Stunden meine nächste Runde mache, bist du verschwunden, verstanden?«

Es war vier Uhr in der Früh. Also arbeitete der Kerl in der Nachtschicht, damit er in Ruhe putzen konnte, während die Patienten schliefen. Und Yannick hatte jetzt einen Anhaltspunkt, wie oft Tommy die Flure kontrollierte.

»Ja, Sir, wie immer«, antwortete der Riese demütig und verabschiedete sich vom Pfleger.

Yannick trat von der Tür zurück. Sekunden später öffnete sie sich und der weißhaarige Mann lächelte ihn gut gelaunt an. Obwohl er so gewaltig wirkte, war an ihm nichts Bedrohliches. Er schloss die Tür, stellte den Aufnehmer zur Seite und wischte sich die Hände an der Arbeitskleidung ab.

»Hi, ich bin Robert, Robert Leipnitz, der Hausmeister.«

»Yannick Gerlach, Patient.«

»Ja, das sehe ich. Erkennt man sofort an eurer Kleidung. Habe zwar nicht viele von euch gesehen, aber ein paar schon.« Er schob die Unterlippe vor, lehnte sich an die Wand und verschränkte die Arme vor der Brust. »Darf euch nicht zu nahekommen, sagt Sir.«

»Wieso nicht und warum nennst du ihn Sir?«

»Die haben mir gesagt, ihr würdet Lügen über die Klinik erzählen. Und da die wissen, dass ich nicht der Hellste bin«, er tippte sich an die Stirn, »haben sie Angst, ich könnte draußen falsche Sachen weitergeben. Und Sir nenne ich ihn, weil er das will.«

Sich von den Angestellten Sir nennen zu lassen, obwohl man kein Earl oder König, geschweige denn ein Engländer war, kam Yannick mehr als befremdlich vor.

»Setz dich.« Robert bot ihm einen Stuhl an.

»Es ist besser, wenn ich gehe, bevor mich Tommy doch noch erwischt.« Verlegen kratzte er sich im Nacken und dachte an seine nasse Hose. Der unangenehme Geruch nach Urin drang ihm in die Nase. »Danke, dass du mir den Arsch gerettet hast.«

»Ach was, habe ich gern gemacht. Und um Sir brauchst du dir keine Sorgen machen, der kommt erst gegen sechs zurück.« Er ging zu einer kleinen Küchenzeile, offenbar war das der Pausenraum für die Angestellten. »Möchtest du einen Kaffee?« Robert hielt eine Kanne mit brauner Flüssigkeit hoch.

»Warum nicht?« Yannick setzte sich nun doch. Robert weckte sein Interesse. Ramonas Tagebuch schob er unauffällig an eine trockene Stelle, lehnte sich zurück und wartete, bis Robert zwei Tassen auf den Tisch stellte, den Kaffee eingoss und Milch und Zucker holte.

»Wieso bist du hier?«

Seine Frage ließ Yannick mit der Tasse an den Lippen verharren. »Durch meine Nachlässigkeit ist jemand zu Tode gekommen.«

»Oh!« Seine Augen weiteten sich. »Aber du hast ihn nicht eigenhändig umgebracht?«

»Nein, nein.« *Auch wenn es sich so anfühlt*, dachte er.

»Gut!«, rief Robert. »Hatte schon Angst, ich trinke mit einem Mörder Kaffee. Obwohl das nicht so schlimm wäre. Ich wollte schon immer einen von euch kennenlernen, die haben es mir aber verboten.«

Aus irgendeinem Grund war er ernsthaft traurig darüber. Was war daran besonders, Bekloppten in der Klapse zuzusehen? Sensationsgeilheit?

Robert klärte ihn auf. »Ich kenne gern die Leute, deren Dreck ich wegmache, dann finde ich es nicht mehr ganz so ekelhaft.«

Es war eine andere Erklärung, als Yannick vermutet hatte, und doch war sie die einfachste. Wobei er sich nicht sicher war, ob er es nicht widerwärtiger finden würde, wenn er wüsste, *wer* die Sauerei verbrochen hatte.

Er lachte und Robert stimmte mit ein. Es war ein gutes Gefühl. Das erste echte Lachen seit dem Tod seines Bruders.

»Was musst du machen?« Yannick trank seine Tasse leer und winkte ab, als Robert die Kanne hob und ihm neuen Kaffee anbot.

»Eigentlich alles, bis auf eure Zimmer. Die säubern die Pfleger, sobald ihr nicht da seid. Vertrauen niemandem, sind selbst total komisch. Vor allem dieser Tommy.«

»Hast du einen eigenen Schlüssel?«

Robert verstand sofort den Hintergrund der Frage und schüttelte mit einem schelmischen Grinsen den Kopf. »Nein, natürlich nicht. Ein Pfleger muss mich rauslassen. Heute ist es Tommy und der macht sich ab und zu einen Scherz daraus und lässt mich ein paar Minuten warten. Komme dann immer zu spät zu meinem anderen Job.«

»Wie viele hast du?«

»Drei, alle Teilzeit. Als Putzkraft und wie hier auch teilweise als Hausmeister.« Er griff an seinen Gürtel und warf eine kleine Tasche voll klirrendem Werkzeug auf den Tisch. »Wenn es etwas zu reparieren gibt, bin ich dein Mann.« Seine Lippen verzogen sich zu einem schmalen Strich. »Sind manchmal komische Geräte, die ich da flicken muss. Sehen irgendwie böse aus.«

Yannick betrachtete die Werkzeuge, schnell packte Robert sie weg, weil er Yannicks gierigen Blick bemerkte.

Nervös sagte er: »Ist noch nie einer von hier geflohen. Also denk nicht mal dran.«

»Habe ich nicht vor.« Yannick stand auf, sah auf die Uhr an der Wand. Es war fast fünf. Eine Stunde noch und Tommy würde zurückkehren. Yannick wollte nicht derjenige sein, der ihm in die Arme stolperte. Außerdem wollte er die kalte Nässe am Hintern loswerden. »Ich muss jetzt los. Danke, Robert. Für den Kaffee und deine Hilfe.«

»Ach was.« Er machte eine abwehrende Handbewegung. »Habe ich gern gemacht. Soll ich dich zu deinem Zimmer bringen?«

»Klar, warum nicht?«, sagte er.

Robert lächelte, räumte die Tassen in die Spüle, ließ Kondensmilch und Zucker im Schrank verschwinden und wischte mit einem feuchten Lappen den Tisch ab.

»Entschuldige«, sagte er schulterzuckend, »ich kann einfach nichts dreckig hinterlassen, das liegt in unserer Familie. Schon mein Urgroßvater war ein reinlicher Mann.« Er öffnete die Tür und ließ Yannick vorangehen. »Damals hatte mein Vater eine richtig gute Arbeit. Er wurde aber entlassen, deshalb musste ich schon früh mehrere Jobs gleichzeitig machen, um ihn, Mama und mich selbst zu versorgen.«

Yannick hörte ihm gespannt zu. Er war der erste Mensch in dieser Anstalt, der ihm freiwillig etwas über sich erzählte. Alle anderen, ob Personal oder Patienten, verschlossen sich vor ihm.

»Hier ist es«, sagte Yannick, blieb stehen und zeigte auf die Tür mit der Nummer 33. Kurz befürchtete er, er könnte sie nicht öffnen und er wäre dem Stationsleiter ausgeliefert. Als er die Klinke hinunterdrückte und die Tür aufschwang, entspannte er sich. Aber nur, um sich gleich wieder anzuspannen, als er etwas entdeckte, das ihm zuvor nicht aufgefallen war. In Furcht packte er Robert an der Uniform und zog ihn zu sich.

»Da sind Kameras, die sehe ich ja jetzt erst!«, flüsterte er.

»Was für Kameras?« Robert war sichtlich verwirrt.

Yannick drehte den massigen Körper um hundertachtzig Grad und deutete auf einen grauen Kasten, der unter der Decke hing. Frau Dohmen hatte mit keinem Wort erwähnt, dass es auf dieser Station Kameras gab. Nur auf den anderen.

»Ach, die! Die sind doch nicht echt!«

»Ich dachte, die überwachen uns nicht mit Kameras, sondern nur die schweren Fälle …«

»Das tun sie auch nicht. Früher wurde jede Station rund um die Uhr überwacht. Das Geld reicht dafür aber nicht mehr. Deshalb hängen auf den ungefährlicheren Etagen Attrappen.« Er sah auf seine Armbanduhr. »Ich sollte jetzt gehen.«

Bevor Yannick ihn aufhalten konnte, verschwand Robert um eine Ecke. Was sollte er von der Begegnung halten? Ein Mann, der selten in den Kontakt mit den Patienten kam und dennoch genug wusste, um über die Finanzen der Einrichtung Bescheid zu wissen? Ihm kam das höchst seltsam vor und er ging rasch in sein Zimmer. Bestimmt war das ein Schauspiel, mit dem sie ihn in die Irre führen wollten.

Er zog die Tür zu und ging Richtung Bett. Als das Schloss hinter ihm zweimal knackte, zuckte er zusammen und starrte wie betäubt darauf. Hatte da soeben jemand abgeschlossen? Yannick drückte die Klinke herunter und tatsächlich – sie war verriegelt. Kurz zweifelte er daran, wirklich auf den Gängen herumgegeistert zu sein, aber als er nach dem Tagebuch griff, wusste er, dass er sich das nicht nur eingebildet hatte. Definitiv war er draußen gewesen, hatte sich im Aufenthaltsraum umgesehen und das Buch entdeckt. Aber wer hatte ihn rausgelassen und so schnell wieder eingeschlossen? Als er in sein Zimmer gegangen war, hatte er niemanden auf dem Flur gesehen.

Yannick bekam Kopfschmerzen, entledigte sich der nassen Hose, warf sie über den Stuhl und setzte sich mit dem Tagebuch aufs Bett. Neugierig strich er über den Umschlag und klappte es auf. Mit den Fingern befühlte er den Namen der Besitzerin und glaubte, Blitze würden durch seine Fingerkuppen schießen und sich in seinem Körper verteilen. Ramona Borner. Tatsächlich hatte er das gefunden, was er sich erhofft hatte. Etwas das ihr gehört hatte und sie ihm vielleicht näherbringen würde.

Er blätterte um und sah dasselbe rote Pentagramm wie in dem anderen Buch. Dann begann er zu lesen.

Kapitel 6

Ramonas Tagebuch

Hallo, liebes Tagebuch, ich musste ein neues anfangen. Mama und Papa haben mir nicht erlaubt, das von zu Hause mitzunehmen. Sie meinen, wenn ich mein altes Leben nicht zurücklasse, kann ich keinen Neustart machen. Was ist, wenn ich das nicht will? Wenn ich mich für immer an das, was ich getan habe, erinnern möchte?

Die glauben, in meinem Oberstübchen stimmt etwas nicht. *»Die ist völlig Banane«,* hat Papa zu Mama gesagt. Na ja, jetzt bin ich siebzehn und die beiden werden wissen, was das Beste für mich ist. Und sofern die meinen, eine Irrenanstalt wäre der richtige Ort für ihre einzige Tochter: Bitteschön, warum nicht? Das halte ich durch. Ein paar Monate und die holen mich wieder raus. Ich muss nur aufpassen, dass die Pfleger den roten Stift und das neue Buch nicht finden, sonst nehmen die mir das weg. Habe beides in einem doppelten Boden im Koffer versteckt. Selbst schuld, wenn die Blödmänner nicht alles genau durchsuchen. Aber in jeder meiner Körperöffnungen, *da* konnten sie nachsehen.

Na ja, was soll ich dir erzählen? Die ersten Tage waren ziemlich beschissen. Ständig haben die mich mit irgend so einem Zeug betäubt und das Duschen ist die Hölle. Gestern hat mich der Stationsleiter mit einem Schwamm abgeschrubbt. Überall. Hörst du? ÜBERALL! Darf der das überhaupt? Das werde ich Mama und Papa sagen.

Ja, und ansonsten ist es ätzend ruhig. Die anderen Patienten sind dauerstoned und bringen kein Wort heraus. Die Pfleger reden nicht mit mir. Umso froher bin ich, dass ich dich hab.

Aber heute Abend, im Aufenthaltsraum, dachte ich kurz, ich hätte etwas Seltsames gesehen. Etwas Schwarzes huschte durch den Raum. Ehrlich. Wie ein Schatten oder ein Geist. Ich habe mitbekommen, dass er bei einer alten Frau anhielt. Als der Schatten weg war, fing sie an zu röcheln, als würde sie gleich ersticken. Die Pfleger kamen sofort angerannt. Na ja, der Ollen gehts gut, aber ich kann nicht vergessen, was ich gesehen habe. Ist es das Haus, das mich verrückt macht, oder bin ich wirklich einem Gespenst begegnet? Das kann kein Zufall sein. Gäbe es in diesem Drecksladen Therapiestunden, könnte ich dem Arzt davon erzählen. Aber so etwas gibt es hier nicht. Da frage ich mich, warum sich dieses Drecksloch Seelenheil-Klinik nennt, wenn das Einzige, was geheilt wird, das Konto der Leitung ist, weil meine Eltern einen Batzen Geld bezahlen.

Bald ist es Zeit für das Abendessen und ich habe Angst, den Schatten wiederzusehen. Was, wenn er diesmal zu mir kommt? Darüber will ich gar nicht nachdenken …

***

Seit ein paar Minuten bin ich zurück. Beim Abendessen und im Aufenthaltsraum ist nichts passiert. Mir ist nichts Ungewöhnliches aufgefallen. Aber die alte Frau war weg. Und als ich den Pfleger nach ihr fragte, bekam ich eine patzige Antwort und konnte, indem ich das Thema schnell wieder fallenließ, gerade noch verhindern, dass er mir eine Spritze in die Vene jagt. Die Schlafenszeit hat soeben begonnen und ich höre Schritte, die vor meinem Zimmer auf und ab gehen. Was ist hier los? In den ersten Tagen war zwar auch alles beschissen, aber nicht so abgedreht wie jetzt. Nie habe ich an paranormalen Mist geglaubt, doch dieser Schatten und die seltsamen Laute, die vor meiner Tür zu vernehmen sind, machen mich verrückt. Soll ich vielleicht durchs Schlüsselloch sehen?

***

Scheiße, scheiße, scheiße! Was war das? Ich schwöre, ich habe jemanden vor meiner Tür gesehen! Keinen Pfleger. Nein. Es war nicht mal ein Mensch. Ich sah eine fürchterlich bleiche Hand! Zierlich, von einer Frau. Sie war genau vor dem Schlüsselloch. Von den Fingern tropfte Blut, die Haut war geschunden und eingerissen. Offenbar habe ich ein Geräusch gemacht, denn schlagartig verschwand die blutende Hand und ein schwarzes Auge erschien. Es starrte mich an. Das Lid fehlte. Ich schrie und schrie, als ich zurück in das Bett hechtete und mir die Decke über den Kopf zog. Minuten später hörte ich den Schlüssel im Schloss und wie die Tür knarrend geöffnet wurde. Als ich die Stimme des Pflegers vernahm, riss ich mir die Decke vom Kopf und sprang ihm in die Arme. Er wusste nicht, wie ihm geschah und warf mich auf die Matratze.

»Ramona!«, blökte er. »Was stimmt nicht mit dir?«

Sofort jagte er mir eine Spritze in den Arm und ich bin erst jetzt aufgewacht. Es ist schon der nächste Tag, wieder Abend, kurz vorm Schlafengehen. Einen ganzen, gottverdammten Tag habe ich verpennt! Und ich bin mir sicher: Sobald gleich abgeschlossen wird und das Licht erlischt, steht *sie* vor der Tür und sieht durch das Schlüsselloch.

Kapitel 7

Ein Knall ließ Yannicks Blick vom Tagebuch hochschnellen.

Dass Ramona ein besonderes Mädchen sein musste, hatte er geahnt – und das nur, weil er ihren Namen berührt hatte. Doch niemals hätte er geglaubt, dass diese Geschichte eine derartige Wendung nehmen würde. Hatte er nicht vorhin selbst an Gespenster gedacht, als er im Flur umherschlich? Aber war das nicht normal? Welcher Mensch würde nicht anfangen, Geräusche zu hören oder Dinge zu sehen, die nicht da waren, wenn er in einer solchen Einrichtung festsaß?

Was war mit dem Schatten, den Ramona gesehen haben wollte? Konnte er auf die Tagebucheinträge einer Siebzehnjährigen vertrauen? Vielleicht hatte sie unter Wahnvorstellungen gelitten.

Es knallte erneut. Als er Max' Weckruf: »Aufstehen, ihr Süßen!« vernahm, wusste er, dass der Pfleger bald an seine Tür klopfen würde. Er versteckte das Tagebuch hinter dem Schrank, wie Ramona es getan hatte, und setzte sich auf den Bürostuhl. Heute war kein Waschtag, da musste er sich nicht ausziehen.

»Hey, Yannick, bist du schon wach?« Es klopfte.

»Ja, klar.« *Bei dem Krach, den du machst, würden sogar Tote auferstehen*, fügte er in Gedanken hinzu.

Die Tür wurde aufgeschlossen und Max trat ein. Yannick konnte seinen Gesichtsausdruck nicht richtig deuten. War es Mitleid? Der Pfleger senkte den Blick und machte ein paar Schritte auf ihn zu.

»Ich habe schlechte Neuigkeiten. Eigentlich wollte die Dohmen dir das selbst sagen, hat es dann aber doch auf mich abgewälzt.«

Yannick stand auf. Max' Verhalten beunruhigte ihn zutiefst. »Was ist los?«

»Setz dich lieber wieder.«

»Nein, ich setz mich nicht! Was ist los?«

»Deine Eltern«, begann er, verstummte und knabberte an einem Fingernagel.

Sind bei einem Autounfall verunglückt. Sind in ihrem Haus erstickt, als ein Feuer ausbrach. Sind von einem Bären gefressen worden. Das waren die ersten und unsinnigen Gedanken, die ihm durch den Kopf gingen.

»Was ist mit ihnen?«

»Sie werden morgen nicht zu Besuch kommen. Dein Vater hat den Termin abgesagt.«

Das war ein Stich ins Herz und Yannick fasste sich an die Brust. »Hat er einen Grund genannt?«

»Nein, und er hat sich auch keinen neuen Termin geben lassen.«

»Das glaube ich nicht!«

»Ist aber so.« Max breitete die Arme aus. »Es tut mir leid. Wir haben das öfter, dass Angehörige sich schwertun, ihre Liebsten als Patienten in solch einer Anstalt zu sehen.«

Yannick dachte an Marvin, der behauptete, seine Eltern wären verschwunden und würden ihn deshalb nicht besuchen. Warum seine eigenen es nicht machten, wusste er ohne Spekulationen: Sie hassten ihn und das zurecht. An Theodors Tod war er schuld und er hatte es verdient zu leiden. Und anscheinend war es nicht genug, dass man ihn wegsperrte wie einen ungehorsamen

Hund. Jetzt straften sie ihn noch damit, dass sie einfach so taten, als würden sie ihren Sohn nicht mehr kennen, und ließen ihn in der Seelenheil-Klinik verrotten.

Max ergriff nach einer Weile das Wort: »Komm, wir müssen in den Speisesaal, sonst wird Tommy ungeduldig.«

Tommy! Tommy! Tommy! Yannick fragte sich, ob der Stationsleiter hier wohnte. Oder wie konnte es sonst sein, dass er gefühlt zu jeder Tages- und Nachtzeit anwesend war?

Yannick fügte sich den Anweisungen und folgte Max den Flur entlang. Bei Helligkeit sah alles anders aus als in der Nacht.

»Guten Morgen zusammen«, begrüßte Max die neun Patienten, die brav am Tisch saßen, auf ihre Sets starrten und nicht antworteten.

»Ach, hols der Teufel«, sagte Max und machte eine abschätzige Handbewegung. »Ich habe heute keine Lust, euch Manieren beizubringen.« Er bat Yannick, sich zu setzen, und stellte sich wie am Vortag an die Tür und beobachtete sie. Es erklang wieder der scheppernde Krach des Essenswagens. Als die dicke Küchenfrau mit ihrem Haarnetz und der Schürze ins Zimmer trat, kam in ihm die Panik auf, die er in der Küche verspürt hatte. Als sie ihn ansah und sich schnell abwandte, fragte er sich, was er ihr getan hatte. Schließlich war er derjenige, der Angst hatte, nicht sie. Die Küchenfee verteilte schleunigst das Frühstück und verschwand.

»Dann mal guten Hunger!«, tönte Tommy, der in den Raum schritt und in die Hände klatschte. Sein Blick blieb auf Yannick hängen. »Hoffen wir, dass es heute ein ruhiger Tag ohne eine Extradosis Schlaf wird, nicht wahr?« Lachend ging er fort.

Man musste diesen Sadisten stoppen! Aber wie? Sobald Yannick Frau Dohmen etwas davon erzählte, betitelte sie ihn als Petze und drohte ihm Strafen an, die er sich nicht vorstellen wollte, und seine Eltern konnte er auch nicht einweihen. Was war mit seinen besten Freunden, Christoph und Lola? Hatten sie nicht versprochen, ihn zu besuchen? Bis jetzt gab es keine Absage von ihnen.

Er dachte weiter darüber nach, köpfte sein Ei und belegte damit ein Brötchen. Es war das erste Mal, dass er nach dem Abendessen am Ankunftstag etwas zu sich nahm. Sein Magen bedankte sich dafür, auch wenn das Brötchen alt schmeckte und das Ei zu hart war. Es war besser als nichts. Durch die Drogen, die sie ihm eingeflößt hatten, und den Nahrungsentzug, fehlte ihm die Kraft, die er brauchte, um das hier durchzustehen.

Keiner der anderen war benebelt. Offenbar hatte sich niemand gewehrt und auch ihnen war eine Dosis Träum-was-Schönes erspart geblieben.

Marvin saß neben ihm und Yannick knuffte ihm in die Seite. »Na, alles klar bei dir?«

Der Junge nickte, antwortete aber nicht. Vielleicht hatte er keine Lust zum Reden. Yannick ließ ihn in Ruhe und widmete sich dem Obstsalat, den es zu dem Brötchen gab. Als er sich den ersten Löffel mit Fruchtstücken in den Mund schob, fragte die alte Frau neben ihm mit zittriger Stimme: »Könnten wir ein Kännchen Kaffee und ein Käsebrot haben?«

Dass Emma ständig von sich in der Mehrzahl sprach, hatte Max ihm bereits verraten.

»Wie bitte?«

»Ein Kännchen Kaffee und ein Käsebrot. Bitte, wir haben so einen Hunger!« Sie streckte ihre knochige Hand in seine Richtung und es sah wirklich aus, als könnte sie mehr vertagen.

»Bitte, wir haben so einen Hunger!«, wiederholte sie und packte ihn. Sie ergriff seinen Oberarm und drückte zu. »Bitte, wir brauchen Hilfe, *sie* tun uns weh!«

»Das reicht, Emma!«, schrie Max, rannte zu ihnen und riss die Frau grob vom Stuhl. »Wir haben doch eine Kandidatin für den Schlaf!« Es knackte komisch und eine blecherne Antwort ertönte: »Verstanden, komme sofort.«

Erst jetzt begriff Yannick, dass die Pfleger Walkie-Talkies bei sich trugen, mit denen sie Hilfe rufen konnten.

Sekunden später kam Tommy in den Speisesaal gestürmt, verpasste Emma eine Spritze und brachte die taumelnde Frau weg. Niemand außer Yannick beachtete das Schauspiel – weil sie es kannten. Nicht zuletzt durch Yannick selbst, der zweimal ausgeknockt worden war. Er wusste noch immer nicht, wie der Hase lief. Eigentlich wollte er das im Moment auch nicht. Lieber würde er in seinem Zimmer sitzen und in Ramonas Tagebuch lesen.

Max stellte sich mitten in das Esszimmer, stemmte die Hände in die Hüften und rief: »Muss wer aufs Klöchen?« Als keine Antwort kam, seufzte er. »Natürlich, jetzt muss wieder kein Schwein, doch sobald ihr im Aufenthaltsraum seid, pinkelt ihr euch in die Buxe.« Immer noch betretenes Schweigen. »Na gut, dann los!«, forderte er sie auf.

Als Letzter betrat Yannick den Flur und drehte sich den ganzen Weg über ständig nach Max um. Gänsehaut überkam ihn bei dem Gedanken, dass der Pfleger hinter ihm lief und er nicht sehen konnte, was er machte. Allmählich glaubte er den Berichten, die er im Internet gelesen hatte. *Anstalt der Toten …* vielleicht stand in Ramonas Tagebuch mehr darüber. Sollte das Mädchen sich die blutende Hand und das schwarze Auge vor der Tür nicht eingebildet haben und es gab Geister?

Er schüttelte sich und bog in den Aufenthaltsraum ab. Jeder nahm seinen Platz ein, nur er blieb wie angewurzelt stehen und dachte an die Worte, die Ramona auf Papier gebracht hatte. Hatte sie nicht hier einen Schatten gesehen? Genau in diesem Raum? Ihm schauderte und er schaute sich um. Alles war normal. Die anderen sahen fern, spielten Gesellschaftsspiele – wobei er bezweifelte, dass die Irren sich an die Regeln hielten – oder hatten sich Bücher genommen und blätterten durch die Seiten. Auch Magda war da. Sie hatte einen Verband am Kopf, hockte in ihrer Ecke und ließ die gehetzten Augen hin und her huschen. Nur Emma fehlte, ansonsten war die Schar komplett. Marvin saß vor dem Computer und klickte vereinzelt mit der Maus, sah jedoch nicht auf den Bildschirm. Was war mit ihm los?

Yannick ging zu ihm, warf einen kurzen Blick auf das Bücherregal, um sich zu versichern, dass sein nächtliches Möbelrücken keine Spuren hinterlassen hatte – das hatte es zum Glück nicht –, und stellte sich hinter den Jungen. »Was schaust du dir an?«

Marvin gab keine Antwort. Der Monitor zeigte die Benutzeroberfläche des Betriebssystems, ansonsten nichts. Der Mauszeiger traf ins Leere. Er war völlig abwesend. Tommy hatte doch gesagt, es hätte niemand eine Dosis Ich-wehre-mich-nicht gebraucht, also sollte Marvin nicht unter Drogen stehen.

»Was ist mit dir?« Den Jungen samt Stuhl drehte er zu sich um. Marvin ließ die Computermaus nicht los, riss sie vom Tisch und sie baumelte an ihrem Kabel. Yannick legte sie zurück, umfasste Marvins Gesicht mit den Händen und fragte erneut: »Was ist mit dir?«

Er leckte sich über die Lippen und weinte plötzlich. »Heute wären meine Eltern gekommen, aber sie sind ja verschwunden und niemand sucht nach ihnen!«

Das war also der Grund für sein Verhalten. Hatte er sich deshalb gestern so seltsam benommen? Oder lag es schlicht daran, dass er verrückt war?

Yannick nahm ihn in die Arme. »Das tut mir leid. Sollen wir den Tag zusammen verbringen? Vielleicht lenkt dich das ab?!«

Marvin drückte ihn sanft weg, holte ein Stück Klopapier aus der Hosentasche und putzte sich die Nase. »Wolltest du nicht ein Ablenkungsmanöver starten, sobald wir das nächste Mal im Aufenthaltsraum sind? Sag Bescheid, wenn ich loslegen soll.« Er versuchte zu lächeln. Es gelang ihm nicht vollständig.

»Das musst du nicht mehr. Ich habe gefunden, was ich suchte.«

»Wann denn? Du warst doch die ganze Zeit betäubt.«

Jetzt kam er in Erklärungsnot. Sollte er ihm verraten, dass er heute Nacht durch die Flure geschlichen war, das Tagebuch entdeckt und den Hausmeister Robert kennengelernt hatte? Vorerst entschied er sich dagegen. Das war zu riskant. Was, wenn der Junge quatschte und sie Yannick das Buch, den einzigen Draht zu Ramona, wegnahmen? Darin standen vielleicht die Antworten auf viele Fragen, die sich um diese Anstalt drehten.

»Jeder Mann braucht seine Geheimnisse.« Yannick kniff ihm in die Wange.

Der Junge zog den Kopf weg, sprang vom Stuhl und ging wortlos davon.

Yannick nahm Marvins Platz ein, setzte sich vor den Computer und klickte sich durch das Menü. Hier war noch weniger als nichts. Es gab keine Spiele, kein Internet, nichts. Doch, da war etwas. Ganz versteckt fand er ein Schreibprogramm. Wozu sollten es die Verrückten nutzen? Als er gespeicherte Dateien entdeckte, verstand er: Damit durften die Patienten Briefe an ihre Liebsten verfassen, die vom Personal – das vermutete er zumindest – ausgedruckt und verschickt wurden. Sollte er es wagen? Warum nicht? Wieso nicht seine Worte direkt an die Eltern richten?

Er tippte:

»Hallo, Mama, hallo, Papa,

was zum Teufel habt ihr euch dabei gedacht, mich hier reinzustecken?«

Yannick setzte ab und löschte den Satz. So begann man keinen Brief.

»Neuer Versuch«, murmelte er und legte die Finger auf die Tastatur.

»Liebe Mama, lieber Papa,

ich vermisse euch! Schade, dass ihr mich nicht besuchen könnt, waaaaaaaaaaaaaa…«

Sein Finger verharrte auf dem Buchstaben, als er im Augenwinkel eine Bewegung wahrnahm. Was war das gewesen? Da, in der rechten Ecke. Irgendetwas war da vorbeigehuscht. Da war er sich ganz sicher! Aber als er sich umsah, entdeckte er nichts Außergewöhnliches. Alle saßen an ihren Plätzen, niemand hatte sich gerührt. Er rieb sich die Augen.

Du bist nur müde, also scheiß dir nicht in die nicht vorhandene Unterhose!

Er löschte die As und fuhr fort: *»… warum kommt ihr nicht? Ich hoffe, bei euch ist alles in Ordnuuuuuuuuuuuuuu…«*

Verdammt! Da war es wieder. Diesmal in der Ecke, in der Magda hockte. Yannick hatte es deutlich gesehen. Oder? Ganz sicher war er sich nicht. Ohne zu speichern, schloss er das Schreibprogramm und stand auf. Konnten ein paar Zeilen eines Mädchens, das er nicht mal kannte, ihn so ängstigen, dass er Dinge sah, die nicht da waren? Nein, das war nicht korrekt. Denn diese Dinge, oder eher *das Ding*, war da, genau vor seinen Augen. Ein schwarzer Schatten. Eine erkennbare Form, ein Mensch, ein Schattenwesen. Er schwebte vor Magda und streckte die Arme nach ihr aus. Yannick erkannte dünne Finger, die nach ihr griffen. Ein Schatten, der rauchähnlich nach ihr züngelte.

»Nein!«, schrie er, machte einen Satz und sprang durch das Wesen hindurch. Hart landete er auf Magda und hörte sie unter sich stöhnen.

Sie kreischte und schlug ihn, biss in seine Schulter. Perplex stand er auf, schüttelte den Kopf, bemerkte das warme Blut, das aus der Schulterwunde tropfte, ignorierte es, weil er sich umsah und das Schattenwesen suchte. Er fand es am Computer, dort, wo er vor wenigen Momenten gesessen hatte. Es starrte ihn direkt an. Wo bei einem Menschen aus Fleisch und Blut die Augen lagen, waren zwei rotglühende Kugeln, die Yannick zu durchbohren drohten. Als die Tür hinter ihm aufflog und jemand nach ihm griff, verschwand der Schatten.

»Was hast du mit ihr gemacht, du Schwein?«, brüllte Tommy und rammte ihm eine Spritze in den Nacken. Gute Nacht, Welt!

***

Als er die Augen öffnete, schaute er an die Decke seines Zimmers. Ein ziehender Schmerz schoss durch seine Schulter, als er sich aufsetzte. An ihr befand sich ein blutdurchtränkter, nicht sehr fachmännisch angelegter Verband.

»Was zum Teufel …?«

»Sie hat ziemlich tief gebissen.«

Yannick schreckte zusammen und drehte sich um. Pia, die Auszubildende, saß auf dem Bürostuhl neben seinem Bett. In ihren Händen hielt sie den Liebesroman, in dem er Ramonas Hinweise gefunden hatte.

»Die Wunde wurde desinfiziert und genäht«, sagte sie beiläufig ohne Elan.

»Von einem Arzt? Ich möchte ihn sprechen!«

Sie hob einen Mülleimer hoch. Darin waren blutige Tücher, verschmierte Einmalhandschuhe und andere Dinge. Sein Bettlaken war blutbespritzt.

»Ich war das.« Ihre Monotonie machte ihn schier wahnsinnig – wenn er das nicht längst war.

»*Sie* haben mich genäht?« Yannick wäre am liebsten sofort aus dem Bett gesprungen und aus der Klinik gerannt. Die Auszubildende hatte seine Fleischwunde versorgt?

Sie gab zu: »Eigentlich darf ich das nicht, aber …«

»Was aber?«, hakte er nach.

»Nichts, das geht Sie nichts an!«, sagte sie pampig und vergrub die Nase im Buch.

Er riss es ihr aus den Händen. »Jetzt hören Sie zu, Sie kleine …«

Plötzlich wurde die Tür geöffnet und Frau Dohmen trat ein. Wieder stand Max hinter ihr und legte sich den Zeigefinger auf den Mund. Wo war Yannick? In einer Zeitschleife wie in dem Film *Und täglich grüßt das Murmeltier*? Jedenfalls hatte er ein Déjà-vu.

Die Leiterin schickte Pia mit einer Handbewegung aus dem Zimmer und nahm auf dem Stuhl Platz. Leicht schüttelte sie den Kopf, als sie ihn von oben bis unten betrachtete. »Was machst du nur für Sachen!?«

Erst wollte er ihr erzählen, was er gesehen hatte, doch dann dachte er an das letzte Gespräch mit ihr und befolgte Max' Rat. Er hielt den Mund.

»Warum hast du Magda angegriffen? Jetzt ist sie noch verängstigter als zuvor.« Als Dohmen sich vorbeugte, knarrte der Stuhl. Er konnte die Augen nicht von ihrem Dutt nehmen, der heute schief auf ihrem Kopf saß. Sie fuhr fort: »Wolltest du sie begrapschen? Ihr in den Schritt fassen? Deine Finger tief in sie …«

»Nein!«, schrie er.

»Ach nein?«, fragte sie ihn, als wäre er ein unartiges Kind.

»Ich wollte sie weder anfassen noch sonst was mit ihr machen!«, sagte er.

»Und warum hast du sie dann angesprungen?«

»Das kann ich Ihnen nicht sagen«, flüsterte er.

»Wieso nicht?«

»Weil Sie dann glauben, ich wäre verrückt.«

Katja Dohmen stand lachend auf, schob den Stuhl zurück an den Schreibtisch und verharrte an der Tür. »Wenn ich das nicht denken würde, wärst du nicht hier. Und bevor ich es vergesse: Das ist die letzte Warnung. Wenn du dir noch so etwas leistest, kommst du für ein paar Tage in die Iso.«

»Und das bedeutet?«

»Mach weiter, und du findest es heraus.« Dann verschwand sie. Yannick blieb mit Schmerzen in der Schulter und unbeantworteten Fragen zurück. Dass er verletzt war und auf seinem Zimmer bleiben musste, kam ihm nicht ganz ungelegen. So hatte er Zeit, in Ramonas Tagebuch zu lesen und mehr über die Dinge herauszufinden, die sie gesehen hatte. Er stand auf, schob vorsichtig den Schrank von der Wand und hob das Buch auf. Als er wieder auf dem Bett saß, schlug er die Seiten auf und machte beim dritten Eintrag weiter.

***

Ramonas Tagebuch

Es sind ein paar Wochen seit meinem letzten Eintrag vergangen. Ständig wurde ich hierhin und dorthin gebracht oder ruhiggestellt. Die Pfleger haben sich ein neues Spiel einfallen lassen: *Fang den Psycho,* nennen sie es. Wir sollen uns verstecken und sie suchen uns. Eine makabre Abart des Kinderspielklassikers. Wenn wir nicht mitmachen, bekommen wir eine Spritze. Fertig. Ohne Diskussion rammen sie dir das Teil in Hals oder Oberarm.

Ich will nach Hause zu Mama und Papa! Auch wenn es dort Schläge gibt. Das ist allemal besser als das, was hier vor sich geht. Terroristisch veranlagte Angestellte, Patienten, die sich mit den Plastikgabeln die Arme aufritzen. Und natürlich diese Sachen, die nur ich sehe. Seit dem ersten Zusammenstoß ist mir das Schattenwesen noch zweimal erschienen. Zuerst im Speisesaal. Es beobachtete einen Patienten beim Essen. Das andere Mal schlenderte es durch den Aufenthaltsraum.

Die alte Frau, die vom Schatten berührt wurde, ist nicht mehr zurückgekehrt. Ich weiß nicht, was mit ihr geschehen ist. Mein Bauchgefühl sagt mir, dass sie tot ist. Ob das Schattenwesen etwas damit zu tun hat?

Das Ding vor meiner Tür kam nicht wieder. Aber nachts höre ich Schreie, die eindeutig von einem Geist stammen. Wenn ich die anderen Patienten frage, behaupten sie, sie hätten nichts mitbekommen. Ist alles nur in meinem Kopf? Bin ich tatsächlich verrückt? Warum sonst wäre ich ein solch schlechtes Kind gewesen? Warum sonst hätte ich in der Schule ständig Scheiße gebaut? Warum sonst hätte ich meine kleine Schwester mit dem Kissen erstickt?

Kapitel 8

Den letzten Satz las er mehrmals. Sie hatte ihre Schwester getötet? Ramona war eine Mörderin? Er klappte das Buch zu und rieb sich die Schläfen. Was war er denn, in den Augen seiner Eltern? Ebenfalls ein Mörder. Auch er hatte jemanden auf dem Gewissen. Zwar hatte er die Waffe nicht geführt, aber ohne ihn würde Theodor noch leben und Yannick würde nicht hier festsitzen.

Yannick ging in sich und stellte überrascht fest, dass der Drang, sich umzubringen, fort war. Das war außergewöhnlich. Dieser Wunsch begleitete ihn seit zehn Jahren. Und wenn man seine derzeitigen Lebensumstände bedachte, war es umso erstaunlicher, dass er nicht ein einziges Mal daran gedacht hatte.

Er wünschte sich, er könnte seinem Vater erzählen, was hier vor sich ging. In etwa so: ›*Hey, Pa! Die haben keine Therapien, vielleicht nicht mal einen Psychiater. Sobald du Scheiße baust, wirst du betäubt. Und bei Verletzungen muss die Azubine mit der Nadel ran. Geil, oder? Trotzdem wurde ich auf wundersame Weise geheilt.*‹

Sein Vater hatte den hippokratischen Eid abgelegt. Er würde niemals zulassen, dass sein Sohn so behandelt wurde. Und was, wenn doch? Wenn das genau der Grund war, weshalb sie ihn hierhergebracht hatten? War das eine Art Rache für Theodors Tod? Yannick erschauderte und dachte an die letzten Tage, bevor sie ihn fortgebracht hatten. Die Laune seines alten Herrn hatte sich gebessert. Weil er wusste, dass Theodors Mörder bald in der Hölle leiden würde? Wenn er doch nur Kontakt zu ihm aufnehmen könnte …

Der Schlüssel wurde ins Schloss gesteckt. Panisch steckte er das Tagebuch unter die Matratze. In diesem Moment riss etwas in seiner Schulter und sofort breitete sich eine warme Nässe aus. Die Wunde blutete stark.

Die Tür wurde aufgestoßen. In Yannick machte sich Anspannung breit. Es war Pia. Mit einem Tablett kam sie ins Zimmer und starrte seine Schulter an. »Ist es aufgegangen?«, fragte sie nüchtern.

Mit ihr schien etwas nicht zu stimmen. Sie wirkte lakonisch und abwesend.

»Ich weiß es nicht.«

»Das hört von allein auf.« Sie stellte das Tablett auf das Bett und ging zurück zur Tür.

»Wollen Sie das nicht behandeln?«, schrie er ihr hinterher.

Gelangweilt wandte sie sich zu ihm um und sagte: »In zehn Minuten hole ich das Geschirr. Und es ist mir egal, ob Sie dann fertig sind oder nicht!« Dann verschwand sie aus dem Zimmer. Yannick konnte es nicht fassen, dass sie ihn einfach so sitzenließ. Was, wenn er verblutete? Kümmerte es die Pfleger denn überhaupt nicht, was mit ihren Patienten los war?

»Scheiße«, fluchte er, ignorierte das Tablett mit dem dampfenden Mittagessen, stand auf und lief zum Mülleimer, in dem sich die Überbleibsel der Doktorspiele befanden. Die blutdurchtränkten Tücher waren braun. Als er sie durchwühlte, hatte er das Gefühl, in sich selbst hineinzufassen. Er packte den Eimer und schüttete ihn aus.

Yannick durchsuchte den Müll und ertastete etwas Spitzes. Neugierig zog er den Gegenstand aus dem Haufen und untersuchte ihn: Es war eine Nähnadel samt gewöhnlichem schwarzem Garn. Und damit hatte Pia ihn genäht?

Er setzte sich aufs Bett und legte die Nadel neben sich auf die Decke. Ganz vorsichtig nahm er den Verband ab. Als er die Verletzung an seiner Schulter betrachtete, traute er seinen Augen kaum. Es war nicht nur Magdas Biss zu sehen, sondern auch etwas anderes. Erst fand er kein Wort dafür, dann schoss ihm eines durch den Kopf: Schattenspur. Etwas vom Wesen war an ihm haften geblieben, als er durch es hindurch auf Magda gesprungen war, um sie zu retten. Das zeigte sich jetzt um seine Bisswunde. Es sah aus, als hätte Yannick mit der Schulter auf einem Holzkohlegrill gelegen.

Er betastete das fremdartige Gewebe. Die Konsistenz war nicht wie erwartet trocken und krümelig, sondern schleimig und feucht. Als er dieses geleeartige Zeug zwischen Daumen und Zeigefinger spürte, rannte er schreiend zur Tür und schlug dagegen.

»Hilfe! Hilfe!« Bei jedem Schlag sickerte Blut aus ihm und die Schattenspur breitete sich weiter aus. Er war gebrandmarkt.

»Hilfe! Verdammt, ist da keiner?«

Hektisch wurde die Tür aufgeschlossen. Yannick trat ein paar Schritte zurück, verlor immer mehr Blut und wurde schwächer.

»Was ist los?«, fragte Tommy.

»Meine Wunde!« Seine Stimme überschlug sich. »Sieh doch! Ich verblute!«

Der sonst so ernste Mann krümmte sich regelrecht vor Lachen. »Was sagst du da?«

»Schau hin!«

»Mache ich doch, aber da ist nichts.«

Yannick betrachtete die Verletzung erneut. Der Glaube an seinen Verstand wackelte. Der Biss war geschlossen. Die Schattenspur war nicht vorhanden.

»Was zum …?«, flüsterte er. »Eben war sie noch auf und blutete. Pia hat es nicht richtig gemacht!«

»Pia?« Tommy schaute ihn fragend an. »Was soll sie gemacht haben?«

»Sie hat die Wunde versorgt, weil es hier keinen Arzt gibt.«

»Selbstverständlich haben wir einen. Wo denkst du hin?« Tommy begleitete ihn zurück zum Bett und entdeckte die Nadel. »Wo hast du die her?«

»Damit hat sie die Verletzung genäht, die gerade noch geblutet hat …« Er verstummte und gab auf.

Die Bisswunde war geschlossen und von dem Schleim war nichts zu sehen. Drehte er durch?

»Hat sie das gesagt?«

Yannick nickte.

Wieder lachte Tommy. Hatte er heute einen guten Tag? »Dann hat sie dich auf den Arm genommen. Ich wette, mit der Nadel«, er ging zum Stuhl, »hat sie deinen Pullover geflickt. Siehst du?« Er hielt ihm das Oberteil mit den Blutspuren hin und deutete auf die Stelle, die genäht worden war. »Manchmal ist Pia etwas seltsam. Sie tischt den Patienten gern Gruselgeschichten auf. Mehrmals habe ich sie ermahnt, dass sie das lassen soll, aber was soll ich machen? Ich bin gezwungen, sie hierzubehalten. Vitamin B, verstehst du?« Tommy zwinkerte ihm zu und legte das Kleidungsstück über den Stuhl.

Vitamin B? War Pia die Tochter eines Angestellten? Oder die der Leiterin? Denkbar, aber er wagte es nicht, nachzufragen.

Tommy trat ans Bett, nahm die Nadel und untersuchte sie. »Dafür werde ich ihr eine Verwarnung geben müssen. Vitamin B hin oder her. Du hättest dich verletzen können.« Von oben bis unten betrachtete er Yannick. »Iss was und ruh dich aus. In einer halben Stunde schicke ich Pia zu dir, damit sie das Chaos aufräumt.« Er zeigte auf den Müllhaufen mit den blutigen Tüchern. Wahrscheinlich hatte der Arzt ihn wirklich auf seinem Zimmer zusammengeflickt. Offenbar hatte die Auszubildende sich nur einen Spaß auf seine Kosten erlaubt.

Tommy verließ den Raum. Yannick untersuchte erneut seine Schulter und begriff nicht, was geschehen war. Brachten Ramonas Aufzeichnungen ihn dazu, Dinge zu sehen, die nicht da waren? Genau wie bei einem Horrorfilm, in dem ein wehrloser Mensch in einer Tiefgarage überfallen wurde und man sich danach nicht mehr wagte, eine zu betreten, weil man Angst hatte, hinter jedem Fahrzeug könnte sich jemand verstecken? Genau so fühlte er sich jetzt. Dass es Realität gewesen war, war unmöglich. Das alles musste sich in seinem Kopf abgespielt haben.

Er setzte sich und aß das fad schmeckende Mittagessen. Das erste, seit er hier war. Die anderen hatte er verschlafen. Das Stück Fleisch war trocken und hart wie Baumrinde. Die Soße war zu flüssig und schmeckte wie Wasser. Die Kartoffeln waren noch zu roh.

Würgend schluckte er alles herunter und wartete auf Pia. Er wagte es nicht, das Tagebuch hervorzuholen, aus Angst, damit von ihr überrascht zu werden. Seine Meinung über sie hatte sich geändert: Auch sie war niemand, dem man vertrauen konnte. Das sollte man hier keinem …

Yannick schloss die Augen und döste vor sich hin.

Ein paar Augenblicke später öffnete sich die Tür und Pia trat herein.

»Fertig?«, fragte sie schroff. Ihre Augen waren gerötet. Anscheinend hatte Tommy seine Drohung wahr gemacht und ihr trotz Vitamin B eine Abmahnung gegeben. Geschah ihr recht.

»Ja, bin ich.«

Sie nahm das Tablett, stellte es auf den Stationsflur und hob den Müll vom Boden auf. Es vergingen keine zehn Minuten, da war sein Zimmer gereinigt und alles fortgeräumt.

Pia verabschiedete sich mit den Worten: »Zum Abendessen bekommen Sie heute nichts. Der Arzt hat verordnet, dass Sie bis morgen Bettruhe einhalten müssen. Also schlafen Sie.« Sie knallte die Tür zu und schloss ab.

Beinahe hätte er ihr hinterhergerufen: ›Komm, gib mir eine Spritze, du Kuh, dann kann ich schlafen!‹ Aber er unterließ es, griff unter die Matratze und holte das Tagebuch hervor. In all dem Trubel um seine Wunde hatte er Ramona und das Wissen, dass sie eine Mörderin war, fast vergessen. Er schlug das Buch auf und las den vierten Eintrag.

***

Ramonas Tagebuch

Heute habe ich einer Drogenabhängigen meine Geschichte erzählt. Ob sie zugehört hat, weiß ich nicht. Jedenfalls sah es so aus. Obwohl es gemein von mir war, denn sie konnte nicht vor mir fliehen. Die Pfleger hatten sie auf die Couch gesetzt. Sie ist auf Entzug und ohne ihren Rollstuhl kommt sie keine zwei Meter weit.

Egal, ob Jenny sich dafür interessierte oder nicht: Ich bin erleichtert, endlich jemandem von meiner dunklen Seite verraten zu haben. Jeder hat eine. Der eine lebt sie aus, während der andere sie unterdrückt, um in der Menge nicht aufzufallen. Aber mal ehrlich? Wer hat noch nicht darüber nachgedacht, wie es ist, einen Menschen zu töten? Ich habe es getan. Oft. Eigentlich jeden Tag, seit ich zehn bin. Und als meine Eltern vor anderthalb Jahren erneut ein Kind bekamen, konnte ich den Drang kaum unterdrücken. Nicht nur, weil ich wissen wollte, wie es war, sobald das Leben aus einem Körper wich, sondern auch, weil meine Schwester Anna mir das letzte bisschen Liebe und Zuneigung nahm, welches ich noch von meinen Eltern bekam. Sie war ein Miststück und wusste es nicht einmal, da ihr kleines Gehirn nicht in der Lage war, die Situation zu begreifen.

Als große Schwester musste ich Babysitten, wenn meine Eltern ausgingen und die Wohnung putzen, falls meine Mutter zu geschafft war, wenn Anna nachts stundenlang geweint hatte. Dass auch ich deshalb nicht hatte schlafen können, kümmerte niemanden.

Jedenfalls war es eines Tages so weit. Meine Eltern wollten abends Essen gehen und ich musste als Babysitter herhalten. Dass ich Hausaufgaben erledigen musste und am nächsten Tag eine wichtige Klausur schrieb, interessierte wie immer niemanden.

Gegen neun Uhr schrie Anna unaufhörlich. Ich gab ihr Brei, wechselte die Windel, sang ihr vor – sie hörte nicht auf. Es machte mich wahnsinnig.

Als ich sie zurück ins Bettchen legte, kam mir der Gedanke, ihr das winzige Kopfkissen auf Mund und Nase zu drücken – was ich Sekunden später auch tat. Ihre Gegenwehr war nur von kurzer Dauer. Sie schlug mit den Ärmchen und Beinchen um sich, bis sie sich nicht mehr regten. Anna gab kein Lebenszeichen mehr von sich. Als ich das Kissen wegnahm und ihr blau angelaufenes Gesicht sah, pinkelte ich mir in die Hose. Träumerisch hatte ich mir vorgestellt, wie es ist, einen Menschen umzubringen. Es war mir mystisch, geheimnisvoll und anziehend vorgekommen. In der Realität verblassten die schönen Farben meiner Fantasie. Übrig blieben der unromantische, tote Leib meiner Schwester und die Schuld, die ich in mir trug.

Weinend rannte ich in mein Zimmer, warf mich aufs Bett und blieb dort, bis meine Eltern nach Hause kamen. Die Schreie meiner Mutter gaben mir den Rest. Ich fühlte mich hundeelend, verfluchte mich und wollte mich von der Erdkugel tilgen.

Aber das ließen sie nicht zu, sie steckten mich in diese Hölle und die ist weitaus schlimmer als alles, was sich mein kranker Verstand je hatte ausdenken können.

***

Die Pfleger haben mitbekommen, dass ich mit der drogenabhängigen Frau über meine Vergangenheit gesprochen habe und mich zu einem Tag Zimmerarrest verdonnert.

Eigentlich ist das doch der Sinn solch einer Einrichtung, oder nicht? Sie soll mich heilen, mich zu einem normalen Menschen machen. Da hilft es doch, über das zu reden, was passiert ist. Oder ist für mich jede Hoffnung verloren und ich werde hier verrotten?

Es ist Nacht und ich höre die Schreie, die durch die Gänge hallen. Einmal habe ich gedacht, jemand hätte meinen Namen gerufen. Oder bilde ich mir das ein? Gibt es die Geister und ihre Klagelaute wirklich oder existieren sie nur in mir? Ist es mein schlechtes Gewissen, das in mir umhergeistert und mich wahnsinnig macht?

Da ist es wieder! Ein Mann ruft: »Raaaaamooonaaa!« Ich schwöre es. Der Stift fällt mir gleich aus der Hand, so sehr zittere ich. Warum zum Teufel gibt es keinen Psychiater? Ihm hätte ich davon erzählt und ihn gebeten, mir Tabletten zu geben.

Es klopft an meine Tür! Laut. Immer im Takt. Zweimal kurz, zweimal lang. Morsezeichen? Und selbst wenn, könnte ich sie nicht erkennen. Bestimmt ist *sie* es. Das Mädchen mit dem schwarzen Auge. Sie keucht vor der Tür, während sie dagegen hämmert. Hätte ich einen Schlüssel, würde ich sie reinlassen, damit sie endlich zu Ende bringen kann, was sie begonnen hat: mich endgültig in den Wahnsinn zu treiben.

Kapitel 9

Ihm fiel das Buch aus den Händen. Es polterte zu Boden, als es an die Tür hämmerte. Zweimal kurz, zweimal lang, immer im gleichen Abstand. Zögernd ging er darauf zu. Sie erzitterte unter den Schlägen.

»Ey, Yannick, bist du da?«, hörte er Max' Stimme. Erleichtert atmete er aus. Wenn er zwischen einem bluttriefenden Geist und Max wählen konnte, würde er sich jederzeit für den Pfleger entscheiden.

»Ja«, rief Yannick und wartete, bis die Tür geöffnet wurde.

»Mir hat keiner gesagt, ob du noch hier oder im sicheren Bereich bist.« Max zwinkerte Yannick zu. »Wusste ja nicht, was du der Dohmen erzählst. Die kennt da keine Gnade. Kommst du ihr zu bekloppt vor, sperrt sie dich weg. Und da ist nichts mit Aufenthaltsraum oder Terrasse. Also reiß dich zusammen! Besonders morgen, beim Duschen. Noch so ein Ding und du bist weg.«

Yannick nickte stumm.

»Okay, ich wollte nur nachsehen, ob du das Date mit unserer Leitungsdame überstanden hast – und dich warnen.«

Wieder nickte er.

»Gut.« Der Pfleger lächelte und schloss Yannick ein.

Als er zurück zu seinem Bett ging und durch die Gitter zum Fenster hinaussah, bemerkte er, dass es bereits dämmerte.

Er hob das Buch auf und legte sich hin. Als er die ersten Worte las, fielen ihm die Lider zu und er schlief ein.

***

»Yannick!«

Er riss die Augen auf.

»Ah! Yannick!«

Und sprang vom Bett.

»Hilf mir!«

Schlagartig war Ruhe. Was war das? Träumte er? Als er sich in den Arm kniff und es schmerzte, wusste er, dass er wach war. Hatte er die Schreie aus dem Traum mit in die Realität genommen?

Sein Herz hämmerte und er setzte sich auf den Stuhl am Schreibtisch, der eigentlich keinen Sinn ergab, denn schreiben durfte er ohnehin nicht.

»Scheiße, was war das?« Mit dem Handrücken wischte er sich den kalten Schweiß von der Stirn und dachte nach: Er war eingeschlafen, hatte schlecht geträumt und sich die Schreie eingebildet. Ja, das war plausibel. Kein Grund zur Panik.

Es war stockdunkel im Zimmer und er fühlte sich ausgeruht. Ein paar Stunden hatte er also geschlafen.

Yannick fuhr sich mit der Hand durchs Haar und schaute zu seiner Schulter. In der Dunkelheit konnte er die Verletzung kaum erkennen, aber weder klebten Blut noch irgendein Geisterdreck am Verband.

»Yannick!«

Dieses Mal war es weniger ein Schrei, sondern eher ein Flüstern. Es klang weiblich.

»Yannick!«

Das durfte nicht wahr sein! Wer oder was rief da nach ihm? Plötzlich hörte er Schritte, sie kamen vom Flur, waren schlurfend und platschend, als würde jemand mit nassen Füßen über Fliesen laufen. Vor seiner Tür stoppten sie.

Jetzt sang die Frau seinen Namen. »Y-a-n-n-i-c-k! Komm zu mir.«

Trotz der inneren Stimme, die ihm zurief, nicht zu dieser verdammten Tür zu gehen, tat er es. Fröstelnd schlang er sich die Arme um den Körper, sein Herz drohte die Brust zu sprengen. Je näher er der Tür kam, desto kälter wurde die Luft.

»So ist es richtig. Komm zu mir«, lockte sie säuselnd.

Er ging in die Hocke und schaute durch das Schlüsselloch. Was er sah, ließ ihm die Haare zu Berge stehen: eine zierliche Hand. Die Haut war bleich wie die bei einer Toten. Dickflüssiges Blut tropfte von den Fingern. Genauso hatte Ramona es in ihrem Tagebuch beschrieben.

Die Hand verschwand mit einem Ruck. Die Fremde bückte sich, starrte ihn durch das Schlüsselloch hindurch an. Ein schwarzes Auge. Keine Pupille, kein Weiß, keine roten Äderchen, bloß tiefe Dunkelheit. Das Lid fehlte.

Er ließ sich zurückfallen, drehte sich am Boden, sprang auf und versteckte sich unter der Decke.

Nie hatte er daran geglaubt, jemals einem Geist zu begegnen. Denn das waren sie doch, die Fremde und das Schattenwesen. Sie waren Geister und er begann, es zu akzeptieren. Als es jetzt zweimal kurz, zweimal lang, an der Tür klopfte und das Ding seinen Namen rief, wurde es noch realer.

Endlich wurde es ruhig und Yannick nahm die Decke vom Kopf. Die platschenden Schritte zogen weiter, aber ihr Kreischen und das Hämmern gegen Holz vernahm er weiterhin. Da fiel es ihm mit einem Mal ein! Hatte Marvin nicht etwas von Schreien in der Nacht erzählt? Hörte er sie ebenfalls? So musste es sein. Egal, in was für einem Zustand sich Marvin morgen befand, Yannick musste ihn zu den nächtlichen Geräuschen befragen und herausfinden, was der Junge wusste.

Zitternd legte er sich hin, versteckte das Buch unter der Matratze und schlief vor Erschöpfung ein. Draußen schrie das Mädchen ohne Unterlass weiter.

***

»Aufstehen! Duschen!«

Es klopfte an der Tür, vor der vor ein paar Stunden ein Gespenst auf und ab gegangen war. Yannick wartete nackt vor seinem Bett. Heute würde er sich nicht wehren.

Es wurde aufgeschlossen und Max stand im Türrahmen. »Du bist ja fertig. Super!«, lobte er ihn. »Dann komm.«

Yannick ging an ihm vorbei, nahm den penetranten Geruch seines Rasierwassers wahr und dachte sich, dass er sich auch gern den Mehrere-Tage-Bart entfernen würde. Er fragte nach, als er vor Max herging und dabei auf den Boden starrte. Er hoffte, Spuren des Geistes zu finden. Doch da war nichts.

»Wann kann ich mich rasieren?«

»Das machen wir einmal die Woche bei euch. Ihr bekommt bestimmt keine scharfen Klingen in die Hand. Das haben die vor zwanzig Jahren gemacht, hat Tommy mir erzählt. Es gab ein Blutbad, weil zwei der Männer … Egal, das hat dich nicht zu interessieren.«

»Doch, bitte, erzähl!« Ihm kam der Gedanke, dass der Vorfall etwas mit den Geistern zu tun haben könnte. In einem Film, den er gesehen hatte, hieß es, dass dort, wo Menschen gewaltsam zu Tode gekommen waren, die Seelen keine Ruhe fanden und fortan als Gespenster umherspukten.

Er spürte eine warme Hand auf seiner nackten, unverletzten Schulter. Max stoppte Yannick und drehte ihn zu sich um.

»Ein anderes Mal, okay?«, flüsterte er. »Hier könnten wir belauscht werden.«

Yannick nickte und fragte sich, ob er Max falsch eingeschätzt hatte. Die Andeutungen, wenn er seinen Finger auf die Lippen legte, sobald Yannick mit Frau Dohmen sprach. Dass er ihn hatte abduschen wollen ... Das alles konnten auch Anzeichen dafür sein, dass er ihn vor etwas oder jemandem schützte.

»Los, weiter«, trieb Max ihn an. »Und dieses Mal keine Faxen, ich will dich nicht wieder waschen müssen, wenn du betäubt bist. Ist gar nicht so leicht.«

»Ich verspreche es, Indianerehrenwort.«

Max lachte hinter ihm und Yannick bog in den nächsten Raum ein. Dort sah er dasselbe Bild wie vor ein paar Tagen: Nackte Menschen, die von Angestellten in Badehosen mit Schwämmen abgeseift wurden. Egal welchen Geschlechts oder welchen Alters. Als Tommy Emmas runzeliges Hinterteil abwusch, wandte Yannick sich ab.

»Komm hierher.« Max zog ihn zu einer abgeschalteten Dusche.

Yannick stellte sich unter die Brause. Als der Pfleger das Ventil öffnete, prasselte angenehm warmes Wasser auf ihn. Es tat so gut! Mit geschlossenen Augen blendete er alles um sich herum aus. Achtete nicht darauf, dass Max ihn abseifte, sondern genoss es wie noch nie in seinem Leben. Dass er etwas derart Selbstverständliches einmal so vermissen würde, hatte er nicht für möglich gehalten.

»Umdrehen!«, vernahm er Max wie durch Watte.

Yannick gehorchte, scheute nicht vor den Berührungen im Genitalbereich zurück und ließ es über sich ergehen. Dann hörte er ein Keuchen. Ein seltsames Geräusch in der Stille, die er in seinem Innern aufgebaut hatte. Er öffnete die Augen. Und da war es – das Schattenwesen. Es stand zwischen den nackten Menschen und schaute sich um. Konnte es sich nicht entscheiden, wen es angreifen sollte? Yannick biss auf seine Unterlippe und verkniff sich einen Schrei.

Als Max seine Füße wusch, hob das Ding die menschenähnlichen Arme. Yannick verlor fast das Gleichgewicht, als Max den gewaschenen Fuß abstellte und den anderen anhob. Die Finger krallte er in den Rücken des Pflegers.

»Nicht so fest!«, rief Max.

Yannick hörte nicht darauf und starrte den Geist an. Mit einem Ruck nahm dieser die Hände herunter und was dann geschah, überstieg Yannicks Verstand. Das Wasser, das aus fünf Duschen rieselte, färbte sich rot. Die Tropfen, die ihn trafen, waren dick und heiß. Schützend hielt er sich die Hände vors Gesicht – sie waren mit Blut bedeckt.

Er konnte es nicht mehr aufhalten. Es kam, als er sah, dass sich das Schattenwesen auf Marvin zubewegte und ihm über das blutdurchtränkte Haar strich: Yannick schrie. Als die Töne laut und verzerrt aus seiner Kehle hallten, knickten Marvins Beine weg und er fiel zitternd auf die Fliesen. Schaum lief aus seinem Mund. Die Augen zuckten in den Höhlen hin und her.

»Ein Anfall! Der hat einen epileptischen Anfall!« Max rannte an ihm vorbei zu Tommy, Pia stürmte aus dem Raum, zwei andere Pfleger ließen sich neben Marvin auf die Knie fallen. Das Blut prasselte weiterhin aus den Duschköpfen auf sie ein. Niemanden interessierte es. Jedenfalls dachte Yannick das, bis er zu Magda sah. Sie wirkte wie immer verängstigt. Ihr Blick ging rauf zu der Brause und sie blinzelte, wenn ein Tropfen sie traf. Aber sie blieb wie Yannick angewurzelt unter der Dusche stehen. Sah sie das Blut auch? Mit einem ausgestreckten Arm schwankte er auf sie zu. Was mit Marvin geschah, hatte er komplett ausgeblendet. Er wollte zu Magda, sie berühren, sie fragen, ob sie das Gleiche sah wie er, damit er sich eines Mitwissers sicher sein konnte. Seine Füße platschten auf dem nassen Boden, genau, wie die des Gespenstes es heute Nacht getan hatten.

Kurz bevor er sie erreichte, lächelte sie ihn an. Dann öffnete sie den Mund und schrie, als wäre der Teufel hinter ihr her: »Lass mich los, fass mich nicht an!«

Mit Schwung warf sie sich gegen die geflieste Wand, schlug mit dem Kopf dagegen und fiel bewusstlos zu Boden. Yannick stand vor ihr, starrte den Blutfleck, dann Magda an und begriff erst, als die Pfleger ihn packten, von ihr wegzerrten und er die Spritze spürte: *Das hat sie mit Absicht getan! Sie wusste, was mir blüht!* Sie hatte ihn reingelegt.

Bevor er das Bewusstsein verlor, schaute er noch einmal zu Magda. Ihre Augenlider öffneten sich zitternd, Blut strömte über ihre Stirn. War es ihr eigenes oder das, was unaufhörlich aus der Dusche tropfte? Sie war selbst kaum bei Besinnung, lächelte ihn dennoch an. Es wirkte gleichzeitig kalt und verrückt. Magda schloss ihre Augen und kurz darauf tat Yannick dasselbe.

Kapitel 10

»Zieh es ganz fest!« Eine männliche Stimme, nahe an seinem Ohr.

»Ich versuchs ja.« Eine weibliche Stimme, ebenfalls zum Greifen nahe. Aber er konnte sich nicht bewegen. Yannick öffnete die Augen und das grelle Neonlicht der Deckenlampe blendete ihn.

»Unser Vögelchen ist wach.«

Tommy, ein Fremder und Pia standen neben ihm und beobachteten ihn starrend. Kalte Luft strich über seinen Körper – war er noch nackt?

»Bitte – was …«, stammelte er.

»Du wurdest gewarnt, sogar von ganz oben.« Tommy beugte sich über ihn. »Normalerweise werden die Patienten nicht so häufig verwarnt. Die Chefin muss einen Narren an dir gefressen haben.«

»Wo – bin …« Er leckte sich über die trockenen Lippen.

Tommy breitete die Arme aus. »Das ist die Präsidentensuite. Du wirst dich bestimmt wohlfühlen.« Seine Worte trieften vor Schmalz, den ein Immobilienmakler in die Stimme legte, um ein überteuertes Haus zu verkaufen. Yannick brauchte nicht überzeugt zu werden. Mit Sicherheit würde er sich hier nicht wohlfühlen! Wie denn auch mit gefesselten Händen und Füßen?

»Du bleibst ein paar Stunden hier«, sagte Tommy. »Wenn du dich beruhigt hast und nicht mehr daran denkst, andere Patienten anzugreifen, lassen wir dich vielleicht raus.«

»Nein, das könnt ihr nicht …«

»Und ob wir können. Ruh dich aus, komm runter und bete, dass Magda es schafft.«

»Was soll das heißen?«

Tommy schickte den Unbekannten und Pia aus dem Raum, blieb stehen und wandte sich an Yannick. »Sie hat einen Schädelbasisbruch. Splitter haben sich in ihr Gehirn gebohrt. Also bete, dass sie überlebt. Ich weiß nicht, was Frau Dohmen mit dir anstellt, wenn Magda stirbt.« Die Eisentür wurde quietschend zugezogen und Yannick wäre am liebsten auf der Stelle gestorben.

Das war also der Platz, an den sie Störenfriede verbannten: Ein kahles Verlies, graue Steinwände, grauer Boden. Eine viel zu helle Leuchtstoffröhre strahlte von der grauen Decke, es gab keine Fenster. Und es gab den Stahltisch, auf dem er mit Ledergurten an Beinen und Händen fixiert war. Nur den Kopf konnte er bewegen. Es war eine Hölle in der Hölle. Er hätte nicht gedacht, einmal die Annehmlichkeiten seines Zimmers auf der halbsicheren Station zu schätzen zu wissen. Was sollte er tun, falls er auf Toilette musste? Und wer war der Kerl, der bei Tommy und Pia gewesen war? Er hatte ausgesehen wie einer dieser Hinterwäldler in den Teenie-Horror-Streifen à la *Wrong Turn*. Seine Haut wirkte seltsam entstellt, die Körperhaltung war krumm und verkrampft. Was zum Teufel war hier los? Was hatten sie mit ihm vor?

Yannick rüttelte an den Fesseln und begriff schnell, dass es ihm außer blutigen Stellen an Armen und Beinen nichts bringen würde. Aber vielleicht war das der Weg. Wenn er sich die Haut vom Fleisch rieb, würde bestimmt jemand den Doktor rufen, oder? Vorsichtig drehte er den Kopf und kontrollierte die Verletzung an seiner Schulter – sie hatte sich nicht entzündet. Irgendwie konnte er Tommy nicht glauben, dass Pia gelogen und es nicht selbst genäht hatte. Die Geschichte vom mysteriösen Arzt kaufte er dem Pfleger nicht ab. Allein deshalb, weil die Wundversorgung zu dilettantisch auf ihn gewirkt hatte. Er schluckte, als er kurz daran dachte, wie der Biss, eingerahmt vom schwarzen Schleim, geblutet hatte. Eine Sinnestäuschung, zweifelsfrei, aber es hatte sich so echt angefühlt!

Rasch verdrängte er die Bilder. Sie waren nicht real, nur etwas, das seinem kranken Hirn entsprungen war und das ihn tiefer in den Wahnsinn trieb. Das durfte er nicht zulassen! Wenn er verhindern wollte, Dauergast in diesem Raum zu werden, musste er lernen, mit den Dingen – ob real oder nicht – umzugehen und sie zu akzeptieren. Mit ihnen gemeinsam zu leben, mit den Geistern, die keine Ruhe fanden und ihn quälten. Sobald er hier raus war, musste er mit Marvin über die Schreie sprechen. Falls sie ihn denn jemals wieder rausließen.

Plötzlich erklang das Knacken von Lautsprechern und klassische Musik, feine Geigenklänge, drangen an seine Ohren. Eine kratzige, brummende Stimme zerriss für einen Moment die wohlklingende Sinfonie.

»Wenn du mal musst, ruf nach mir. Wehe du machst auf den Tisch!« Kurzes Schweigen. »Jetzt ruh dich aus.«

Zumindest diese eine Frage hatte sich von selbst beantwortet. Die Stimme hatte er zuvor noch nie gehört und er vermutete, dass es Quasimodo – wie er ihn heimlich nannte – gewesen war. Er lauschte der tröstlichen Musik und versuchte, sich zu entspannen. Mit den Zehen und den Fingern wippte er im Takt, erkannte sechs verschiedene Instrumente und schloss die Augen. Das gnadenlos grelle Licht strahlte selbst durch seine geschlossenen Lider. Es war nicht aufzuhalten. Außer durch den Schatten, der sich soeben über ihn beugte und wieder verschwand. Als er die Augen aufriss, sah er nichts. Niemand war im Raum. Aber da war doch etwas gewesen! Oder hatte Quasimodo die Deckenlampe für einen Moment ausgeschaltet?

Seine Atmung ging hektisch und er wagte es noch einmal. Wieder schloss er die Augen, sah das grelle Licht und dann plötzlich nichts mehr. Abermals stand dort jemand über ihm und dieses Mal konnte er seinen Atem spüren. Er riss die Augen auf und wurde erneut enttäuscht. Hier war niemand.

Den Kopf konnte er frei bewegen und er prüfte sämtliche Ecken. Nichts. Es gab keine Möglichkeit, sich hier zu verstecken, es sei denn … Er schluckte. Es sei denn, jemand hockte unter dem Tisch. Er hielt die Luft an und lauschte, versuchte, jeden Ton abseits der klassischen Klänge wahrzunehmen. Da war nichts. Nur die Streicher, die mal schneller und mal langsamer die Saiten bespielten.

»Das bildest du dir nur ein«, flüsterte er.

In der nächsten Sekunde wusste er, dass er sich nicht bloß alles einbildete. Von unten umfassten lange, dürre, blutige Finger das Metall. Sie tasteten sich vor, hinterließen eine rote schleimige Spur, dann fanden sie Yannicks rechten Fuß.

Das ist nicht real! Das ist nicht real. Das ist nicht real!

Die Finger schoben sich weiter voran, erkundeten ihn, befühlten ihn. Jetzt waren sie an seinem Knöchel. Begleitet durch die Musik, betete er, dass das, was er an seinem Bein spürte, nicht echt war. Aber es verschwand nicht. Es erreichte seine Wade. Eine zweite Hand hob sich behäbig, war ebenso blutig, und die Haut war aschfahl wie die eines Toten. Nur befand sich dieses Mal etwas in den dürren Fingern. Etwas Scharfes. An der Klinge klebten Hautfetzen und Fleischreste. Es war ein Messer.

»Du bist nicht echt, du bist nicht echt«, murmelte er und starrte auf die Hände. Die eine tastete seinen Oberschenkel ab, die andere senkte das Messer tiefer in die Richtung seines Fleisches. Kurz bevor die Schneide ihn berührte, tauchte rechts neben ihm ein blonder blutverschmierter Haarschopf auf. Dann eine mit Narben und frischen Wunden verunstaltete Stirn und zwei Augen ohne Lider, die schwarz wie die Nacht waren.

Das Wesen verharrte. Durch die Falten um die Augen erkannte er, dass es lächelte. Sich auf das freute, was es mit ihm anstellen würde. Und das ohne das Wissen des Pflegers, der konnte das Mädchen nicht sehen. Sie war lange tot, ein Geist, der keine Ruhe fand und nach Rache verlangte. Erst war es Ramona gewesen, und jetzt war es Yannick, den sie auserkoren hatte. Das sah er ihr an. Sie würde nicht aufgeben, ehe er krepiert war und sie auf den Fluren begleitete. Nannten ehemalige Patienten die Seelenheil-Klinik deshalb die *Anstalt der Toten*? Hatten sie die Gespenster gesehen und versuchten, ihre Erfahrungen mit anderen zu teilen, die ihnen aber nicht zuhörten? Wer glaubte heutzutage noch an Spukgestalten? Bestimmt nicht viele. Die wenigen, die es taten, galten als verrückt. So wie er selbst. Ein Irrer, der seinen Bruder auf dem Gewissen hatte. Vielleicht war es die Strafe für das, was er getan hatte.

Zuerst musterte der Geist ihn, dann richtete er seine Aufmerksamkeit auf Yannicks Bein. Die Messerklinge berührte seine Haut.

Wer war die Fremde gewesen? Eine Patientin? Hatte sie hier den Tod gefunden? Egal, wer sie gewesen war, sie wollte ihm Schmerzen bereiten, und damit begann sie in diesem Moment, als er sich nicht wehren konnte. Sie schnitt in sein Fleisch. Die schwarzen Augen starrten auf das rote Blut, das aus ihm strömte. Es spritzte zähflüssig und stoßweise heraus.

Ein Wort schoss ihm durch den Kopf: Oberschenkelarterie! Sie hatte seine gottverdammte Oberschenkelarterie getroffen! Das hatte die tastende Hand gesucht. Wie viel Zeit blieb ihm, bis er starb? Das Mädchen schnitt weiter. Immer tiefer, bis sie sein Bein vom Innenschenkel bis nach außen aufgetrennt hatte. Er sah seinen Knochen. Und das Blut, das blubbernd herausquoll, auf den Tisch und anschließend auf den Boden tropfte.

Was ihn wunderte: Er verspürte keinen Schmerz. Nach seinem Selbstmordversuch, als er sich die Pulsadern aufgeschnitten hatte, wusste er, wie sich das anfühlte, wenn Haut und Fleisch durchtrennt wurden. Das fehlte jetzt gänzlich.

Das Messer glitt aus seinem Blickfeld und er vernahm ein leises Schmatzen. Leckte der Geist sein Blut ab? Die schwarzen Augen verschwanden, die tastende Hand zog sich zurück und auf einmal war er allein.

»Hilfe!«, schrie er, als er sich aus dem Brunnen der Angst gekämpft hatte. »Hilfe! Ich verblute!«

Die Musik stoppte, die schwere Eisentür wurde aufgestoßen und Quasimodo stürzte herein. Yannick wunderte sich über dessen Anblick. Hatte er vorhin nicht ausgesehen wie ein mordender Psychopath aus einem Film? Mit vernarbter Haut und einem Buckel? Jetzt sah er normal aus, wie ein Allerweltsmensch. Braun gebrannt, braune Haare, Surferlächeln, Mitte vierzig.

»Schau sich einer diese Sauerei an!« Seine Stimme war hingegen unverändert. Kratzig und brummend, wie die eines langjährigen Rauchers.

»Hilfe!«, japste Yannick mit letzter Kraft, er wurde immer schwächer.

»Hilfe? Ich geb dir gleich Hilfe! Am liebsten würde ich dich die Scheiße selbst wegmachen lassen! Was habe ich dir vorhin gesagt? Sag Bescheid, habe ich gesagt, und jetzt sieh sich einer das an. Immer diese Bekloppten! Ich habe die Nase voll!« Er stapfte aus dem Raum, ließ die Tür geöffnet. Yannick hörte das Rauschen eines Walkie-Talkies.

»Ist der Alte da? Ja, ich habe eine Riesenschweinerei hier. Schick mir den mit seinem Putzkram runter. Ja. Danke.«

Hier runter … Waren sie im Keller?

»Du bist ein Irrer wie all die anderen.« Nicht-mehr-Quasimodo beugte sich über ihn. »Genauso ein ekliger Bastard, der sich mit seiner eigenen Scheiße einschmiert.«

Wieso war der Mann so gelassen? Bemerkte er nicht, dass Yannick starb? Er hob den Kopf, schaute zu seinem Bein, zu der klaffenden Wunde und was er sah, war nichts. Da war nur intakte Haut, kein Blut. Nicht schon wieder! Etwas hatte ihn getäuscht. Ihm einen Bären aufgebunden.

Als der Pfleger ihn angewidert betrachtete, begriff Yannick allmählich, was geschehen war. Und er roch es, fühlte es unter sich. Nicht sein Blut hatte sich auf dem Tisch gesammelt und war wie ein Wasserfall heruntergetropft. Es war sein Urin gewesen, und wenn ihn nicht alles täuschte, hatte er sich vor Angst nicht nur vollgepisst, sondern auch eingeschissen. Es war ein erniedrigender Moment.

»Es tut mir leid«, flüsterte er. »Das wollte ich nicht.«

»Das wollt ihr nie!«, fluchte der Mann. »Gott, ich hasse meinen Job!«

Vor der Tür schepperte es. »Du hast nach mir gefragt, Manfred?« Yannick kannte die Stimme und er war froh, sie zu hören.

Manfred verschwand. »Ja, mach die Sauerei weg. Ich geh eine rauchen. Du schaffst das allein, oder?«

»Klar!« Ein nervöses Lachen erklang und als der Mann endlich in sein Blickfeld trat, hätte Yannick vor Freude fast geweint. Vor ihm stand der einzige Mensch, der ihm hier bisher geholfen hatte: Robert, der Hausmeister.

»Du bist das!«, rief Robert erstaunt. »Was hast du gemacht? Wieso haben sie dich hierhergebracht?«

Yannick schwieg erst und überlegte. Dringend musste er mit jemandem über die Vorfälle sprechen. Warum nicht mit ihm?

»Also, was hast du angestellt?«, fragte Robert erneut, holte einen Lappen und einen Eimer und machte ihn sauber.

»Ich wollte einer Frau helfen, Magda, sie fürchtete sich vor …« Er verstummte.

Robert hielt inne. »Wovor fürchtete sie sich?«

»Vor dem Blut aus der Dusche und dem Schattenwesen.« Als er es endlich aussprach, klang es noch bescheuerter als in seinen Gedanken.

»Bitte was?« Robert fiel der uringetränkte Lappen aus den Händen.

»Ich wollte sie beschützen«, wiederholte er, dieses Mal unter Tränen. »Hier geht etwas vor, es schleichen Tote durch die Gänge und ich bin nicht der Einzige, der sie hört.«

»Wer noch?«

»Marvin, ein kleiner Junge, er hat mir von Schreien in der Nacht erzählt. Ich wette, er sieht sie auch.« Von Ramona erzählte er ihm vorerst nicht.

Jemand stolperte die Treppe hinunter.

»Mist, das ist Manfred. Der ist ein echt mieser Kerl, verärgere den bloß nicht!«, warnte Robert. »Ich überlege mir, wie wir uns unterhalten können, über deine … Geister und wie ich dir helfen kann.« Der alte Mann arbeitete unbeirrt fort.

»Wie lange dauert das noch?«, fragte Manfred.

»Bin gleich fertig.« Robert wischte einmal hier und einmal dort und verschwand mit seinem Putzwagen. Die Tür wurde geschlossen und Yannick war wieder allein. Er dachte an den Moment, als das Mädchen ihn über die Tischkante hinweg angestarrt hatte. Vieles hatte er in ihrem Blick gelesen. Ein ganzes Universum war darin verborgen. Doch das Wichtigste hatte er sofort gesehen: seinen eigenen Tod.

Kapitel 11

»Jetzt darfst du zurück zu den anderen.« Max hielt Yannick ein Handtuch hin. »Aber versprich mir: Keine Faxen mehr, sonst sperren sie dich dauerhaft ein. Glaub mir, das willst du nicht.«

Das wollte er wahrlich nicht. Ungefähr einen Tag hatten sie ihn im Keller fixiert. Soeben hatten sie ihn geholt und unter die Dusche gestellt. Es war der Morgen des nächsten Tages.

»Wie geht es Magda?«, fragte Yannick. Oft hatte er an sie gedacht und war Tommys Rat gefolgt, für sie zu beten. Er war guter Hoffnung. Wenn sie ihn aus der Isolation ließen, musste es ihr besser gehen.

Max druckste. »Es geht so, sie ist noch nicht über den Berg. Hat eine Hirnblutung. Liegt auf unserer Krankenstation.«

Yannick hörte auf, sich abzutrocknen, und starrte Max an. »Was passiert mit mir, falls sie stirbt?«

»Es wird eine polizeiliche Ermittlung geben. Aber mal nicht gleich den Teufel an die Wand. Das wird schon.« Aufmunternd klopfte er auf Yannicks Schulter und traf genau die Verletzung. Als er zurückzuckte, sagte Max: »Entschuldige bitte, da habe ich nicht dran gedacht.« Schwach lächelnd, gab er Yannick seine Sachen. »Du solltest aufhören, die Leute zu attackieren. Wenn Frau Dohmen dich als gefährlich einstuft, gehst du postwendend zurück in die Isolation. Das willst du doch nicht, oder?«

»Natürlich nicht!«

»Komm, ich bringe dich zu den anderen. Bevor ich es vergesse: Du bekommst heute Besuch.«

Beinahe hätte Yannick ihn einem Impuls folgend umarmt. »Wer?« Sofort dachte er an seine Eltern.

»Sind Freunde von dir, sofern ich das richtig verstanden habe. Frau Dohmen wollte sie erst nicht zulassen, aber dadurch, dass du dich so danebenbenommen hast, denkt sie, dass es dir vielleicht guttut, Menschen aus deinem alten Leben zu sehen.«

Nur kurz war er darüber enttäuscht, dass es nicht seine Eltern waren. Ein Besuch von Lola und Christoph war mindestens genauso gut.

»Wann sind sie hier?«

»Vor dem Mittagessen wirst du in den Besuchsraum geführt, wie die anderen.«

»Was ist mit Marvin?«, fragte er, als er an den Anfall des Jungen dachte. »Wie geht es ihm? Kommen seine Mutter und sein Vater heute?«

»Hat sich wieder gefangen, der kleine Racker. Und was meinst du damit?«

Yannick verstand nicht. »Na, ob sie ihn besuchen. Er vermisst sie wahnsinnig.«

Plötzlich fing Max an zu lachen und hielt sich den Bauch. »Die können nicht, die sind tot.«

»Weiß Marvin davon? Ihr müsst es ihm sagen! Er glaubt, sie würden ihn nicht mehr lieben.«

»Wieso muss ich ihm etwas sagen, was er längst weiß?« Max zwinkerte ihm zu. »Was glaubst du, wer sie umgebracht hat? Und jetzt komm.« Mit einer winkenden Handbewegung verlangte er von Yannick, voranzugehen.

Wie paralysiert gehorchte er. Marvin war ein Mörder? Das passte nicht zusammen. Hatte der Junge nicht erzählt, sie wären ihn besuchen gekommen und wären dann eines Tages fortgeblieben? Vielleicht hatte er es sich eingebildet, und als er begriff, dass er sie getötet hatte, blieben die Besuche aus. Yannick erschauderte. Das Kind war verrückter, als es den Anschein gehabt hatte.

Max nach den Todesumständen zu fragen, ersparte er sich, und ließ sich ohne Gegenwehr in den Aufenthaltsraum bringen. Als er durch die Tür trat, war ihm die gesamte Aufmerksamkeit sicher. Die acht Patienten – Magda fehlte – starrten ihn mit einer unverhohlenen Mischung aus Neugier und Angst an. Was hatte man ihnen gesagt? Bestimmt nicht die Wahrheit.

Wortlos ging er zum Computer. Diesmal saß Marvin nicht davor, sondern kauerte auf der Couch neben der alten Emma. Yannick öffnete das Schreibprogramm.

»Hallo, Mama, hallo, Papa,

holt mich raus! Ich kann nicht mehr, ich halte das nicht länger aus. Hier herrschen Zustände, die müsst ihr sehen. Besonders du, Papa! Du bist doch Arzt, du hast einen Eid geschworen, du darfst das nicht ignorieren. Bitte kommt und holt mich!

Euer euch liebender Sohn Yannick«

Ohne sich das Geschriebene durchzulesen, speicherte er es in einem Ordner ab, welcher, laut Titel, der Postausgang war, und schloss das Programm. Das war nicht sein letzter Strohhalm gewesen – denn er bezweifelte, dass seine Worte je seine Eltern erreichen würden. Wenn Lola und Christoph ihn nachher besuchten, würde er ihnen von den Zuständen berichten und sie auffordern, die Polizei, das Ordnungsamt oder wen auch immer zu alarmieren. Diese Klinik musste verriegelt und am besten abgerissen werden. Hier herrschte der Tod und das buchstäblich.

Er stand auf, ging zu den Sofas und setzte sich neben Emma und Marvin. Die alte Frau sabberte auf ihren Klinikpullover.

Der Junge sah ihn aus wachen Augen an. Über Emma hinweg sagte er zu Yannick: »Du siehst sie, stimmts?«

Mit einem Schlag war ihm egal, ob Marvin wirklich der Mörder seiner Eltern war. »Wen meinst du?« Yannick wollte es aus seinem Mund hören.

»Die Geister.«

Jetzt war es amtlich: Yannick war nicht allein. Es gab sie wahrhaftig, er bildete sie sich nicht ein.

»Du siehst sie, nicht wahr?«, legte Marvin nach.

Yannick nickte stumm.

»Wie viele?«

»Zwei, ein Mädchen und einen Schatten.«

Gequält lächelte er. »Dann hast du noch eine Menge vor dir.«

»Was soll das heißen?«

»Es sind Dutzende.«

»Woher weißt du das?«

Er setzte sich auf Emmas Schoß und lehnte sich zu Yannick, damit niemand außer ihm das Folgende hörte: »Weil ich sie überall sehe.«

Yannick sog vor Schreck tief Luft ein.

»Ich bin schon ein Weilchen hier und mir begegnen von Tag zu Tag mehr. Von Geist zu Geist wird es gefährlicher. Bis jetzt können sie dir nichts tun, sie können dich nicht berühren, sondern tun nur so. Aber irgendwann ist es so weit und sie finden einen Weg. Magda und mich können sie beeinflussen.«

Wenn er nicht wüsste, dass der Junge die Wahrheit sprach, würde er lachen, so hanebüchen klang es.

»Wer sind sie?«, flüsterte Yannick.

»Ich weiß es nicht. Das versuche ich die ganze Zeit herauszufinden – keine Chance.«

Die Anstalt der Toten, dachte Yannick. Hier lag irgendetwas Altes, etwas Verborgenes vergraben, das Jagd auf die Patienten machte. Wie sollten sie herausfinden, was es war? Falls Marvin recht hatte, blieb ihm nicht mehr viel Zeit.

Ihm fiel Ramonas Tagebuch ein, wollte Marvin aber nichts davon sagen. »Ich finde einen Weg, herauszufinden, was geschehen ist.« Er dachte an Robert. »Da ist jemand, der mir helfen will.«

»Wer?«

»Kann ich dir nicht verraten.«

»Wir müssen schon ehrlich zueinander sein, wenn wir gemeinsam …«

»Dann fang doch gleich damit an«, unterbrach Yannick ihn. »Was hast du mit deinen Eltern gemacht?«

Erst versuchte Marvin, die Maskerade aufrechtzuerhalten, indem er fragte, was er meine, gab aber schließlich auf. »Wer hats dir gesteckt?«

»Max.«

»Dieses Arschloch«, murmelte er. »Gut.« Er rutschte von Emmas Schoß und setzte sich auf Yannicks. Es fühlte sich seltsam an, aber er ließ es über sich ergehen, weil er die Geschichte hören wollte. Marvin wollte sie ihm für eine Gegenleistung verraten: »Nur wenn du mir steckst, wer dir hilft. Danach machen wir uns daran, unsere Ärsche zu retten.«

Marvin wirkte anders als sonst. Hatte er Yannick das irre Kind nur vorgespielt? Es wirkte so. Denn als er zu erzählen begann, blieb er ruhig, abgeklärt, und Yannick fragte sich, ob er einen kleinen Psychopathen auf dem Schoß hatte, der, ohne mit der Wimper zu zucken, eine Familie ausgelöscht hatte.

Kapitel 12

Marvins Geschichte

Marvin saß auf seinem Bett und las in einem seiner Comics, die er vor ein paar Monaten gefunden hatte. Er liebte die mit Vampiren, diesen blutsaugenden Geschöpfen, die in der Nahrungskette ganz weit oben standen. Oft stellte er sich vor, zu sein wie sie. Sich in eine Fledermaus zu verwandeln und einfach davonzufliegen, weg von diesem Elend, in dem er lebte. Fort von den Leuten, die er hasste: seinen Eltern. Sie waren das Böse in Person. Falls es einen Teufel gab, steckte er zugleich in seiner Mutter und in seinem Vater. Gefühllos wie sie waren, trampelten sie auf ihm und seinen Geschwistern herum. Zwangen sie, Dinge zu tun, die sie nicht wollten, und wenn sie nicht gehorchten, bekamen sie Schläge.

Sie bevorzugte den Kochlöffel, er die flache Hand. Beide Varianten der Bestrafung waren schmerzhaft und trafen jedes der drei Kinder. Marvin war mit seinen zwölf Jahren der Älteste, danach folgten Bob, elf, und Patrick, neun. Sie versuchten, einander zu stützen und zu helfen. Aber gegen den wütenden, betrunkenen Vater waren sie machtlos.

Wenn sie nach einem seiner Ausraster mit Veilchen in die Schule gingen, wusste jeder, was geschehen war. Niemand sagte etwas. So war das in dieser Sekte. Die Erwachsenen schwiegen, weil sie mit ihrem Nachwuchs dasselbe machten. Wie konnte man sich einer Gemeinschaft anschließen, in der körperliche und sexuelle Gewalt gegen Kinder erlaubt war? Sogar in den Statuten der Sekte gefordert wurden.

Leibhaftige Züchtigung nannte der Guru das und zeigte der unerfahrenen Mutter, die ihr erstes Baby bekommen hatte, an den eigenen Söhnen, wie sie in Zukunft mit ihrem Spross zu verfahren hatte.

Marvin war mit seinen zwölf Jahren mittendrin. Gehorchte er nicht, setzte es Prügel, gehorchte er danach immer noch nicht, kam er in den Keller. Darüber, was dort mit ihm geschah, wenn mehrere Frauen und Männer über ihn herfielen, sprach er nicht gern. Mit niemandem, nicht einmal mit seinen Brüdern. Die Schläge sah man ihm an, was sonst noch in diesem Keller passierte, blieb sein Geheimnis. Verborgen unter der harten Schale, die er sich zugelegt hatte.

Marvin hörte Schritte vor seinem Zimmer und versteckte den Comic unter dem Kissen. Sie waren verboten, wie alle Freuden des Lebens. Falls Vater ihn mit so etwas erwischte, würde er ihn umbringen. Denn das, was sich der Zeichner hatte einfallen lassen, galt in ihrer Sekte als Gotteslästerung. Vampire, Zauberei – das war Hexenwerk.

Die Fantasie des Einzelnen war strengstens verboten, nur die Wahrheit der Bibel und der Fanatismus der Gemeinde zählten.

Mit acht Jahren hatte er das erste Mal versucht zu fliehen, um die Behörden zu informieren, war jedoch nur bis zur Farmgrenze gelangt. Dort hatten sie ihn eingefangen. Die Male danach waren ebenfalls nicht von Erfolg gekrönt. Bei seinem letzten Versuch hatte er es beinahe geschafft. Er war bis in die zehn Kilometer entfernte Stadt gekommen. Kurz vor dem Polizeibüro schnappten sie ihn. Als Strafe hatten sie ihn fast totgeprügelt und ihn zwei Tage und Nächte mit allem penetriert, was ihnen in die Hände gefallen war.

Nach diesem Erlebnis hatte er den Plan zu fliehen über den Haufen geworfen und sich etwas Neues einfallen lassen: Er wollte sie abschlachten, einen nach dem anderen. Erst seine Eltern und anschließend den Rest. Nur so würden er und die anderen Kinder endlich Ruhe finden.

Womit er das tun wollte, hatte er bei seiner Arbeit auf dem Hof schnell herausgefunden. Seine Körperstatur war schmächtig, also brauchte er eine handliche, nicht allzu schwere Waffe. Das Beil, das er für die dünnen Äste der Obstbäume nutzte, war die perfekte Wahl.

Es wurde nie weggeschlossen. Marvin hatte die Möglichkeit, sich in der Dunkelheit zum Schuppen zu schleichen, es an sich zu nehmen, zurückzukehren und seinen Eltern die Köpfe abzuschlagen. In seiner Fantasie ließ sich das mühelos durchführen. Aber als sein Vater jetzt in seinem Zimmer stand, seine Brüder brutal an den Armen gepackt, ahnte Marvin, dass es vielleicht doch nicht so leicht werden würde. Nach der abendlichen Tracht Prügel beschloss er, dass es diese Nacht sein musste. Sonst würde der Alte ihn bald umbringen.

Als es dämmerte, stieg Marvin aus dem Fenster, holte das Beil, huschte zurück ins Haus und in das Schlafzimmer seiner Eltern. Nie war er nachts hier gewesen. Bei ihnen gab es keine Schmuseeinheiten wie in manchen Comics. Dort schlichen sich die Kinder der Helden, sogar die der Vampire, bei einem Gewitter in das Bett oder den Sarg der Eltern und wurden singend in den Schlaf gewiegt. Wenn selbst solch unmenschliche

Wesen wie Vampire Liebe für ihren Nachwuchs empfanden, was waren dann seine Erzeuger?

Breitbeinig stellte er sich neben das Bett und betrachtete seinen Vater. Marvin hatte ihn noch nie so friedlich gesehen. Während dieses Monster selig schlief, wurden Marvin und seine Brüder von schrecklichen Angstträumen geplagt und konnten keine Nacht durchschlafen, weil sie befürchteten, der Alte könnte ins Zimmer stürmen und sie verprügeln.

Jetzt war Marvin derjenige, der in ein anderes Zimmer eindrang, und seine Absichten waren klar. Sie mussten sterben, beide. Vater musste er zuerst erledigen, seine Mutter würde er überwältigen können, wenn sie aufwachte.

Er hob das Beil, wie er es schon oft getan hatte. Nur beabsichtigte er nicht, damit einen Ast zu durchtrennen, sondern einen menschlichen Hals. Als er das erste Mal zuschlug, fühlte es sich auch nicht an wie ein Ast. Eher weich.

»Uargh!«, machte sein Vater, schlug die Hände vor die Kehle und setzte sich auf. Zwischen seinen Fingern quoll Blut hervor. Er starrte Marvin ungläubig an.

»Scheiße!«, fluchte Marvin. In seiner Vorstellung hatte ein Schlag ausgereicht, doch jetzt hatte er nicht einmal die Möglichkeit, dieselbe Stelle erneut zu treffen. Also folgte er einem Ausweichplan und schlug das Beil so lange auf den Kopf des wehrlosen Mannes, bis der sich nicht mehr rührte.

Währenddessen war seine Mutter aufgewacht und saß schreiend in der Ecke. Sie betete die Verse der Bibel stakkatoartig herunter und rezitierte die Statuten der Sekte. Marvin stellte sich mit dem Beil in der Hand vor sie. Haare, Haut, Fleisch und Blut klebten an der Schneide.

»Tu das nicht, mein Junge!«

»Nenne mir einen Grund, warum ich es nicht tun sollte.«

Als sie schwieg und die Augen schloss, wusste er, dass er das Richtige tat. Kein ›Weil ich dich liebe‹, kein ›Wir können ohne Pa einen Neuanfang wagen‹. Bloß Schweigen, weil sie ihn und seine Geschwister nicht liebte, sondern nur Gott. Der würde ihr jetzt nicht helfen.

Er hob das Beil und spaltete ihr den Schädel.

Kapitel 13

»Jetzt weißt du es«, flüsterte Marvin. »Das ist meine Geschichte, deshalb bin ich hier.«

Seine Eltern hatten ihm die Kindheit genommen und ihn zu einem Mörder gemacht.

»Meine Brüder haben es mitbekommen und den Guru geholt«, fuhr er fort. »Obwohl ich ihnen das Leben gerettet hatte, fielen sie mir in den Rücken. Der Guru rief die Polizei. Das war für ihn bequemer, als die Leichen und mich verschwinden zu lassen. So waren sie mich los. Was mit meinen Brüdern ist, weiß ich nicht. Vielleicht sind sie geflohen, tot oder prügeln und vergewaltigen mittlerweile selbst. Es ist mir piepegal.«

Yannick wusste nicht, was er sagen sollte. Der Junge tat ihm leid und er verurteilte ihn nicht für seine Taten. Viele hätten in seiner Situation ähnlich gehandelt.

»Also, wer ist es?« Als Yannick nicht reagierte, legte Marvin nach: »Wer will dir helfen?«

»Er ist Hausmeister hier.« Kurz überlegte er, ob er Marvin von dem ersten Treffen nachts im Flur erzählen sollte, hielt diese Information aber aus irgendeinem Grund zurück. »Ich bin ihm in der Isolation begegnet und er will einen Weg finden, mir zu helfen.«

»Kenne keinen Hausmeister. Du hast ihm von den Geistern erzählt?«

»Das habe ich.«

»Und er hat dir geglaubt?«

»Denke schon. Er ist ein recht einfacher Mann; scheint nicht der Klügste zu sein.«

»Okay, sobald er sich bei dir meldet, besprechen wir, wie wir weiter vorgehen. Ich habe keine Lust zu sterben. Entweder müssen wir hier raus oder wir müssen einen Weg finden, uns gegen die Gespenster zu wehren.« Ernst musterte er Yannick. »Die zwei Mal, die du Magda angegriffen hast, waren wegen der Geister, oder?«

»Ja, ich wollte sie beschützen.«

»Den Anfall, den ich gestern in der Dusche hatte, habe ich dem Schattenarsch zu verdanken.«

»Konnte ich mir denken, ich habe ihn gesehen und das Blut …«

Marvin musste nichts sagen, Yannick erkannte es in seinen Augen: Auch er hatte das Blut gesehen.

Ihr kurzes Schweigen wurde von Max unterbrochen, der schwungvoll die Tür aufstieß und rief: »Besuchszeit! Alle außer Marvin und Emma folgen mir bitte.«

Er sah beschämt zu Marvin. Es schmerzte ihn, dass der Junge keinen Besuch bekam.

»Komm schon, Yannick, trödle nicht!«, forderte Max, packte ihn am Arm und zog ihn aus dem Aufenthaltsraum. Pia schloss die Tür hinter ihnen.

»Freust du dich denn nicht?«, wollte Max wissen.

Erst wollte Yannick fragen, wie er sich freuen sollte, wenn es hier so ungerecht zuging. Er beließ es jedoch bei einem Nicken, was so viel hieß wie: ›Aber klar, natürlich freue ich mich.‹

Sie gingen durch eine Tür, durch die er zuvor noch nicht gegangen war. Bis heute hatte er vom Inneren des Gebäudes nicht viel zu sehen bekommen. Wenn man bedachte, wie gigantisch es bei ihrer Ankunft gewirkt hatte, war die Station, auf der er sich befand, nicht mehr als ein Hasenbau.

»Hier rein, Leute, immer weiter.« Tommy lehnte an einer geöffneten Tür und leitete die Patienten in einen weiß gestrichenen Saal. Dort standen einige Tische mit jeweils vier Stühlen, die am Boden festgeschraubt waren.

Die Pfleger verteilten die Patienten. Yannick wies man einen Platz am Fenster zu. Die Aussicht war bis auf die Gitter und den Wachturm, auf dem ein bewaffneter Mann stand, nicht schlecht.

Tommy stellte sich in die Mitte und schnippte mit den Fingern, um sich die Aufmerksamkeit zu sichern. »Ihr kennt die Regeln«, begann er und betete sie dennoch vor: »Keine Gewalt, bleibt ruhig. Plaudert nichts aus, was euch Ärger einbringt. Und um Himmels willen, lasst eure Genitalien dort, wo sie hingehören, nämlich in der Hose.«

Er musste nicht erwähnen, was passieren würde, wenn sie sich nicht an die Regeln hielten. Yannick war es egal, ob er eine Spritze zur Strafe bekam. Er würde alles ausplaudern und seine Freunde bitten, zur Polizei zu gehen.

Max und Pia gingen zu einer vergitterten Tür und öffneten sie. Als Lola und Christoph freudestrahlend auf ihn zukamen, sprang Yannick auf und winkte.

Von hinten packte jemand an seine verletzte Schulter, drückte zu und zwang ihn, sich hinzusetzen. Als er sah, wer neben ihm Platz nahm, verschlug es ihm die Sprache. Dohmen lächelte ihn selig an. Die schwarze Brille hatte sie tief auf der Nasenspitze sitzen und blickte ihn über die Gläser hinweg an. Ihr Dutt saß wie immer streng zusammengebunden auf dem Kopf.

»Hallo, Yannick. Ich dachte, ich begleite dich bei deinem ersten Treffen.« Er spürte ihre Hand auf seinem

Oberschenkel, die leichten Druck ausübte. Ihre Fingernägel bohrten sich in seine Haut. »Wir wollen doch nicht, dass du deinen Freunden die gleichen Lügen erzählst wie mir.« Keck zwinkerte sie ihm zu.

Sie hatte ihn durchschaut, wusste, was er vorhatte, und würde nicht zulassen, dass er etwas Schlechtes über die Seelenheil-Klinik verbreitete. Eher würde sie ihre Hand ein Stück hochrutschen lassen und ihm die Eier abreißen. Ihr künstliches Lächeln und ihr Blick sagten mehr als tausend Worte: ›Ein falscher Pieps, und ich sperre dich bis an dein Lebensende in die Isolationszelle!‹

Lola und Christoph erreichten den Tisch und wirkten wegen Frau Dohmen verwirrt. Sie stand auf und streckte ihnen die Hand hin. »Dohmen mein Name, aber ihr dürft mich gern Katja nennen.« Sie schaute sich im Raum um. »Das hier ist mein Laden«, flötete sie freundlich und nahm wieder Platz, nachdem sich seine Freunde namentlich vorgestellt hatten.

»Wir unterstützen unsere Neuzugänge bei ihren ersten Besuchen. Für manche ist es ein Schock, mit der Welt außerhalb dieser Mauern und ihrem alten Leben konfrontiert zu werden.« Zärtlich tätschelte sie Yannicks Hinterkopf.

»Okay …«, sagte Lola zögerlich. Sie war nicht gut darin, mit autoritären Personen zu sprechen, was an ihrem gewalttätigen Vater lag. Obwohl sie einundzwanzig und von zu Hause ausgezogen war, verprügelte er sie noch heute bei jeder Gelegenheit.

Christoph übernahm das Wort. »Klar, kein Problem.«

»Gut, sehr gut!«, rief Dohmen und klatschte in die Hände. »Dann wollen wir anfangen. Yannick, begrüß deine Freunde.«

Am liebsten wäre er ihr an den Hals gesprungen. Warum behandelte sie ihn wie ein Kind? Wollte sie so seine Glaubwürdigkeit untergraben, sollte er doch wagen, etwas Falsches zu sagen? Was war in ihren Augen das Falsche? Im Grunde war alles, was er hätte erzählen können, etwas, das die Zustände in dieser Klinik offenlegen würde.

»Hallo, Leute«, sagte er unsicher und achtete auf Dohmens Hand. »Wie geht es euch?«

Lola griff über den Tisch und legte ihre Hände in seine. »Wir sind egal. Wie geht es dir?«, stellte sie eine Gegenfrage.

Frau Dohmens Fingernägel bohrten sich in sein Bein, was so viel heißen sollte wie: ›Sag nichts Falsches!‹

»Mir geht es gut«, log er. »Hier wird sich gut um mich gekümmert.«

»Wie sind die Therapien?«, fragte Christoph, er kannte sich gut mit Psychiatern und deren Praktiken aus. Er war Dauergast in solchen Einrichtungen.

Erst wollte er fragen: Welche Therapien? Aber der Druck auf seinem Oberschenkel wurde stärker und entspannte sich erst, als er sagte: »Super, die würden sogar dich geradebiegen.« Yannick zwang sich zu einem Lächeln und war erleichtert, als auch Christoph lachte und Lola sich zu einem angedeuteten Grinsen aufraffen konnte.

»Das hört man gern! Wie ist es hier so? Erzähl doch mal«, bohrte Christoph.

»Ganz angenehm«, spielte Yannick den zufriedenen Irren. »Drei Mahlzeiten am Tag, ein eigenes Zimmer mit Klo, einen Aufenthaltsraum mit Computer, Fernseher und Bücherregal, nette Patienten.« Das waren die einzigen positiven Dinge, die er nennen konnte, und selbst die waren nicht das Beste.

»Hört sich nett an«, sagte Lola, verzog jedoch das Gesicht.

»Wie geht es meinen Eltern, habt ihr mit ihnen gesprochen?« Er beugte sich vor. Als Frau Dohmens Finger höher wanderten und sich knapp vor seinen Weichteilen in die Haut bohrten, lehnte er sich wieder zurück.

»Lass ihnen Zeit«, meinte Christoph. »Ich habe deine Mutter im Supermarkt getroffen. Sie liebt dich, hat sie gesagt, aber sie braucht Zeit, um es zu verkraften. Das war kurz nachdem sie dich hierherbrachten. Seitdem habe ich sie nicht mehr gesehen.« Christoph runzelte die Stirn. Wurde ihm bewusst, dass es seltsam war, dass er den Gerlachs so lange nicht begegnet war? Denn seine Eltern ließen sich gern in der Stadt blicken. Wenn sie seit ein paar Tagen untergetaucht waren, konnte das nur bedeuten, dass ihnen etwas zugestoßen war.

Yannick streckte vorsichtig das Bein nach vorn und betete, dass Frau Dohmen es nicht bemerken würde. Er fand Lolas Schuh und stupste leicht dagegen, während er sagte: »Dann sollte man ihnen die Zeit lassen.«

Böse sah sie ihn an, begriff erst nicht, was er von ihr wollte. Dann entspannte sich ihr Blick. Seit jeher hatten sie sich blind verstanden und er hoffte auch dieses Mal auf ihr Einfühlungsvermögen. Die Dohmen hatte nichts bemerkt.

»Wusstest du, dass Franz gefasst wurde?«, lenkte Lola vom Thema ab.

Bei dem Namen des Kerls, der ihm die Pistole verkauft hatte, zog sich Yannicks Magengegend zusammen. »Nein, das wusste ich nicht. Wie haben sie ihn geschnappt?«

»Durch die Waffe. Die Polizei konnten sie mit ihm in Verbindung bringen.« Christoph hielt kurz inne. »Der beharrt darauf, dass du ihn verraten hast und behauptet, dass sie ihn niemals durch die Waffen hätten finden können. Dafür sei er viel zu schlau. Er hat gedroht, dich umzubringen.«

Dohmen schlug auf den Tisch. »Solche Informationen braucht Yannick im Moment nicht! Hat man euch nicht gesagt, dass ihr ihm nichts erzählen sollt, was ihn aufregen könnte?«, herrschte sie seinen Freund an.

»Ich dachte, es wäre wichtig, ihm zu sagen, wenn jemand nach seinem Leben trachtet«, verteidigte er sich.

»Bei uns ist er sicher!«, wütete der Dohmen-Tornado weiter. Sie packte Yannick am Arm, stand auf und zog ihn mit sich. »Die Besuchszeit ist für euch beendet!«

»Wir wollten noch …«, setzte Lola an, wurde aber bereits mit Christoph von einem Pfleger zur Tür geführt.

»Das hättet ihr euch vorher überlegen sollen!«, rief sie den beiden hinterher. »Ungehobelte Freunde hast du da!«, sagte sie zu Yannick und übergab ihn an Max. »Bring ihn auf sein Zimmer, er hat über einiges nachzudenken. Zum Mittagessen kannst du ihn holen.«

Max führte die Befehle seiner Chefin aus und brachte Yannick zurück. Dort angekommen, nickte er ihm zu und verschwand. Was blieb, war die Frage: Was zum Teufel war das gewesen? Wenn die Dohmen nicht wollte, dass Yannick etwas über die Praktiken der Anstalt verriet, warum ließ sie überhaupt Besuch zu? Er konnte sich nicht vorstellen, dass sie nicht die Macht hatte, Besuche zu unterbinden, falls sie der Meinung war, er könnte etwas ausplaudern.

Er setzte sich aufs Bett und dachte darüber nach, was Lola und Christoph ihm erzählt hatten. Seine Eltern hatten sich länger nicht blicken lassen und Franz trachtete nach seinem Leben. Ob Lola seinen Wink verstanden hatte und nach ihnen sehen würde? Das konnte er bloß hoffen. Das andere Problem, das mit Franz, konnte er ignorieren – vorerst zumindest. Franz war ein Kleinkrimineller, hier würde er ihm nicht gefährlich werden. Darum würde er sich nach der Klinik kümmern, sofern es eine Zeit danach gab.

Er griff unter die Matratze. Kurz befürchtete er, ein Pfleger hätte das Buch in seiner Abwesenheit gefunden, aber es lag an seinem Platz. Ab jetzt sollte er es lieber wieder hinter dem Schrank verbergen, um kein Risiko einzugehen, denn zu jeder Zeit könnte jemand das Zimmer durchsuchen.

Also zog er den Schrank vorsorglich ein Stück von der Wand weg und setzte sich an den Schreibtisch. Das Buch legte er aufgeschlagen vor sich. Yannick fürchtete sich davor weiterzulesen. Er wollte nicht noch mehr von den widerwärtigen Wesen erfahren, die durch die Flure schlichen. Aber es musste sein. Vielleicht lag zwischen diesen Zeilen die Lösung. Womöglich hatte Ramona einen Weg gefunden, gegen die Geister zu kämpfen. Es war eine kleine Hoffnung. Als er las und Ramona von einem dritten und vierten Gespenst sprach, die schlimmer waren als das Schattenwesen und das Mädchen zusammen, weinte er vor Angst.

Kapitel 14

»Was war das denn?« Lola blieb hinter Christophs Wagen stehen und zündete sich eine Zigarette an. »Hast du bei einem deiner Klinikaufenthalte jemals den Chef neben dir sitzen gehabt?«

Er schüttelte den Kopf. »Nein, niemals. Seltsames Weib.«

»Ja, abgedrehte Tante.« Sie nahm einen tiefen Zug. »Weißt du, was noch seltsam ist?«

»Nein, was?«

Kurz rief sie sich den Moment vor Augen, als das Thema über die Eltern aufgekommen war. Yannick hatte sie mit dem Fuß berührt, als er sagte, man solle ihnen Zeit lassen, und sie komisch angesehen. Fast so, als meinte er genau das Gegenteil.

»Ich vermute, er hat versucht mir etwas zu sagen«, deutete Lola an und berichtete ihm von dem Vorfall.

»Du denkst, er will, dass wir seine Eltern besuchen?«

»Warum nicht? Wir waren nahezu jeden Tag bei denen. Seine Eltern habe ich früher öfter gesehen als meine eigenen und sie sind mir auch lieber. Sie werden uns die Tür schon nicht vor der Nase zuschlagen, wenn wir bei ihnen vorbeifahren und ihnen erzählen, wie es ihrem Sohn geht.« Kurz dachte sie an Yannick. Wäre er ihr auf der Straße begegnet, wäre sie an ihm vorbeigelaufen, weil er nicht mehr wie der Mann aussah, den sie kannte und liebte – das hatte sie ihm allerdings nie gesagt. Seine Augen lagen tief in den Höhlen, seine über alles geliebten Piercings, die er sich mit Lola und Christoph zusammen hatte stechen lassen, waren fort und der Irokesenschnitt hatte seine Form verloren – genauso wie sein Gesicht. Sein Bart wucherte wild durcheinander. Yannick wirkte wie ein Yeti.

Ihrer Meinung nach hatte diese Frau Dohmen ihn kontrolliert, damit er ihnen nichts Falsches erzählte. Diesen Gedanken teilte sie mit Christoph und trat die Zigarette aus.

»Du denkst also, in der Klinik geht es nicht mit rechten Dingen zu?«

Lola stieg auf der Beifahrerseite ein. »Er wollte uns etwas sagen. Es brannte ihm unter den Fingernägeln. Ich erkenne das. Seine Selbstmordversuche hat er Mal für Mal vor mir zu verheimlichen versucht, doch durch sein Verhalten wusste ich genau, wenn er mir etwas verschwieg. Und gerade wollte er uns was erzählen, durfte es aber nicht.«

»Ihr hattet schon immer eine besondere Bindung.« Er startete den Wagen. »Mir ist nichts aufgefallen.«

Sie boxte ihm gegen den Oberarm. »Du hattest auch nur Augen für Frau Dohmen.«

»Ich kann nichts dafür, ältere Damen machen mich verrückt und dieser sexy Dutt …« Wie von sexueller Gier getrieben stöhnte er.

Lola lachte. »Du bist ein abartiger Schweinehund!«

Seine seltsamen Vorlieben, was seine Sexpartnerinnen anging, kannte sie. Auch, dass er Schmerzen gegenüber nicht abgeneigt war. Ihrer Meinung nach lebte er eine Art erweitertes Borderline-Syndrom aus. Um seine innere Pein zu bekämpfen, reichte es ihm nicht, sich selbst zu verletzen, also verband er das mit Sadomaso-Sex. Ihr war egal, wie und von wem er sich zum Höhepunkt bringen ließ. Für sie kam dergleichen nicht infrage. Seit ihrer Kindheit hatte sie genug Leid erfahren.

»Die vernasch ich, verlass dich drauf«, scherzte er und brauste vom Parkplatz.

»Das will ich sehen.«

»Das wirst du.« Er startete das Navigationsgerät. »Fahren wir gleich zu seinen Eltern?«

Es war dreizehn Uhr, in spätestens zweieinhalb Stunden würden sie in Duisburg sein.

»Klar, warum nicht?«

Er stellte das Ziel ein und fuhr Richtung Autobahn. »So langsam bekomme ich auch ein schlechtes Gefühl, jetzt, wo ich die Eindrücke verarbeite.«

Christoph war kein Schnelldenker und er brauchte ab und an länger, um Situationen richtig einzuschätzen.

»Hast du im Internet nach dieser Klinik gesucht?«, wollte er wissen.

Kopfschüttelnd holte sie das Handy aus ihrer Tasche. »S-e-e-l-e-n-h-e-i-l K-l-i-n-i-k«, buchstabierte sie, während sie den Namen in die Google-Suchleiste eintippte und die Homepage der Klinik aufrief. »Wir bieten ihren Liebsten eine einmalige Gelegenheit, stilvoll gesund zu werden«, las Lola kurz darauf vor.

Christoph lachte und sagte: »Glauben die den Quatsch eigentlich selbst, den die da verzapfen?«

»Wahrscheinlich, das geht in ihrem ›Über uns‹-Geschwafel so weiter.« Sie nannte ein paar Stichworte: »Perfekte Umgebung, außerordentlich gut geschultes Personal, jahrzehntelange Erfahrung, kostenlose Nachsorge. Hört sich an, als wüssten die, wie man um neue Kunden wirbt. Sieh mal einer an!«, stieß sie dann hervor.

»Was denn?« Christoph nahm sie beim Wort und schaute auf das Handy, der Wagen machte einen Schlenker.

»Mensch, schau auf die Straße! Heute möchte ich ausnahmsweise nicht sterben.«

»Schon gut, schon gut«, entschuldigte er sich. »Was hast du gefunden?«

»Yannicks Vater hat eine Homepage, und auf der wirbt er für die Klinik.«

»Ich dachte immer, der hält nichts vom Internet.«

»Deswegen bin ich ja so verwundert. Er schwärmt in den höchsten Tönen. Aber er erwähnt mit keiner Silbe, dass Yannick da behandelt wird.«

»Ist doch kein Wunder. Würdest du als Arzt zugeben, dass du bei deinem eigenen Fleisch und Blut versagt hast?«

»Ja und nein. Immerhin hält er viel von der Klinik und was wäre da das beste Werbemittel, wenn nicht der eigene Sohn, der dort in Behandlung ist?« Sie speicherte die Seite in ihrer Favoritenliste. »Danach sollten wir sie nachher fragen.«

»Findest du noch mehr?«, erkundigte sich Christoph.

Lola musste weit nach unten scrollen, um die ersten kritischen Worte zu lesen. »Anstalt der Toten, das ist die Hölle auf Erden«, las sie vor. »Ist die Überschrift eines Blogbeitrags eines Jimmy Frier, ist ein paar Wochen alt.«

»Anstalt der was?«

»Der Toten …« Sie verstummte und überflog den Text. »Der Mann behauptet, dort würden Menschen gefoltert und getötet werden. Laut ihm geht da völlig abgedrehte Scheiße ab. Er hat all seine Notizen an einen Reporter weitergegeben und ihn gebeten, die Wahrheit ans Licht zu holen. Aber es ist nichts geschehen. Dieser Jimmy ist der Überzeugung, die Klinik hätte den Reporter gekauft und ihm den Mund verboten.«

»Warum haben die nicht diesen Frier gefoltert? Dann würde nicht so ein Schwachsinn im Internet stehen …«, setzte Christoph an.

»Warte, warte«, unterbrach sie ihn. »Er hat Dokumente, die angeblich aus dem Büro der Leiterin stammen. Patientenakten, Fotos, Berichte. Sieht auf den Bildern ziemlich echt aus.«

»Und wie soll er da drangekommen sein und sie rausgebracht haben?«

»Was weiß ich?«, fuhr sie ihn an. »Es gibt immer einen Weg oder wie glaubst du, gelangen Drogen und Waffen in ein Hochsicherheitsgefängnis? Überall sind korrupte Angestellte, die den Insassen helfen. Wieso also nicht auch da?«

Christoph schwieg und wechselte die Spur. Sie überholten einen Opa in seinem Kombi und reihten sich vor ihm wieder ein. »Hast ja recht. Gibt es sonst noch was über die Klinik?«

»Nicht viel. Hier und da ein Kommentar in Foren: *Nein, schick deine Tochter nicht dorthin!* Oder: *Lass dich bloß nicht dort behandeln!* Und was seltsam ist: Die Leute schreiben nach ein paar Wochen nie wieder etwas.«

»Haben wir es mit Zensur zu tun? Will da jemand nicht, dass zu viel Negatives im Internet steht, und bemüht sich, die Kritiken verschwinden zu lassen? Alles kann man nicht löschen, aber manches schon. Und wenn nur die Empfehlungen oben in den Suchergebnissen erscheinen, sehen die meisten Interessenten nicht die kritischen Stimmen und werden somit akquiriert«, sagte Christoph.

Einen kurzen Moment achtete er auf sie und nicht auf den Vorausfahrenden. Sie kamen dem Kofferraum gefährlich nahe und sie rief: »Verdammt, du sollst auf die Straße schauen, ich will immer noch nicht sterben!«

Aktuell empfand sie das genaue Gegenteil: Nie hatte sie einen stärkeren Überlebenswillen gehabt als jetzt. An der Sache mit der Klinik war etwas faul. Yannicks seltsames Verhalten, die Leiterin Dohmen, die Lola auf einen Schlag unsympathisch gewesen war. Die Tatsache, dass Yannicks Vater eine Homepage hatte und dort die Seelenheil-Klinik in den höchsten Tönen lobte. Und das Internet, das die Wahrheit über die *Anstalt der Toten* verbarg.

Sie musste herausfinden, was da vor sich ging. Yannick zuliebe. Falls die Gerüchte stimmten und hinter den dicken Mauern wirklich Menschen misshandelt wurden, mussten sie Yannick da herausholen.

Christoph konzentrierte sich auf die Straße, während sie die kompletten Suchergebnisse durcharbeitete, aber zu keinem aussagekräftigen Ergebnis kam.

Den Rest der Fahrt schwiegen sie, und als endlich ihre Ausfahrt in Sicht kam, seufzte Lola erleichtert. Sie hasste es, auf der Autobahn zu fahren. Besonders, wenn Christoph am Steuer saß. Er war zwar derjenige von dem Dreiergespann, der nicht ständig an Selbstmord dachte, hatte aber die größte Risikofreude. Es war ein Wunder, dass er noch nicht bei einem Autounfall ums Leben gekommen war.

Als sie vor dem Anwesen der Gerlachs ankamen, stellte er den Wagen auf der Straße ab und sie gingen zum Eisentor. Das gesamte Grundstück umgab eine hohe Steinmauer. Jedes Mal hatten sie sich wie Hollywoodstars gefühlt, wenn sie den schmalen Weg entlanggingen. Aus der Ferne erkannten sie die Luxuskarossen der Eltern. Die Chance stand also gut, dass sie zu Hause waren.

Christoph läutete und beugte sich zur Sprechanlage. Lola positionierte sich so, dass die Kamera sie erfasste. So machten sie es immer, damit Yannicks Eltern wussten, dass sie vor der Tür standen und nicht irgendwelche Hausierer oder Betrüger.

»Komisch, reagiert keiner.« Er drückte erneut auf die Klingel. Als sich niemand meldete und sich die Kamera nicht surrend bewegte, klingelte er Sturm.

»Bestimmt wollen die mit niemandem reden. Nicht umsonst haben sie sich zurückgezogen«, meinte er.

»Aber wir sind wie eigene Kinder für sie. Zumindest melden würden sie sich, wenn sie da wären«, warf Lola ein.

»Vielleicht schlafen sie oder sind unter der Dusche …«, setzte Christoph an.

»Lass uns nachsehen.« Sie lief rechts an der Mauer entlang.

»Lola!«, rief er ihr hinterher. »Komm schon, du weißt, dass sie nicht möchten, dass wir über die Mauer steigen!«

»Dann hätten sie die Steine dort entfernen sollen!«, gab sie zurück, und als sie die Stelle erreichte, fing sie an zu klettern. Das hatte sie oft allein und auch mit Christoph zusammengetan. Manchmal sogar nachts, wenn sie sich heimlich zum Haus geschlichen hatten, durch Yannicks Fenster gestiegen waren und in seinem Zimmer einen Joint geraucht hatten. Das war mit dem Wissen, dass jeden Moment die Eltern hereinkommen konnten, eine prickelnde Erfahrung gewesen.

An diesem Abschnitt waren ein paar Steine nicht korrekt gemauert worden und man konnte sie wie eine Leiter verwenden. Yannicks Eltern hatten irgendwann herausgefunden, dass sie es waren, die die Fußabdrücke im Blumenbeet hinterließen, und es ihnen verboten. Das hatten sie es allerdings mit einem Augenzwinkern getan, und Lola fand nichts Falsches daran, den Weg weiterhin zu nutzen. Schließlich wollte sie nachsehen, ob es den Gerlachs gut ging. Denn da war auch Yannicks jüngere Schwester Cindy, die ebenfalls seit einigen Tagen wie vom Erdboden verschluckt war.

»Jetzt komm schon, du Schisser«, flüsterte sie Christoph zu, der auf der anderen Seite stand. Als er endlich mit angesäuertem Gesicht von der Mauer sprang, gab sie ihm einen Knuff in die Rippen.

»Den Ärger dafür steckst du ein«, mahnte er. »Die Leute trauern um ihre Söhne und du kannst sie nicht in Ruhe lassen.«

Sie ging nicht darauf ein, nahm seine Hand und zog ihn hinter sich her durch die Blumenbeete. Die Gerlachs beschäftigten einen Gärtner und der würde nicht sonderlich erfreut sein, dass sie seine Arbeit zunichtemachten. Aber Lola kam nicht gegen den Drang an, nach den Eltern und Cindy zu sehen. Seit sie die Klinik verlassen hatten, hatte sie ein unerklärliches Gefühl. Eine Art Ahnung. Als wäre irgendetwas in sie gefahren, das sie nun steuerte. Je näher sie dem Haus kamen, desto stärker wurde das Gefühl, dass etwas Schlimmes geschehen war.

Sie liefen über die Terrasse zur Hintertür.

Sie war abgeschlossen.

»Warum klopfen wir nicht vorn?«, flüsterte Christoph und duckte sich, als erwarte er ein Donnerwetter.

»Weil mir eine innere Stimme sagt, dass das nichts bringen wird.«

»Bist du unter die Wahrsager gegangen?«

»Halt die Klappe!«, zischte sie und ging weiter. Am Küchenfenster blieb sie stehen. Da war der Tisch, an dem sie oft zusammengesessen und gelacht hatten, und der Herd, an dem sie zusammen gekocht hatten. Yannicks Mutter hatte nur gelacht, wenn sie danach die Unordnung sah, weil nicht sie das sauber machen musste, sondern ihr Personal. Yannicks Familie und seine Kindheit waren ganz anders als ihre eigene und dennoch waren sie gleichermaßen unglücklich und enttäuscht vom Leben. Lola hatte ihm nie gesagt, dass sie nicht verstand, wie jemand wie er unter Depressionen leiden konnte. Was wäre aus ihr geworden, wäre sie an seiner Stelle gewesen? Bestimmt kein solcher Trauerkloß wie er, sondern eine Prinzessin, der die gesamte Welt offenstand.

Sie gingen weiter und gelangten zum großen Wohnzimmerfenster. Hier überkamen sie keine schönen Erinnerungen an gemeinsame Zeiten – nur nacktes Entsetzen.

»Was ist das … Was hat das zu bedeuten?«, stammelte Christoph und legte zitternd einen Arm um Lola.

Ihr Gefühl hatte sie nicht getrogen. Sie zog ihr Handy hervor und rief die Polizei.

»Was ist bloß passiert?«, flüsterte Christoph mit Tränen in den Augen.

»Ich weiß es nicht.« Aber vorstellen konnte sie es sich. Das Blut an den Wänden, auf dem Sofa und auf dem Boden regte ihre Fantasie an. Sie sah den brutalen Kampf regelrecht vor sich. Yannicks Mutter Claudine, die mit dem Angreifer rang. Cindy, die in einer Ecke saß und weinte. Ihr Vater Patrick, der auf dem Rücken lag, badend in seinem Blut, das aus mehreren Stichverletzungen sickerte. Und sie sah die Mörder. Sie waren bewaffnet, hatten Masken auf den Köpfen. Als sie Lola bemerkten, rannten sie mit erhobenen Waffen auf sie zu, traten durch das Fenster hindurch. In dem Moment, als die Fantasiegestalten sie erreichten, fiel sie in Ohnmacht.

Kapitel 15

Ramonas Tagebuch

Es werden mehr! Überall kann ich sie sehen. Es gibt nicht nur den Schatten und das Mädchen, nein, es kommen immer neue dazu, einer schrecklicher als der andere. Und noch etwas hat sich geändert: Sie können mich berühren. Sobald sie das tun, passiert etwas mit mir. Starke Krampfanfälle plagen mich, ich verschlucke mich und ich fühle mich dem Tod näher als dem Leben. Darauf wird es hinauslaufen: Auf mein Ableben, wenn ich nicht hier rauskomme. Die Chancen dafür stehen denkbar schlecht. Niemand besucht mich. Die Briefe, die ich an meine Eltern schreibe, bleiben unbeantwortet – was nicht allzu verwunderlich ist.

Das Personal wird von Tag zu Tag seltsamer. Für jede Kleinigkeit stecken sie mich in die Isolation. Ich hasse es, wenn sie mich ausziehen, mir die Lederbänder um die Hand- und Fußknöchel schnallen, mich allein lassen. Falls sie gut aufgelegt sind, spielen sie Musik. Sollten sie einen miesen Tag haben, lassen sie mich in der Stille schmoren.

Nur das Problem ist: Es bleibt nicht lange still. Es dauert nur ein paar Augenblicke und *sie* kommen. Entweder zusammen oder einzeln. Dann stehen sie neben mir, starren mich an, betasten mich mit ihren toten Fingern und verzehren sich nach dem Leben, das in mir steckt. Sie beneiden mich und genau das ist mein Todesurteil. Ich lebe und sie nicht. Dafür werde ich sterben.

Am Mittag hatte ich Zeit, mit der drogenabhängigen Jenny zu sprechen. Heute hat sie sogar geantwortet. Bevor man sie kurz darauf fortbrachte, sagte sie etwas, das mich hoffen lässt, doch nicht allein zu sein mit den Dingen, die ich sehe. Es lässt mich hoffen, nicht so verrückt zu sein, wie die anderen behaupten. Sie flüsterte: »Ich sehe sie auch!« Selbstverständlich gehe ich davon aus, dass sie die Geister meint. Beim Abendessen war Jenny nicht da. Entweder haben sie sie in ihrem Zimmer eingeschlossen oder sie ist in der Isolation gelandet. Obwohl ich nicht wüsste, weshalb, denn sie hat nichts getan.

In ein paar Minuten geht das Licht aus und ich frage mich, wer heute Nacht vor meiner Tür stehen wird. Langsam verliere ich die Furcht vor ihnen. Es gehört für mich zum Alltag, dass ich sie sehe.

Warum kommen sie nicht in mein Zimmer? Hält sie eine unsichtbare Barriere davon ab? Vielleicht muss ich sie wie einen Vampir hereinbitten. In etwa: ›Komm, liebes Gespenst, komm herein.‹ Das sollte ich mal machen, aber nicht, wenn der Dicke da ist. Der mit den Insekten und den vielen Fleischwunden. Vor dem habe ich immer noch Angst, er ist schlimmer als das Schattenwesen und das Mädchen zusammen. Auch der vierte Geist, der bei ihm ist, lässt einem die Haare zu Berge stehen.

***

Yannick klappte das Buch zu und rieb sich die geschwollenen Augen. Bei jeder Zeile hatte er geweint. Ramona war innerhalb weniger Wochen mehreren Geistern begegnet. Von einem wusste er nun, wie er aussah. Würde er ihm in den nächsten Tagen begegnen? Ihm graute schon jetzt davor und er legte das Tagebuch vorerst hinter den Schrank. Sein Zeitgefühl sagte ihm, dass bald ein Pfleger zum Mittagessen läuten würde. Bis es so weit war, dachte er über Ramonas Worte nach. Waren es Rachegeister? Marvin, Ramona und er hatten direkt oder indirekt einen Menschen auf dem Gewissen. Und anscheinend waren nur sie in der Lage, die Dinge wahrzunehmen, die hier vor sich gingen.

Was war mit Magda? Yannick war sich sicher, dass auch sie Bescheid wusste. Der Tag in der Blutdusche hatte sie verraten. Er glaubte nicht daran, dass sie selbst gehandelt, sondern dass ein Geist ihren Mund und ihr Tun gesteuert hatte. Einer von denen, die er nicht sehen konnte, weil er noch nicht bereit für sie war.

Wenn sie auch hinter Magda her waren, bedeutete das, dass sie jemanden getötet hatte? Wie sollte er das herausfinden? Es war nicht sicher, dass sie den Schädelbasisbruch überlebte.

Magda und die Geister verschwanden aus seinen Gedanken, als die Tür aufgeschlossen wurde und Max hereintrat. Um den Hals trug er einen Schal. »Es ist Zeit für eine anständige Rasur«, kündigte er an.

Yannicks innere Uhr hatte ihn um ein paar Stunden betrogen. Er hatte gedacht, dass es bald Zeit für das Mittagessen war. Aber gegen eine Rasur hatte er nichts einzuwenden. Er hatte sich vorhin beim Besuch seiner Freunde für sein unordentliches Erscheinungsbild geschämt und der Bart juckte. Außerdem hatte Max ihm versprochen, ihm von den Männern zu erzählen, die ein Blutbad angerichtet hatten und wegen denen die Patienten sich nicht selbst rasieren durften. Vielleicht war Max in einer intimen Runde gesprächiger.

»Komm«, forderte er ihn auf. »Wir zwei haben ein Date unter der Dusche.«

»Ich freu mich drauf«, sagte Yannick und meinte es ehrlich. Er musste versuchen, dem Pfleger näherzukommen. Es gab immer Leute in solchen Einrichtungen, die den netten Patienten gewisse Vorzüge gestatteten. Sollte Max jedoch ein noch größeres Arschloch als Tommy sein, würde er es spätestens dann merken.

Als Yannick die Nasszelle betrat, krampfte sein Magen sich zusammen. Der Raum jagte ihm Angst ein. Die Dinge, die hier geschehen waren, konnte er so schnell nicht vergessen. Das Blut, das aus den Brauseköpfen getropft war, hatte sich in den Fugen der Fliesen abgesetzt. Das fiel niemandem außer ihm auf. Max stellte seine Utensilien unbeirrt auf den Boden, sprühte Rasierschaum auf seine Hand und rieb Yannicks Gesicht von den Augen abwärts ein. Als er zum Rasierer griff, fragte Yannick nach den Männern.

»Du wolltest mir von dem Blutbad erzählen.«

Max sah ihn mit zusammengekniffenen Augen an.

»Komm schon, ich verrate nichts.«

»Du hältst wirklich den Mund?«

»Ehrenwort! Und was spricht dagegen, wenn wir uns etwas anfreunden?«, wagte er einen Vorstoß und wurde belohnt.

»Eigentlich nichts.« Max lächelte verlegen. »Tommy darf nur nichts davon erfahren.«

»Sicher, das bleibt unter uns.« Yannick klopfte sich in Gedanken selbst auf die Schulter. Das machte zwei mögliche Verbündete, die ihm das Leben erleichtern und ihm zu einer Flucht verhelfen konnten. Sie würden damit sein Überleben sichern, denn mit den Geistern war nicht zu spaßen. Ob Max auch darüber Bescheid wusste?

Der Pfleger fuhr mit dem Rasierer über Yannicks Wange und erzählte: »Es ist zwanzig Jahre her. Tommy hat mir davon erzählt. Als es passierte, war er sechs. Er war natürlich nicht selbst dabei, sondern sein Vater, der hier auch als Pfleger arbeitete. Damals haben sie diese Rasierklingen benutzt, die Barbiere verwenden, die aussehen wie ein Messer. War günstiger, als die der modernen Rasierer nachzukaufen. Und da die Belegschaft zu faul war, durften die männlichen Patienten sich selbst rasieren. Das ging so lange gut, bis zwei Männer Amok liefen.«

»Ist es auf dieser Station passiert?«

Max nickte. »Deshalb ist Tommy so streng. Er will dafür sorgen, dass sich nie wieder so ein Unglück wie unter der Führung seines Vaters Harry ereignet.«

Nach und nach erhaschte Yannick einen Blick hinter die Fassade des Stationsleiters Tommy.

»Ich könnte dich auch ohne Rasierklinge überwältigen«, scherzte Yannick.

Max verstand das ganz und gar nicht als Scherz und zauberte einen kleinen Stock aus seiner Hosentasche, der durch kurzes Rucken zweimal so lang wurde. Es war ein Teleskopschlagstock. »An deiner Stelle würde ich mir zweimal überlegen, ob ich so eine Dummheit begehen würde.«

Beschwichtigend streckte er Max die Hände entgegen. »Das war ein Spaß.« Nun wusste er, dass die Pfleger nicht nur Walkie-Talkies, sondern auch versteckte Waffen bei sich trugen.

Zögernd packte Max den Stock weg und setzte die Rasur fort. »Darf ich weitererzählen oder möchtest du noch ein paar Späße ablassen?«

»Ich halte ab jetzt den Mund«, versicherte er und hörte gebannt zu.

Kapitel 16

Harrys Geschichte

Es war ein Tag wie jeder andere, als Harry das Haus verließ und zur Arbeit fuhr. Am Nachmittag wollte er zu einem Fußballturnier seines Sohnes Tommy fahren. Sein Junge entwickelte sich prächtig und war stärker, größer und klüger als anderen in seinem Alter. Aus ihm würde mal etwas Besonderes werden. Ein Profisportler oder vielleicht ging er in die Politik. Wieso nicht? Tommy Stralkamm, Bundeskanzler der Bundesrepublik Deutschland!

Noch war es nicht so weit und er musste dafür sorgen, dass sein Sohn die beste Bildung genießen konnte. Hierfür brauchte er seinen Job, den er nicht gern machte und der gefährlich war, aber gut bezahlt wurde.

Er parkte den Wagen auf dem Mitarbeiterparkplatz der Seelenheil-Klinik und ging durch den Personaleingang. Auf dem Weg traf er Kollegen von anderen Stationen. Es gab im Gebäude fünf Stück, die jeweilige maximale Patientenanzahl lag bei zehn. Das war für die Angestellten angenehm, denn überfüllte Stationen bedeuteten überforderte Pfleger. Das hatte er in seiner Ausbildung erlebt. Hier hingegen waren die Tage entspannt. Es gab zwar brenzlige Situationen, doch die hielten sich in Grenzen. Er arbeitete auf der Halbsicheren. Eine Etage höher wurden die vollkommen Durchgedrehten behandelt. Aber auch unter seinen Patienten gab es den einen oder anderen, der gegen die Regeln verstieß und bestraft werden musste. Das lief dann so ab, dass der Unruhestifter in die Isolation gebracht und fixiert wurde. Nicht gemütlich für die Menschen, aber die meisten lernten daraus und benahmen sich nach ein paar Ausflügen in den Keller wie brave Lämmchen. Dorthin wurden die Patienten aller Stationen gebracht. Der Leiter der Anstalt sagte immer: »Die Präsidentensuiten sind für alle da.«

Seit zwei Wochen hatte Harry einen solchen Störenfried auf seiner Station, der die anderen Irren und die Pfleger gegeneinander aufhetzte und Dauergast in der Isolation war. Seine Hand- und Fußgelenke waren bereits so stark in Mitleidenschaft gezogen, dass er den Arzt informieren musste, der solche Störungen überhaupt nicht mochte. Manche behaupteten, der Doktor führe seltsame Experimente im Keller durch. Harry glaubte nicht an solchen Unsinn.

Als er sich im Umkleideraum umzog, sprach ihn ein Kollege von der Sicheren an. »Was macht dein Rowdy? Hat er sich eingekriegt?«

»Nein, der war gestern wieder auf der Iso. Wir bekommen den nicht in den Griff. Faselt die ganze Zeit etwas von Geistern. Mittlerweile hat er noch einen anderen Patienten mit dieser Scheiße angesteckt. Jetzt haben wir zwei Irre, die durch die Gegend rennen und von Toten reden, die nachts schreien und an ihre Türen klopfen.«

»Halt die bloß unter Kontrolle, ich habe keinen Bock darauf, dass der Chef die zu mir verlegt, weil die nicht ewig in der Iso bleiben können.«

Harry beruhigte seinen Kollegen: »Wir schaffen das.«

Sie gaben sich die Hand und wünschten sich eine ruhige Schicht. Harry dachte: *Du musst nur acht Stunden hinter dich bringen, danach kannst du mit deinem Jungen zum Fußball. Nur acht verdammte Stunden!*

Die ersten vier verliefen friedlich. Nach dem Frühstück folgten die zwei Störenfriede den Pflegern brav zu den Duschen, um sich zu rasieren. Harry beobachtete alles durch die Monitore. Heute hatte er keine Lust, sich mit dem Ruhestörer und seinem irren Freund herumzuschlagen. Dazu war er schließlich der Stationsleiter. Damit er die Füße hochlegen und seine Untergebenen dabei beobachten konnte, wie sie sich abmühten. Kurz hatte er daran gedacht, dass es vielleicht nicht gut war, beide zusammen zur Rasur zu schicken, aber was sollte schon passieren? Zwei seiner besten Pfleger standen mit Schlagstöcken in der Hand neben den Patienten und achteten auf jede Bewegung. Das war absolute Routine, nichts Außergewöhnliches.

Bis sich ein Schatten über die Bildschirme legte und er alles wie durch einen schwarzen Nebel sah. Gellende Schreie erklangen. Da waren schnelle Bewegungen, zwei Silhouetten, die sich zuckend über die Monitore bewegten, und zwei, die stürzten. Harry hörte gurgelnde Laute und als die Bilder endlich klarer wurden, registrierte er, dass die Pfleger mit aufgeschnittenen Kehlen röchelnd am Boden lagen. Während er ihnen angsterfüllt beim Sterben zusah, verschwand der abscheuliche Strom ihres Blutes in den Duschabflüssen.

Wie paralysiert schaltete er die Kameras durch, bis er die beiden mit Rasierklingen bewaffneten Männer entdeckte. Sie hielten auf den Aufenthaltsraum zu, in dem sich die acht anderen Patienten befanden. Davor stand der dritte Pfleger, der heute Dienst hatte, Wache. Bevor der Kollege reagieren konnte, rammte der Störenfried ihm die Klinge in den Hals. Das Blut spritzte bis an die Decke.

Harry riss sich endlich von den Bildschirmen los und löste den Alarm aus. Die Sirenen gellten durch das Gebäude. Die Polizei wurde sofort alarmiert, wenn jemand den Notfallknopf drückte. Sein Funkgerät knackte. Es war der Anstaltsleiter.

»Was ist bei Ihnen los, Stralkamm?«

»Tote … Es gibt Tote!«

»Was erzählen Sie da?«

»Zwei Männer haben drei meiner Pfleger umgebracht und …«, er verstummte und blickte auf die Monitore, »sie sind gerade dabei, in den Aufenthaltsraum zu gehen.«

»Sind Patienten dort?«

»Ja, das sind sie«, flüsterte Harry und schaltete das Gerät ab, als der Höhepunkt des Massakers begann. Die Männer gingen mit erhobenen Rasiermessern auf die anderen Patienten zu. Er konnte nicht glauben, was dann geschah: Niemand flüchtete. Alle verharrten wo sie waren und warteten darauf, dass ihnen die Kehlen durchgeschnitten und sie ausgeweidet wurden. Keiner wurde verschont. Innerhalb weniger Minuten starben acht Personen – und das war noch nicht alles. Wieder legte sich ein Schleier über das Bild und Harry entdeckte einen Schatten, der die Silhouette eines Menschen hatte, hinter den Mördern. Dieses unwirkliche Wesen packte die Hände der Männer, in denen sie die Messer hielten, führte sie zu ihren Hälsen und brachte sie dazu, sich die Kehlen durchzuschneiden. Sie fielen zuckend zu Boden, spritzten alles mit ihrem Blut voll und blieben reglos liegen.

Harry lehnte sich im Stuhl zurück, starrte auf die Bildschirme und weinte. Dreizehn Menschen waren binnen Minuten tot. Wenn er nicht so faul gewesen wäre, hätte er vielleicht das Schlimmste verhindern können – oder wäre selbst gestorben.

Während die Sirenen näherkamen, sah er auf den Monitoren ein letztes Mal den Schatten. Er stand vor der Kamera und stierte Harry mit rotglühenden Augen an.

***

»Das war sein letzter Arbeitstag in der Klinik«, endete Max. »Und er war weder an diesem Tag bei dem Fußballspiel seines Sohnes noch an sonst einem. Tommy meint, sein Vater hätte sich von dem Massaker nie erholt. Als er vor zehn Jahren starb, sah Tommy keine Angst, sondern Erleichterung in seinen Augen. Schlimme Sache.«

»Darüber habe ich im Internet nichts gefunden«, grübelte Yannick.

»Du hast recherchiert?« Max lachte. »Auf viel bist du wahrscheinlich nicht gestoßen. Frau Dohmen bemüht sich, dass unsere Weste weiß bleibt. Nur die Menschen in der Umgebung vergessen nicht, was geschehen ist. Sie machen einen Bogen um die Anstalt.«

»Das kann ich verstehen und ja, ich habe versucht, mich zu erkundigen. Du hast recht, viel hab ich nicht entdeckt, aber ein bisschen schon.«

»Was denn?«

»Die Seelenheil-Klinik wird im Netz als *Anstalt der Toten* betitelt«, gab er bereitwillig Auskunft.

»Der Toten …«, murmelte Max. »Das haftet der Klinik bestimmt wegen des Massakers an. Die Dohmen kann schließlich nicht verhindern, dass etwas darüber im Internet landet.«

»Das muss durch die Medien gegangen sein und es müsste alte Berichte geben.«

»Keine Ahnung, wie das damals lief.«

»Dann schau mal, ob du etwas findest«, Yannick breitete die Arme aus, »ich kann leider nicht.«

»Mal sehen, vielleicht, wenn ich Lust habe«, sagte Max beiläufig. Yannick sah ihm an, dass ihn die Neugier gepackt hatte. Falls der Pfleger sich nie Gedanken über den Ruf seiner Arbeitsstelle gemacht hatte, sollte er jetzt damit anfangen.

»Wie lange arbeitest du schon hier?«

»Ein Jahr erst. Und ich bleibe auch nicht mehr lange.« Max wusch den Rasierer ab, packte ihn in einen Kulturbeutel und nestelte nervös daran. »So wenig ich über den Ruf der Seelenheil-Klinik weiß, umso mehr weiß ich, dass sich Harry den Schatten, den er beim Massaker gesehen hat, nicht bloß eingebildet hat, so wie sein Sohn behauptet.«

Yannicks Herz machte einen Sprung. »Was willst du damit sagen?«

Max trat näher an ihn heran. »Hier gibt es etwas, das ich nicht erklären kann. Ich kann es nicht sehen, aber ich spüre es seit Wochen und es macht mir Angst. Ganz besonders spüre ich es bei dir, Yannick. Es ist um dich herum, ständig. Deswegen machst auch du mir Angst.«

Kapitel 17

»Ihr bleibt bitte in der Stadt. Es kann sein, dass wir euch ein zweites Mal befragen müssen«, sagte der Polizist zu Lola und Christoph. »Braucht ihr jemanden, mit dem ihr über die Sache reden könnt?«

Sie schüttelten die Köpfe und wurden endlich entlassen. Drei Stunden hatten sie auf dem Polizeirevier verbracht. Dutzende Fragen wurden ihnen gestellt, auf die sie keine Antworten hatten. Keiner der beiden wusste, was mit Yannicks Familie geschehen war. Den Beamten konnten sie nur das erzählen, was sie mit eigenen Augen gesehen hatten, und das war das Blut im Wohnzimmer – eine unfassbare Menge davon.

Wie sie aus einem Gespräch zwischen zwei Beamten aufgeschnappt hatten, gab es zwar Anzeichen eines Kampfes, aber außer dem Blut wurde nichts gefunden. Es gab keine Leichen. Die Familie Gerlach war verschwunden. Ob das Blut von ihnen stammte, musste noch geklärt werden.

Sie standen vor dem Polizeirevier. Lola zündete sich mit zitternden Fingern eine Zigarette an. »Was machen wir jetzt?«

Christoph zuckte mit den Schultern. Er sah ziemlich blass aus und hatte sich zweimal auf dem Anwesen der Gerlachs und einmal auf dem Revier übergeben.

»Keine Ahnung.«

»Was meinst du, geben sie Yannick Bescheid?«

»Hat sich jedenfalls so angehört. Wäre auch nicht rechtens, wenn nicht. Schließlich geht es um seine Familie. Die müssen ihn informieren, egal, ob er in der Klapse sitzt oder nicht.«

»Am liebsten würde ich mich ins Auto setzen und sofort zurück nach Bielefeld fahren.«

»Aber das dürfen wir nicht, wir sollen …«

Sie schnitt ihm das Wort ab. »Weiß ich doch, du Idiot! Wir sollen mit unserem Arsch schön in Duisburg bleiben.«

»Vielleicht können wir von hier aus etwas tun.«

»Was denn? Willst du auf die Suche nach seiner Familie gehen?«

»Nein, das überlassen wir der Polizei. Ich meinte eher das Internet. Wir sollten uns weiter über die Klinik informieren. Eventuell finden wir noch mehr.«

»Ich habe doch alle Suchergebnisse durchgesehen. Mehr gibt es nicht.«

»Aber du hast nur nach der Seelenheil-Klinik und nicht nach der *Anstalt der Toten* gegoogelt, oder?«

Da hatte er recht, daran hatte sie nicht gedacht. »Stimmt. Manchmal bist du doch nicht so dumm, wie du dich immer stellst.«

Er grinste. »Gehen wir zu dir oder zu mir?«

Die Frage stellte sich nicht wirklich. Sie fuhren niemals zu ihr und das wusste er.

»Falls du willst, dass mein Vater dir die Seele aus dem Leib prügelt, können wir gern zu mir fahren. Er steht bestimmt schon seit Stunden vor meiner Wohnung und wartet, dass seine Lieblingstochter nach Hause kommt.«

Christoph rieb sich nachdenklich über die Bartstoppeln. »Lass mal, wir fahren lieber zu mir.«

Sie stiegen ins Auto. Lola fragte sich, ob ihr Vater sie irgendwann so stark verprügeln würde, dass sie starb. Er hatte es ihr mehrere Male angedroht, wenn er betrunken gewesen war, hatte aber immer von ihr abgelassen, bevor er Schäden anrichtete, die nicht so leicht zu verstecken waren. Dafür hasste sie ihn und hatte oft überlegt, ihn umzubringen, bevor er ihr zuvorkam. Er war ein Widerling, ein erbärmlicher Mann, der sich nicht mit Worten zu wehren wusste. Auch ihre Mutter wurde immer wieder Opfer seiner Übergriffe, ließ sich jedoch weder von der Polizei noch von jemand anderem helfen.

»Vielleicht solltest du in eine andere Stadt ziehen«, merkte Christoph an. »Dass du vor einem halben Jahr zu Hause ausgezogen bist, hat die Sache mit deinem Ollen nicht verbessert. Eher im Gegenteil. Du hast ihn mit dem Auszug schwer enttäuscht.«

»Glaub mir, auch das würde nichts bringen. Er findet mich überall.«

»Du weißt, dass ich ihn für dich umbringen würde, oder?«

Gequält lachte sie. »Ja, das weiß ich. Das hast du mir mehrmals gesagt, aber das kann ich nicht von dir verlangen.«

»Vielleicht änderst du irgendwann deine Meinung.«

Lola hatte nicht viele Freunde, eigentlich nur Yannick und Christoph, alle anderen waren nur flüchtige Bekannte oder egoistische Vollidioten. Ihre Freundschaft mit den Jungs war anders. Sie würden füreinander sterben und sogar töten. Auch Yannick hatte ihr angeboten, ihren Vater zu erschlagen, ihn zu erschießen oder ihn zu erhängen. Wie bei Christoph hatte sie abgelehnt, weil sie nicht wollte, dass einer der beiden für sie ins Gefängnis ging.

Seit ein paar Wochen hatte sie eigene Pläne. Vielleicht würde sie ihren Vater mit in den Tod reißen, wenn sie den nächsten Selbstmordversuch unternahm. Wie sie das anstellen sollte, wusste sie allerdings nicht. Im Moment hatte sie keine Zeit, sich etwas zu überlegen. Yannick und seine Familie brauchten ihre Hilfe und die würde sie ihnen nicht verwehren.

»*Home sweet home*«, flötete Christoph und stoppte den Wagen.

Sie betraten das Mehrfamilienhaus und gingen in seine Wohnung. Es war wie immer aufgeräumt und roch nach frischer Wäsche. Lola fragte sich, wie Christoph das hinbekam, äußerlich so ordentlich zu sein, während in seinem Kopf das Chaos herrschte. Bei ihr spiegelte der Zustand der Wohnung genau wider, wie es um ihren Geist bestellt war: Als hätte eine Bombe eingeschlagen.

»Setz dich. Willst du eine Cola?«

»Gern.« Sie schnappte sich seinen Laptop und gab das Passwort ein. Bis auf das Bett teilten sie alles miteinander. Es hatte nie unsittliche Berührungen gegeben, auch nicht zwischen Yannick und ihr – obwohl sie sich das seit Jahren wünschte. Er hatte nie Interesse an ihr gezeigt und sie hatte ihre Gefühle für sich behalten, um die Freundschaft nicht zu gefährden.

»Sollen wir was bei der Pizzeria bestellen?«, fragte Christoph, als er mit zwei Gläsern aus der Küche kam. Seine Haut wirkte noch immer fahl.

»Kannst du es denn bei dir behalten?«

»Hast recht, lieber nicht.«

Er setzte sich neben sie und stellte die Gläser auf den Tisch, während sie den Browser öffnete und den Suchbegriff *Anstalt der Toten* eingab. Sofort fanden sich Hunderte Treffer, die sie zuvor nicht erhalten hatte.

»Du bist ein Genie!«, gab sie zu.

»Klick das mal an.« Christoph deutete auf das dritte Suchergebnis. Es war ein Forum.

»Nett«, witzelte Lola, als sie sich die Seite genauer ansah. Es gab Themen wie: Unter uns Psychos, vom Irren zum Irren, Psychobraut gesucht und so weiter und so fort.

»Was es nicht alles gibt.«

»Es gibt nichts, was es nicht gibt«, sagte sie und klickte den Bereich an, in dem sich die User über Psychiater, Psychologen und Anstalten wie die unterhielten, in der ihr bester Freund festsaß. Der Beitrag mit den meisten Antworten war der über die Seelenheil-Klinik. Ein Mann, sie hatte seinen Namen heute schon einmal gelesen, hatte vor ein paar Wochen einen Bericht hinterlassen. Andere Patienten und Neugierige hatten sich dazu ausgelassen.

Post von Jimmy Frier

»Hallo liebe Gemeinde,

das ist mein erster und wahrscheinlich letzter Beitrag, denn ich weiß, dass sie hinter mir her sind und mich kriegen werden. Meinen Blog kann ich nicht weiterführen, er ist zu angreifbar, aber ich hoffe, dass sie auf dieses Forum keinen Einfluss haben.

Kurz zu meiner Person: Ich heiße Jimmy Frier, bin einundvierzig Jahre alt und komme aus Dortmund. Bei mir wurden im Laufe meines Lebens eine Menge psychischer Krankheiten diagnostiziert. Eine Armada von Ärzten hat versucht, sie zu behandeln, mal mit mehr und mal mit weniger Erfolg.

Nachdem mein letzter Selbstmordversuch fast geglückt ist (ich fuhr falsch herum auf eine Autobahn, doch starb ich nicht selbst, sondern die junge Frau, deren Wagen ich gerammt habe) und wurde vom Gericht statt zu einer Gefängnisstrafe zu einem Aufenthalt in der Seelenheil-Klinik verdonnert. Was soll ich sagen? Dort war es schlimmer als im übelsten Knast der Welt.

Ich saß auf der hochsicheren Station, die hatten da so komische Abstufungen. Es gab die offenen Bereiche, wo die Patienten ein und aus gehen konnten. Da saßen Drogenabhängige oder Leute mit einem leichten Trauma. Dann gab es die halbsichere, die sichere und die strengste Station. Das war die, in der ich saß: die hochsichere. Da wurde ich rund um die Uhr überwacht. Man gab mir zig Medikamente, die mich bunte Farben und seltsame Gestalten sehen ließen.

Aber es gab auch Dinge, die ich mir nicht einbildete. Pfleger, die es mit ihrem Job nicht so genau nahmen, und Wesen, über deren Existenz ich bis dahin nichts wusste. Es nicht einmal geglaubt hätte, hätte ich sie nicht mit eigenen Augen gesehen. Ich weiß, ihr werdet mich deswegen auslachen, aber in der Seelenheil-Klinik gibt es Geister. Sie streifen durch die Gänge, schreien und verletzen die Patienten. Das habe ich beobachtet. Es dauerte nicht lange und sie griffen auch mich an.

Wenn ich mit jemandem darüber redete, bekam ich nie Antworten auf meine Fragen. Auch nicht von denen ich wusste, dass sie sie genauso wahrnahmen wie ich. Den Schattenmenschen, das Mädchen und all die anderen, die nach ihnen kamen. Bis ich aufgrund eines Verfahrensfehlers frühzeitig aus der Klinik entlassen wurde, sah ich sechs von ihnen. Und ich wusste: Bald würde es viele Tote geben, wenn ich nicht von dort verschwand. Da braute sich etwas zusammen und ich würde ein Teil davon sein. Ihr glaubt mir nicht? Dann lasst euch da einweisen. Egal auf welche Station. Sie sind überall. Traut euch.

Euer Jimmy«

Darunter las Lola Kommentare wie: *»Was laberst du für einen Schwachsinn? Gespenster? Bist du irre? Die haben wohl dein Gehirn durch eine Kartoffelpresse gedrückt!«* Es gab aber auch positive Bemerkungen und solche, die klangen, als glaubten sie Jimmy: *»Meine Mutter war vor Kurzem drei Wochen wegen ihrer Drogensucht da stationiert. Sie hat zwar nichts gesehen, aber gespürt, dass dort etwas nicht stimmt.«*

»Was hältst du davon?«, wollte Lola von Christoph wissen.

»Geister? Wirklich? Das hört sich mehr nach einem unzufriedenen Patienten an, der der Klinik Schlechtes nachsagen will. Ist im Netz mittlerweile überall so. Du willst jemandem was? Drück ihm eine miese Bewertung rein und die anderen nehmen Abstand. Oder würdest du dein Kind in eine Klinik schicken, von der du gelesen hast, dass es da spukt?«

»Eher nicht«, gab sie zu. Aber irgendetwas sagte ihr, dass dieser Jimmy die Wahrheit sagte. Was wahrscheinlich auch daran lag, dass sie an Geister, an ein Leben nach dem Tod und an Wiedergeburt glaubte. Die Jungs hatten sie deswegen immer ausgelacht. Doch seit dem Tod ihrer Großmutter hielt sie an dem Gedanken fest, dass die alte Frau nicht einfach im Nichts verschwunden war, sondern es ihr an irgendeinem Ort besser ging.

»Lass uns die anderen Suchergebnisse durchsehen«, forderte Christoph. Lola klickte sich durch die Internetseiten. Sie fanden zwei weitere Menschen, die von denselben Phänomenen berichteten wie Jimmy. Überall erfolgten die gleichen Reaktionen: Ihnen wurde nicht geglaubt und wenn, klang es nach Ironie.

»Viel hilft uns das nicht«, gab sie zu. »Wir können schlecht zur Polizei rennen und denen sagen, dass es dort spukt, und sie bitten, Yannick rauszuholen. Seine Eltern wären vielleicht offener dafür gewesen, aber da sie verschwunden sind …« Sie zuckte mit den Schultern. »Von hier aus können wir ihm nicht helfen.«

»Und die Stadt verlassen dürfen wir auch nicht«, murmelte er. »Also bleibt uns nichts anderes übrig, als zu warten.«

»Unter Umständen gibt es eine Möglichkeit.«

»Welche?«

Lola grinste. »Ich weise mich selbst in die Klinik ein.«

Kapitel 18

»Ich mache dir Angst?«, wiederholte Yannick.

Max nickte. »Eigentlich glaube ich nicht an diesen Esoterikquatsch, aber dich umgibt eine gefährliche Aura. Das ist bei dir und dem Jungen so. Bei dem bekomme ich auch eine Gänsehaut. Deshalb benehme ich mich manchmal so komisch und bin zu impulsiv. Dieser Scheißladen jagt mir eine Scheißangst ein. Meine Kündigung liegt bald auf Frau Dohmens Tisch. Ich hau ab.«

»Wenn du sowieso aufhörst, kannst du mir doch einen Gefallen tun«, versuchte Yannick sein Glück.

»Wie meinst du das?«

»Du hasst diesen Laden und ich ebenfalls. Alles, was ich brauche, ist ein Handy, mit dem ich telefonieren und ins Internet kann.«

Max' Lachen schallte durch den Duschraum. »Bist du wahnsinnig? Weißt du, was die mit mir machen, wenn die mich erwischen?«

»Wenn sie dir kündigen, kann dir das doch egal sein.«

»Das meine ich nicht. Ich weiß, was mit Angestellten passiert, die Sachen für die Patienten in die Klinik schmuggeln oder mit solchen, die draußen nicht die Klappe halten und Geheimnisse aus der Anstalt weitertratschen. Frau Dohmen hat es mir verraten, kurz nachdem ich hier anfing.«

»Was soll passieren? Zeigt sie euch an?«

»Nein, das wäre ja nicht allzu schlimm. Ihr genauer Wortlaut war: Sie werden einfach verschwinden, Herr Heimel, als wären Sie nie da gewesen.«

»Das hat sie gesagt? Was meint sie damit?«

»Keine Ahnung. Du glaubst ja wohl nicht, dass ich mit jemandem darüber geredet habe. Du kennst die Dohmen. Sieht sie aus wie eine Frau, die leere Versprechungen macht?«

Yannick schüttelte den Kopf.

»Siehst du und deshalb hau ich lieber ab, statt mich mit ihr anzulegen. Was auch immer sie mit ihrer Drohung meinte, ich will es nicht herausfinden.«

»Du denkst, sie lässt dich gehen?«

Darüber schien Max nicht nachgedacht zu haben. Er runzelte die Stirn. »Warum nicht? Nur weil ich nicht mehr hier arbeite, werde ich ja nichts ausplaudern. Es ist Zeit, wir müssen los, es ist bald Mittag. Komm, ich bring dich in dein Zimmer.« Die nette Phase, die Max gehabt hatte, war vorbei.

Yannick hatte ein paar Details erfahren, die ihm vielleicht weiterhalfen. Was aus dem Pfleger wurde und ob er jemandem verriet, dass er ihn um ein Handy gebeten hatte, war ihm egal. Sollte der Typ doch verschwinden. Yannick würde ihn mit Sicherheit nicht vermissen. Selbst wenn er für einen kurzen Moment sympathisch gewirkt hatte. Er war nicht besser als Tommy. Durch seine Gefühlsschwankungen war er vielleicht sogar gefährlicher.

Als sich die Tür seines Zimmers hinter ihm schloss, blieb Yannick wie angewurzelt stehen. Irgendetwas war anders als sonst. Es war neben ihm, aber er konnte es nicht sehen. Die Luft war deutlich kühler und die Haare standen ihm zu Berge. Es war mitten am Tag. War es der Schatten? Das Mädchen kam nur in der Nacht. Als er eine schwammige, undeutliche Bewegung aus dem

Augenwinkel bemerkte, drehte er seinen Kopf in die Richtung. Am Umfang erkannte er, dass es weder der Schatten noch das Mädchen war. Es war ein dritter, ein neuer Geist. Einer, von dem er vorhin gelesen hatte und den er jetzt mit eigenen Augen sah. Er nicht war allein, jemand war bei ihm.

Yannick ging langsam auf das Bett zu. Zitternd setzte er sich und schaute zu der Ecke, in der die beiden standen. Sie wurden immer deutlicher, materialisierten sich vor ihm. Yannick hatte die nächste Stufe erreicht. Gespenst Nummer drei und vier statteten ihm einen Besuch ab.

»Was wollt ihr?«, fragte er. Im Raum war es mittlerweile so kalt geworden, dass sein Atem als feiner Dampf vor ihm schwebte.

Sie gaben keine Antwort, jedenfalls nicht mit dem Mund. Der Dicke machte mit seinen verfaulenden Füßen einen Schritt auf ihn zu. Durch die Erschütterung fielen ihm Maden aus dem offenen Bauch. Über seinen Körper, an dem er unzählige nässende Wunden hatte, krabbelten verschiedene Arten Insekten. Von Fliegen bis zu einer Schabe war alles dabei. Sie krochen ihm in den tiefen Schlund und in die inhaltslosen Augenhöhlen. Sehen brauchte der Geist nicht, er roch Yannicks Angst.

Knapp hinter ihm stand eine zierliche Frau. Sie hatte kaum Fleisch an den Knochen. Die Haut spannte sich straff darüber. So straff, dass sie an manchen Stellen eingerissen war. Ihr Gesicht war eingefallen und sah aus wie ein mit Papier überzogener Skelettschädel. Ihre Haare hingen ihr strähnig vom Kopf. Sie mutete an wie eine Frau, die in einer Trockenkammer gelegen und sich in Dörrobst verwandelt hatte.

»Was wollt ihr?«, fragte er erneut. Ihm kam die Galle hoch, als der Dicke einen Teil seiner Eingeweide verlor und sie hinter sich herzog, während er einen schwankenden Schritt nach dem anderen auf Yannick zuging. Die Alte blieb wo sie war.

Der Geist war noch einen halben Meter entfernt. Jetzt konnte er nicht nur jedes Detail seines zerstörten Leibes erkennen, sondern ihn auch riechen. Es stank fürchterlich, wie eine Mischung aus Erde und verdorbenen Lebensmitteln. Vor Jahren hatte er eine verendete Ratte aus dem Keller im Haus seiner Eltern geholt. Die hatte nicht ansatzweise so gestunken wie das Ding vor ihm.

Er schloss die Augen. »Ihr seid nicht echt, ihr seid nicht echt!«, flüsterte er.

Etwas platschte auf den Boden, kühle Flüssigkeit spritzte auf seine Haut. »Ihr seid nicht echt!«, wiederholte er.

Etwas berührte sein Gesicht. Es war kalt, nass, schmierig und es stank, dass ihm die Tränen kamen. Er wollte nicht die Augen öffnen, aber er musste. Und was er dann sah, war schwarz und tief. Der Geist hatte den Mund geöffnet, den Kiefer wie eine Schlange ausgehängt. Die Zunge hing heraus und strich über den Boden. Die Proportionen waren einfach nicht stimmig.

Der Schlund war nur wenige Zentimeter von ihm entfernt, und als die Frau sich an den Kopf fasste, den Blick zur Decke richtete und schrie, biss der Dicke zu.

Kapitel 19

»Du willst dich einweisen lassen? Niemals! Das schaffst du nicht. Selbst wenn, weißt du nicht, ob du auf dieselbe Station kommst wie er. Es würde Wochen dauern, bis sie einen Platz für dich hätten.«

»Du hast ja recht«, gab Lola kleinlaut zu. »Hast du eine bessere Idee?«

»Abwarten.«

»Das kann ich nicht.«

»Warum nicht? Die Polizei kümmert sich um seine Eltern und in der Klinik ist er sicher.«

»Woher willst du das wissen? Ich hab ein schlechtes Gefühl bei der Sache. Etwas hat mich gestört, bei unserem Besuch, und das war nicht nur diese Dohmen«, gab sie zu.

Die ganze Zeit hatte sie nicht auszusprechen gewagt, was sie gedacht hatte. Denn auch sie hatte die Präsenz von etwas Andersartigem gespürt, das Yannick anhaftete. Sie hätte von allein nicht behauptet, dass es sich dabei um einen Geist handelte, aber jetzt, als sie Jimmys Worte in ihre Erlebnisse mit einbezog, war sie versucht, zu denken, dass wirklich ein Gespenst bei ihnen gewesen war.

Christoph verzog das Gesicht. »Sag mir nicht, dass du den Schwachsinn aus dem Netz glaubst?«

»Doch, genau das tue ich. Yannick schwebt in Lebensgefahr und die geht nicht von etwas Irdischem aus, sondern von … Geistern.«

Er schlug sich mit der flachen Hand vor die Stirn. »Auch das noch. Wie kann ich dich davon überzeugen, dass es dort nicht spukt? Soll ich die Ghostbusters rufen?«

»Wie wäre es, wenn du anfängst, meinem Gefühl zu vertrauen?«

»Das versuche ich, wirklich, und ich bin ja auch nicht blöd. Ich habe gesehen, dass es ihm nicht gut geht, und das Verschwinden seiner Familie will nicht ins Bild passen, aber zu glauben, es spuke und die Anstalt würde die Spuren verwischen, halte ich für zu weit hergeholt.«

»Wenn du mir nicht helfen willst, mache ich es eben allein. Bleib du hier und spiel das Haushündchen für die Bullen. Falls du mich suchst, ich fahre mit dem Bus zu meinen Eltern, nehme das Auto meines Vaters, mit oder ohne seine Erlaubnis, und fahre nach Bielefeld.« Sie schnappte sich ihre Sachen. Christoph schwieg, als sie entschlossen seine Wohnung und das Haus verließ. Kurz blieb sie davor stehen, in der Hoffnung, er würde ihr folgen und sie müsste nicht in ihr Elternhaus gehen. Doch er kam nicht. Er hatte sich entschieden, ihren Schwur, immer füreinander da zu sein, zu brechen und seinem besten Freund die Hilfe zu verweigern.

Ob sie mit ihrer Ahnung richtiglag, wusste sie nicht. Und sie hatte keinen Schimmer, wie sie in das Gebäude kommen, Yannick finden und befreien sollte. Notfalls mit Gewalt, das war sicher.

Kapitel 20

Yannick kniff die Augen fest zusammen und wartete darauf, dass der überdimensionale Mund ihn verschluckte. Stattdessen wurde die Tür aufgerissen. Als er die Augen öffnete, zerfielen die beiden Geister zu Staub. In der Tür stand Tommy.

»Deine Eltern, komm!«, zischte der, machte einen Schritt auf ihn zu und griff nach ihm. Der Pfleger erwischte ihn an der verletzten Schulter und Yannick erinnerte sich lebhaft an den Moment, als Magda ihn gebissen hatte.

»Was ist mit ihnen?«

»Die Polizei ist da!« Er riss ihn vom Bett und zog ihn grob hinter sich her. Dass Yannick fast von einem Geist verspeist worden war, vergaß er völlig.

»Die Polizei?«

Tommy schwieg, gab keine Auskünfte. Sie eilten in den Besucherraum und das Erste, was er sah, war Frau Dohmens Dutt, der wie immer gefährlich auf ihrem Kopf thronte. Ihr gegenüber standen zwei Männer in blauen Uniformen.

»Was ist los?«, fragte er.

Die Dohmen legte eine Hand auf seinen Rücken. »Ich hätte gern alle schlechten Nachrichten von dir ferngehalten, aber die Situation erfordert es«, redete sie beruhigend auf ihn ein. Sie nickte den Polizisten zu und einer davon trat vor ihn.

»Yannick Gerlach?«, wollte er wissen.

»Ja, der bin ich.«

»Ihre Eltern sind verschwunden. Im Haus gibt es Anzeichen eines Gewaltverbrechens«, sagte der Beamte nüchtern.

»Wie meinen Sie das?«

»Zwei Freunde von Ihnen, ein Christoph Maller und eine Lola Schneider, haben ausgesagt, sie wollten Ihre Eltern besuchen und hätten ein verlassenes Haus vorgefunden.«

»Und was meinen Sie mit Anzeichen eines Gewaltverbrechens?«, fragte Yannick.

»Im Wohnzimmer und im Zimmer Ihrer Schwester wurden Blut und Kampfspuren gefunden. Wir gehen davon aus, dass zumindest einer von ihnen schwer verletzt ist. Aber machen Sie sich keine Sorgen, wir finden sie.« Kurz sah er zu Frau Dohmen. Auf Yannick wirkten die Blicke, die sie tauschten, vertraut. Mit Sicherheit begegneten sie sich nicht zum ersten Mal. »Die Kollegen der Duisburger Polizei suchen fieberhaft nach ihnen und baten uns, Sie darüber in Kenntnis zu setzen.«

Yannick fühlte sich, als habe ihm jemand in den Magen geschlagen. »Hat man Hinweise auf die Täter gefunden?«

»Die Spurensicherung braucht noch eine Weile, sie hat eine Menge Quadratmeter abzusuchen«, spielte der Beamte auf die Größe des Hauses an, »sobald wir etwas wissen, informieren wir Sie.« Wieder ein Blick zur Anstaltsleiterin. »Frau Dohmen hat uns uneingeschränkte Kontaktmöglichkeit eingeräumt.«

In ihm baute sich die lange nicht mehr da gewesene Panik auf. »Nein, nein! Ich muss hier raus!«, verlangte er. »Sie müssen mich sofort gehen lassen!«, wandte er sich an die Anstaltsleiterin. »Ich will zu meiner Familie!«

»So einfach geht das nicht. Du musst entweder von deinen Eltern auf eigene Verantwortung aus der Klinik geholt werden oder unser Psychiater muss das Okay geben.«

Erst wollte er sie anschreien und sie fragen, wie seine Eltern ihn bitte abholen sollten, wenn sie verschwunden waren. Dann dachte er über ihren zweiten Satz nach und hätte beinahe gelacht. »Welcher Psychiater?«

Sie tat verblüfft. »Deiner und der aller anderen Patienten unserer schönen Einrichtung.« Den Polizisten warf sie einen kurzen Seitenblick zu, der so viel hieß wie: ›Dummer Junge, weiß nicht, was er da redet.‹ In Wirklichkeit sagte sie: »Herr Leipnitz, du kennst ihn doch.«

»Robert Leipnitz?«, fragte er verwirrt.

»Ja, er ist unser Psychiater und Allgemeinmediziner, er hat die Wunde an deiner Schulter genäht.« Jetzt wirkte sie ernsthaft erstaunt. »Kannst du dich an keine deiner Sitzungen bei ihm erinnern?«

»Nein. Aber ich kenne ihn. Das ist der Hausmeister!«

»Der Hausmeister?« Frau Dohmen lachte und wandte sich an die Beamten. »Sie müssen ihn entschuldigen, er ist noch nicht lange bei uns und kann Realität von Fantasie nicht unterscheiden. Er macht Fortschritte, aber es wird dauern.«

»Kein Problem. Wir melden uns, wenn wir neue Erkenntnisse haben.«

»Machen Sie das, ich kümmere mich um den Jungen.«

Die Männer verabschiedeten sich und ließen Yannick mit der Klinikleiterin allein. Er starrte sie einige Sekunden schweigend an, bevor er herausbrachte: »Was war das für ein Theater?«

Frau Dohmen verstand nicht. »Wie meinst du das?«

»So zu tun, als würden Sie ernsthaft an meiner Genesung interessiert sein.«

»Das bin ich! Wo denkst du hin?« Sie machte einen Schritt auf ihn zu und legte eine Hand auf seine Schulter.

Im Hintergrund traten drei Pfleger durch die Tür in den Besuchsraum. Sollte er auch nur den kleinsten Versuch unternehmen, die Leiterin anzugreifen, würden sie ihn überwältigen. Also beließ er es bei dem Gedanken.

»Sie wollen mir weismachen, dass ich regelmäßige Therapiesitzungen habe und dass der Arzt Robert Leipnitz, der zurückgebliebene Hausmeister, ist?« Jetzt, wo die Polizisten nicht mehr da waren, würde die Dohmen die Wahrheit sagen, da war er sich sicher. Doch er irrte sich.

»Natürlich!«, stieß sie hervor. »Was wäre das für eine Klinik, wenn es keine Behandlungsmöglichkeiten gäbe? Das mit dem Hausmeister musst du ihm unbedingt erzählen! Bestimmt findet er das unterhaltsam.«

»Wann soll ich die Sitzungen gehabt haben?«

Nacheinander zählte sie sie auf. Zu den meisten Zeiten hatte er im Delirium gelegen. Jedenfalls hatte er das gedacht. War es möglich, dass er sich nicht an die Therapien erinnerte? Waren seine Filmrisse schuld daran? Aber warum war Robert ihm im Flur und in der Isolation begegnet? Hatte er sich das eingebildet? Und was war mit Ramona und ihrem Tagebuch? Gab es sie auch nicht, genauso wenig wie die Geister?

Überfordert fasste er sich an die Stirn. Das waren zu viele Fragen. Woher sollte er wissen, was Realität war und was nicht? »Schaffen Sie mich sofort zu ihm!«, forderte er. »Er soll ein Gutachten anfertigen, damit ich hier raus kann!«

»So einfach geht das nicht.«

»Bitte«, flehte er sie an und zu seiner Überraschung knickte sie ein. Wo war die knallharte Frau hin, die ihm gedroht und verlangt hatte, seinen Freunden nicht die Wahrheit über diese Einrichtung zu sagen. Obwohl … was hieß die Wahrheit? Er war sich nicht mehr sicher, ob das, woran er sich erinnerte, tatsächlich passiert war.

»Gut«, sie nickte den Pflegern zu. »Informieren Sie den Doktor, dass wir Yannick zu ihm bringen.«

»Danke«, flüsterte er und glaubte, eine völlig andere Frau kennenzulernen. Ihr Blick war mitfühlend, ihre Berührungen waren zaghaft und nicht so unerbittlich wie vor ein paar Stunden.

Sie brachten ihn in die Haupthalle, von wo aus seine Reise in die Hölle begonnen hatte. Es kam ihm vor, als wäre es erst gestern gewesen, dass seine Eltern ihn hierhergebracht hatten. In Wahrheit wusste er nicht, wie lange er überhaupt hier drin war. Eine Woche? Zwei? Monate? Die Tage waren verschwommen. Die Erinnerungslücken, ob durch Drogen oder seine Psyche verursacht, hatten alles ineinanderlaufen lassen wie warme Butter.

Vor dem Empfangstresen standen ein Mann und eine Frau. An ihren Händen hielten sie ein Mädchen von vielleicht acht Jahren.

»Hallo, zusammen«, begrüßte dieselbe Rezeptionistin die Familie, die auch ihn und seine Eltern in Empfang genommen hatte.

»Hallo, wir sind die Ukoglus, wir haben einen Termin wegen unserer Tochter Selma.«

Die Empfangsdame warf einen Blick zu Yannick und Frau Dohmen, danach richtete sie sich wieder an die Familie. »Wenn ich Sie bitten dürfte, hier entlang, es kommt sofort jemand zu Ihnen.«

Yannick wollte ihnen zuschreien, dass sie ihre Kleine schnappen und fortlaufen sollten. Er hielt sich aber zurück, weil er nicht mehr wusste, was hier geschah. Vielleicht hatte er sich alles eingebildet. Auch das Gespräch mit Max in der Dusche kam ihm jetzt unwirklich vor. Hatte es überhaupt stattgefunden?

»Wir sind gleich da«, sagte die Anstaltsleiterin, bog mit ihm in einen Gang ein und klopfte an eine dunkle Holztür. An ihr war ein Namensschild befestigt: ›Dr. med. psych. Robert Leipnitz‹.

Sie traten ein und er glaubte seinen Augen kaum, als er den vermeintlichen Hausmeister hinter einem massiven Holztisch sitzen sah. Konnte Yannick sich wirklich so getäuscht haben?

»Da ist er ja!«, rief er erfreut, stand auf und kam in voller Größe auf sie zu. »Yannick, mein Lieblingspatient.«

Yannick wusste nicht, was er sagen sollte. Er dachte, den Mann vor sich zu kennen, der aber nichts mehr mit dem gemein hatte, was er als Hausmeister verkörpert hatte. Yannick ließ sich von Robert zu einem Sessel führen.

»Vielen Dank, dass Sie ihn zu mir gebracht haben, Frau Dohmen.«

»Gern.« Die Leiterin lächelte und verschwand.

»Konntest du unsere Sitzung heute Abend nicht abwarten?«, erkundigte sich Robert, nahm ihm gegenüber Platz und füllte zwei Gläser mit Wasser.

Yannick trank einen Schluck. »Was soll das, Robert?«

Der Hausmeister, der Arzt oder was auch immer er war, legte fragend den Kopf schief. »Seit wann duzt du mich?«

»Seit der Nacht im Hausflur, als du meinen Urin weggewischt und mich vor Tommy versteckt hast.«

Jetzt beugte sich der Mann vor. »Was redest du da?«

»Oder in der Isolation, da, wo du mir versprochen hast, mir zu helfen. Du wolltest mehr über die Gei…« Er biss sich auf die Zunge.

»Wobei wollte ich dir helfen? Ehrlich gesagt, verwirrst du mich.«

»Wie soll ich mich erst fühlen? Seit Tagen bin ich hier und habe nie eine Therapiesitzung bekommen und jetzt kommst du daher und gibst dich als Arzt aus? Dass ich nicht lache! Als Krönung sind meine Eltern verschwunden. Ich wusste, dass da was nicht stimmt, warum sollten sie mich sonst nicht besuchen?«

»Was erzählst du da? Deine Eltern haben dich jede Woche besucht, seit du bei uns bist. Und ich muss mich nicht als Arzt ausgeben, weil ich einer bin. Zudem wische ich sicherlich nicht deinen Urin auf! Ich erkenne dich nicht wieder!« Robert war ernsthaft verblüfft. Yannick zweifelte immer mehr an seinem Verstand. Außerdem: Was sollte das heißen, seine Eltern kamen jede Woche?

»Wie lange bin ich in der Klinik?«

Robert runzelte die faltige Stirn. »Seit sechs Monaten, weißt du das etwa nicht?«

»Nein«, sagte er zögernd, »ich dachte an ein paar Tage.« Er sprang auf und fasste sich an den Kopf.

»Offenbar hast du eine akute Verdrängungsphase, mein Junge. An was kannst du dich erinnern?«

Aufgebracht lief er hin und her, massierte sich die Schläfen. »Daran, dass man die Patienten wegsperrt wie wilde Tiere, keinen Wert auf ihre Würde legt und sich niemand darum kümmert, dass sie gesund werden. Und an die …«, er zögerte, »Geister.«

»An die was? So langsam glaube ich, wir müssen dich auf die sichere Station verlegen. Dein Zustand verschlechtert sich …«

»Halt den Mund! Du kannst mir nichts vorspielen! Du bist Robert, der Hausmeister. Du nennst Tommy *Sir*, den Stationsleiter, dessen Vater das Massaker vor zwanzig Jahren überlebt hat, bei dem zwei Männer dreizehn Menschen töteten.«

Erst starrte Robert ihn ratlos an, dann lachte er. »Wer hat dir dieses Märchen erzählt? Pia, die Auszubildende? Sie hat eine Vorliebe für makabre Geschichten, das ist allen bekannt.«

»Nein, nicht Pia. Es war Max. Das hat er mir beim Rasieren anvertraut.«

»Max? Welcher Max?«

»Max Heimel, schlank, wirkt leicht tuntig.«

»Den kenne ich nicht.« Dann stockte er und riss die Augen auf. »Ach, du meinst den, der vor ein paar Wochen gekündigt hat? Das kommt davon, wenn man zu viel arbeitet, mein Junge. Man wird vergesslich. Sicher, sicher, ich kannte Max. Er ist tot.«

»Was? Ich habe ihn eben noch gesehen!«

»Das kann nicht sein. Er hat sich vor zwei Monaten erhängt. In der Toilette der Herrenumkleide, kurz nachdem er seine Kündigung abgegeben hat.«

»Und so was vergisst man?«, schrie er Robert an und trat gegen den Schreibtisch. »Außerdem kann das nicht sein. Vorhin war er mit mir in der Dusche, um mich zu rasieren.« Er hielt inne und fuhr sich mit der Hand über das Gesicht. Da waren kratzige Stoppeln, vielleicht vier Tage alt. Was zum Teufel war hier los?

»Setz dich bitte, und erzähl mir in Ruhe, was in dir vorgeht. So bist du doch sonst nicht.«

»Was in mir vorgeht?« Yannick schlug sich auf die Brust. Gnadenlose Wut stieg in ihm auf. Ein Gefühl, das er bis jetzt nur gegen sich selbst, niemals gegen andere gerichtet hatte. »Frag Marvin. Der wird alles bestätigen. In diesem Scheißladen spukt es und er weiß es ebenso wie ich.«

»Du meinst den Kleinen, der seine Eltern ermordet hat?«

Er nickte.

»Seit du hier bist, hat er mit niemandem ein Wort gesprochen. Weil er unter Dauermedikation steht.«

»Das kann nicht sein. Frag die Pfleger, die haben uns zusammen gesehen!«, brüllte Yannick. »Er hat mir von den Gespenstern erzählt, die mich kaltmachen, wenn ich nicht verschwinde. Bitte!« Wie ein Bettler ließ er sich vor ihm auf die Knie fallen und flehte: »Bitte, ich muss hier weg! Sonst drehe ich durch! Ich will zu meinen Eltern!«

»Das mit deinen Eltern tut mir sehr leid. Bestimmt werden sie wieder auftauchen. Aber ich muss dich enttäuschen. Ich kann dich nicht gehen lassen. Die Nachricht der Polizei hat dich durcheinandergebracht. Ich bin ratlos, dein Problem stellt uns vor eine schwierige Aufgabe.«

Yannick hatte auch keine Erklärung dafür. Hatte der dicke Geist etwas damit zu tun, der auftauchte, kurz nachdem der angeblich tote Max bei Yannick gewesen war? Hatte er etwas mit seinem Gedächtnis gemacht? Oder war es so, wie Robert es darstellte? Hatte Yannick einen Zusammenbruch? Hatte er deshalb falsche Erinnerungen?

Er ließ sich in den Stuhl fallen. Sein Kopf dröhnte und sein Magen verkrampfte sich. Verzweifelt versuchte er, sich an etwas, das Dohmen und Robert behaupteten, zu erinnern. Es gelang ihm nicht. Logen die beiden? Aber wieso?

»Erzähl mir von den Geistern«, forderte er ihn auf. »Was meinst du damit?«

»Ich kann nicht, es ist verwirrend.«

»Doch, du kannst«, munterte er ihn auf.

Was solls, dachte Yannick. Falls er träumte, war es ohnehin egal, was er erzählte. Es würde im Nichts verpuffen. Sollte er doch wach sein, würde der Doktor, sofern er wirklich einer war, ihn für einen Verrückten halten – was er wahrscheinlich sowieso schon tat.

»Alles hat mit einem Schatten angefangen.« Ramonas Buch erwähnte Yannick nicht, er wollte das Geheimnis mit niemandem teilen, nicht mal mit dem Traum-Robert. Es war eine Sache zwischen ihr und ihm.

»Wie sieht er aus?«

»Wie ein Schatten eben. Schwarz, Silhouette eines Menschen und rotglühende Augen.«

Robert nahm sich einen Notizblock und schrieb alles auf. »Wie ging es weiter?«

»Es kam ein Mädchen, das sich vor meine Tür stellte. Danach ein dicker, verwesender Mann in Begleitung einer Frau. Sie jagen mir schreckliche Angst ein und Marvin behauptet, dass ich sterbe, sobald sich mir genug Geister gezeigt haben.«

»Wann hat er das gesagt?«

»Das war gestern.«

»Gestern war er wie immer ruhiggestellt und du warst fast den ganzen Tag auf deinem Zimmer.«

»Das kann nicht sein! Ich war in der Isolation.«

»Du warst nie dort.«

»Sicher war ich das! Ich lag an Händen und Füßen mehrere Stunden festgebunden auf einem Tisch und das Mädchen hat mir die Hauptschlagader am Oberschenkel durchtrennt.«

»Was soll ich nur mit dir machen? Dabei hoffte ich, du könntest in den nächsten Wochen entlassen werden. Aber bei diesem Rückfall kann ich nichts machen.« Er stand auf, ging zu seinem Schreibtisch, drückte einen Knopf und sprach in die Sprechanlage: »Schicken Sie bitte zwei Pfleger der halbsicheren Station, sie sollen einen Patienten auf sein Zimmer bringen. Er muss sich ausruhen, er ist völlig überfordert.«

»Das ist nicht wahr!«, schrie er. »Du spielst mir etwas vor! Es ist genauso, wie ich es sage: Du bist Hausmeister und Marvin kann die Sache mit den Geistern bestätigen!«

Robert schüttelte den Kopf. »Es tut mir leid, wirklich, ich dachte, du seist auf dem richtigen Weg. Doch wie ich sehe, müssen wir von vorn anfangen, wenn du dich an nichts aus den vergangenen sechs Monaten erinnern kannst und falsche Erinnerungen hast. Ich werde in meinen Fachbüchern nachschlagen, ob es einen ähnlichen Fall gibt.«

Die Tür wurde geöffnet und Tommy trat mit Pia ins Zimmer. In der Hand hielt er eine Spritze.

»Nein! Das macht ihr nicht!« Yannick sprang auf und stellte sich hinter den Sessel. »Ihr werdet mir nicht dieses verdammte Zeug in den Körper jagen!«

Und ob sie das taten. Schneller als er reagieren konnte, packten sie ihn und verabreichten ihm die Injektion. Seine letzten Gedanken galten seinen Eltern und er fragte sich, ob sie sterben mussten, weil sie ihre Nase zu tief in die Angelegenheiten der Klinik gesteckt hatten.

Kapitel 21

Lola stieg aus dem Bus und rannte die letzten Meter zum Haus ihrer Eltern. Das Licht brannte und der Wagen parkte in der Auffahrt. Es war also jemand da. Wenn sie Glück hatte, war ihr Vater in seiner Stammkneipe und ließ sich volllaufen.

Langsam schlich sie um das Haus. Lola fühlte sich wie eine Einbrecherin und nicht wie die Tochter der Menschen, die hier lebten. Sie wollte den Autoschlüssel holen, ohne dass sie es bemerkten. Aber dafür musste sie hineingelangen, ohne ihren Schlüssel zu benutzen oder zu klingeln.

Als sie im Garten ankam, bemerkte sie, dass eins der Küchenfenster offen stand. Ein Topf mit köchelnder Tomatensoße stand auf dem Herd. Ihre Mutter bereitete das Abendessen zu, war aber zum Glück gerade nicht in der Küche. Lola schaute sich um und erblickte die Schlüsselleiste neben dem Kühlschrank. Nur ein paar Meter weit musste sie sich hineinwagen, dann konnte sie zu Yannick fahren.

Lola stieg auf das Fensterbrett und kletterte in die Küche. Es roch gut und ihr Magen knurrte. Sie hatte immer gemocht, was ihre Mutter gekocht hatte – sie war auch nie das Problem gewesen. Im Gegenteil, Lola liebte sie von ganzem Herzen. Ihr Vater hatte ihrer beider Leben von Grund auf zerstört.

Kurz hielt sie inne und lauschte, ob sie ihre Eltern reden hörte oder eine Tür, die geöffnet oder geschlossen wurde. Es war ein hellhöriges Haus und schon als Kind hatte sie jeden Schlag mitbekommen, den ihre Mutter abbekam, und jeden brutalen Sexakt, dem sie ausgeliefert war.

Nichts war zu hören, also wagte sie es, die paar Schritte zu der Schlüsselleiste zu gehen. Als sie davorstand, entdeckte sie das Opelsymbol und streckte den Arm danach aus. Bevor sie den Schlüssel erreichte, erklang ein Knarren aus dem Flur. Sekunden später sprang ihr Vater in die Küche und packte sie am Handgelenk. »Was zum Teufel machst du hier?«

»Lass mich los, du tust mir weh!«

»Was anderes hat eine Schlampe wie du auch nicht verdient!« Er zog sie an sich. Als sie hart mit der Brust gegen seinen Bierbauch prallte, stöhnte sie vor Schmerz.

»Was willst du hier?«, fragte er erneut.

Sie wählte die Wahrheit. Die hatte sie ihm oft erzählt. Jeder wäre froh darüber, wenn sein Kind so ehrlich zu ihm war – jeder, außer ihrem Vater. Er verprügelte sie immer, ob sie log oder nicht.

»Ich brauche euren Wagen.«

»Meinen Wagen?«, betonte er.

Nicht einen Krümel gönnte er ihrer Mutter. Nicht einmal die Betthälfte, auf der sie schlief, gehörte nach seiner Devise ihr.

»Nur für ein paar Stunden.« Das war wiederum gelogen. Sie brauchte allein schon zwei, um nach Bielefeld zu kommen.

»Das kommt nicht infrage!«

»Ich bringe ihn sofort zurück!«

Er holte aus und gab ihr eine Backpfeife – vielleicht die tausendste in ihrem Leben.

»Du dachtest wohl, du kannst dich reinschleichen und meinen Wagen klauen, was?«

»Ich wollte ihn nur leihen!«

Es war sinnlos. Jetzt war er richtig in Fahrt. Sie roch seine Alkoholfahne, aber nur bis seine Faust ihre Nase traf und es in ihrem Kopf knackte.

»Lass sie in Ruhe!«, vernahm Lola.

Es war nicht ihre Mutter, die versuchte, sich zwischen ihn und seine Tochter zu stellen, sondern eine männliche Stimme. Dunkel und wütend.

Er ließ von ihr ab und drehte ihr den Rücken zu. »Christoph, was machst du hier? Verschwinde, das geht dich nichts an!«

Bisher hatte er immer viel von Christoph gehalten. Lola hatte nie verstanden, wieso. Sie waren sich nicht im Geringsten ähnlich.

»Nein, dieses Mal nicht.« Christoph hielt ein Stahlrohr in der Hand.

»Junge, hau ab! Das ist Familiensache.«

Christoph hob schlagbereit das Rohr. »Ich gehöre zur Familie. Ich bin der große Bruder, den Lola nie hatte und der ab jetzt auf sie aufpasst.« Christoph holte aus und traf ihn an der Schläfe. Sofort ging er zu Boden. Als sich Blut unter seinem Schädel sammelte, bekam sie plötzlich Angst um ihn. Bisher hatte sie jeden Tag seinen Tod herbeigesehnt, doch als er jetzt hilflos vor ihr lag, wollte sie nicht, dass er starb.

»Was hast du getan?«, fragte sie und ließ sich neben ihn auf die Knie fallen. Vorsichtig strich sie ihm über den Kopf und untersuchte die Verletzung. Es war nur eine kleine Platzwunde.

Christoph breitete die Arme aus. »Was denn? Ich denke, du hasst ihn?«

»Ja, aber …«

»Kein Aber!« Er zog sie auf die Beine. »Wir fahren mit meinem Auto.«

»Mein Vater …«

»Der kann von mir aus verrecken. Jetzt komm!« Grob zerrte er sie hinter sich her, hob sie durch das Fenster und stieg hinterher. Als sie im Garten standen, nahm er sie in den Arm. »Es tut mir leid, was ich vorhin zu dir gesagt habe. Lass uns Yannick da rausholen.«

Sie warf noch einen Blick zu ihrem Vater. Er oder Yannick? Es war das erste Mal, dass sie sich diese Frage stellte, und sie konnte sie beantworten, ohne zu zögern: Yannick. Und als ihre Mutter mit einem Veilchen am linken Auge in die Küche geschlurft kam, ihren Vater entdeckte und schreiend zum Telefon rannte, wusste sie, dass er es schon schaffen würde.

»Okay, lass uns fahren«, sagte sie.

»Hast du eine Idee, wie wir das anstellen sollen?«, fragte er, als sie zu seinem Wagen gingen.

»Nein, keinen Plan. Zur Not fackle ich den Laden ab, wenn sie Yannick nicht gehen lassen.«

»Das ist ein Himmelfahrtskommando. Aber ich vertraue dir und deinem Gespür, dass mit dieser Klinik etwas nicht stimmt.«

»Danke«, flüsterte sie und gab ihm einen Kuss auf die Wange. »Und jetzt los. Es ist spät, wir sollten die Nacht nutzen.«

»Wir sind verrückt«, sagte er.

»Deshalb fahren wir in eine Psychiatrie.«

Plötzlich erklangen heulende Motorengeräusche. Ein weißer Lieferwagen raste um die Ecke und hielt mit kreischenden Bremsen neben ihnen an. Die Schiebetür an der Seite wurde geöffnet und vier Personen sprangen raus. Zwei davon liefen zu ihrem Elternhaus, die anderen beiden griffen nach ihnen, überwältigten sie und stießen sie in den Wagen. Christoph schrie die Männer an und verlangte von ihnen, sie in Ruhe zu lassen. Als Antwort gaben sie ihm Tritte gegen das Gesicht und in den Magen. Lola weinte und zuckte zusammen, als sie Schüsse hörte. Was war hier los? Sie zitterte und der letzte Gedanke, bevor sie ebenfalls ein Tritt gegen den Kopf traf, war die Klinik und ihre Fähigkeit, Spuren aus dem Internet zu tilgen. Warum dann nicht auch aus dem wirklichen Leben?

Kapitel 22

Yannick starrte an die Decke. Es war alles nur ein Traum gewesen. Gott sei Dank! Er setzte sich auf, streckte den Rücken durch und erschrak, als er eine Bewegung bemerkte. Hastig drehte er den Kopf. Eine Person saß neben ihm. Jemand, den er kannte. Jemand, von dem er behauptet hatte, dass er lebte, und der ihm jetzt das Gegenteil bewies.

»Max?«, fragte er vorsichtig.

Der Pfleger wandte sich ihm zu. Sein Blick war verzweifelt, die Lippen violett und seinen Hals zierten lilablaue Streifen.

»Was ist passiert?«

Er antwortete nicht.

»Wer war das?«, flüsterte er.

Max öffnete den Mund, wollte etwas sagen, aber das Einzige, was herauskam, war seine schwarze angeschwollene Zunge. Sie hing aus seinem Mund, Blut tropfte von der Spitze.

Yannick sprang auf und drückte sich gegen die Wand. Das konnte nicht wahr sein, oder? Max durfte nicht tot sein! Es konnte nicht lange her sein, da hatten sie zusammen im Duschraum gestanden und miteinander geredet.

Roberts Stimme geisterte in seinem Kopf herum, dass er sich das nur einbilden und kurz vor einem Zusammenbruch stehen würde. Seit Monaten sollte er hier sein, jedoch konnte er sich nur an ein paar Tage erinnern. War das alles wahr? Hatte Robert recht? Das würde einiges erklären, aber auch viele neue Fragen aufwerfen. Max würde ihm jedenfalls nicht helfen können, die Wahrheit herauszufinden.

Der Pfleger stand auf, zeigte auf ihn, zog seine blutige Zunge ein, wandte sich um und ging zur geschlossenen Tür. Er blieb davor stehen, streckte einen Arm aus. Yannick staunte nicht schlecht, als die Tür einen Spalt aufsprang. Max machte mit der bleichen Hand eine winkende Bewegung.

»Soll ich dir folgen?«, fragte er.

Max glitt durch die Tür. Yannick folgte ihm. Als er auf dem Flur der halbsicheren Station stand, dachte er an die Nacht, in der er Ramonas Tagebuch gefunden hatte. Hatte er sich das nur eingebildet? Laut Robert musste es so sein. Aber wenn es so war, dürfte das Tagebuch nicht mehr an seinem Platz sein, oder?

»Warte!«, rief Yannick und rannte zurück. Aus dem Gang drang ein Stöhnen zu ihm ins Zimmer. Es klang, als beschwere sich Max' Geist über die Verzögerung.

Er lief zum Schrank, zog ihn von der Wand und da war es. Es lag genau dort, wo er es gelassen hatte. Robert hatte gelogen. Das alles hatte er sich nicht nur eingebildet und das würde er ihm beweisen. Ob er nun in Wirklichkeit ein Arzt oder der Hausmeister war. Er würde hinter Ramonas Geheimnis kommen und aufdecken, wieso es in der Anstalt spukte. Mit oder ohne Hilfe.

Er klemmte sich das Buch unter den Arm und ging zurück auf den Flur. Der Geist stand noch an seinem Platz. Unter ihm hatte sich eine Blutpfütze gebildet. War das normal bei einem Erhängten? Oder hatte Max sich beim Todeskampf gegen die Schlinge – oder gegen wen auch immer – auf die Zunge gebissen und deshalb tropfte es aus seinem Mund? Max ließ ihm nicht viel Zeit, darüber nachzudenken, weil er wie auf einer Wolke schwebend Richtung Duschraum glitt. Yannick ahnte, was als Nächstes kommen würde und er freute sich nicht auf das Zusammentreffen.

Sie betraten die Nasszelle. Yannick hörte sie, ehe er sie sah. Vier Männer, die miteinander sprachen. Es klang belustigt und gar nicht so ernst, wie es in den kommenden Minuten werden würde.

Als sie in sein Sichtfeld kamen, unterhielten sie sich über Sport. Die angelaufene Bundesligasaison war Thema und sie diskutierten über ihre favorisierten Vereine. Die zwei Pfleger, die mit Schlagstöcken bewaffnet neben den Patienten standen, waren sich einig, dass Borussia Dortmund den Pokal holen würde. Darüber lachten die Männer mit den Rasierklingen in den Händen bloß und fuhren mit ihrer Rasur fort.

Nichts deutete darauf hin, dass hier gleich ein Massaker stattfinden würde.

»Ich will das nicht sehen«, flüsterte Yannick und wandte sich ab.

»Doch!«, kam es deutlich aus Max.

Yannick spürte eine schlagartig aufkommende Kälte. Er schaute zu den Pflegern und den Patienten, die plötzlich innehielten. Der Schatten mit den roten Augen strich an den Patienten vorbei und raunte ihnen etwas zu. Der Ausdruck auf ihren Gesichtern fror ein. Als die Pfleger nachfragten, was los sei, stürzten sich die Männer auf sie und rammten ihnen die Rasierklingen in die Hälse. Sie schrien und tobten, schlugen um sich, ließen die Schlagstöcke durch die Luft zischen, trafen aber keinen der Angreifer. Der Schatten beschützte sie vor jeglichem Schaden.

Yannick starrte auf das arterielle Blut, das aus den Körpern spritzte. Was lief hier ab? Träumte er oder war er wach und die Geister zeigten ihm ihre Erinnerungen? Was es auch war, es fühlte sich verdammt echt an, als warmes Blut auf seinem Arm landete. Seine Haut kribbelte und er wischte es an seiner grauen Anstaltshose ab.

Die Männer lagen zuckend auf dem Rücken. Noch schoss das Blut aus ihren Kehlen und verteilte sich gleichmäßig auf den Fliesen am Boden und an den Wänden.

Die bewaffneten Mörder verließen eilig den Duschraum. Yannick schrie, als sich etwas Kaltes um seinen Arm legte. Es war Max' Hand. Er zog ihn mit sich und folgte der Blutspur, die von den Rasierklingen tropfte. Als sie am Aufenthaltsraum ankamen, war der dritte Pfleger schon tot. Fünf Stiche in den Hals, genau wie Max erzählt hatte.

Sie betraten das Zimmer. Es war still und die Szenerie wirkte wie eine Fotografie. Die Mörder standen mitten im Raum. Die Blicke der anderen acht Patienten waren auf sie gerichtet. Und da war noch jemand, der Schatten. Er flog zwischen den Menschen hin und her, schnüffelte an ihnen. Wollte er seine Vorfreude auf ihre schmackhaften Seelen erhöhen? Seelen … Daran hatte Yannick nie geglaubt. Seine Seele war das Gehirn, hatte er immer behauptet. Aber was war dann das, was er jetzt zu Gesicht bekam?

Das Schlachten war in vollem Gange. Aus jedem Patienten, der aufgeschlitzt und ausgeweidet wurde, schwebte ein Nebel, der nicht durchsichtig, aber auch nicht blickdicht war. Als Yannick diejenigen, die getötet wurden, betrachtete, begriff er, wer sie waren: Die Geister, die ihn heimsuchten. Da war das Mädchen, dem gerade die Augenlider abgeschnitten wurden und die mit den blutigen Fingern nach ihrem Peiniger griff, mit denen sie nachts an Yannicks Tür geklopft hatte.

In einer Ecke lag ein dicker Mann, seine Eingeweide traten aus dem Körper. Neben ihm saß eine alte, dürre Frau, ihre weißen Haare waren wie Spinnweben. Sie weinte und schrie so laut, dass Yannick sich die Ohren zuhalten musste. Vielleicht hatten die beiden sich angefreundet und waren auch nach ihrem Tod unzertrennlich.

Dann kam der Höhepunkt des Horrortheaters.

Das Schattenwesen stellte sich hinter die Mörder, die binnen kürzester Zeit elf Menschen umgebracht hatten. Der Geist führte die jeweils bewaffnete Hand zu den Kehlen der Männer, die diese sich aufschlitzten. Als sie zuckend zu Boden fielen, begriffen sie, was geschehen war. Sie versuchten verzweifelt, die Blutung zu stoppen. Erfolglos. *Wenn das Schattenwesen will, dass du stirbst, dann tust du das*, wusste er nun mit absoluter Gewissheit. Bevor es die Seelen in sein dunkles Kämmerlein mitnahm, blieb es stehen und starrte Yannick an. Konnte das sein? Oder bildete er sich das bloß ein? Die roten Augen brannten auf ihm und er musste wegsehen. Es stöhnte kurz und verschwand im Nichts. Aber das, was es hinterließ, blieb.

»Max«, setzte er an. Der Pfleger war fort. Genauso wie der Schatten. Was sollte er tun? Hierbleiben und warten oder zurück in sein Zimmer gehen und hoffen, dass alles nur ein Traum gewesen war? Plötzlich knallte es. Wie aus dem Nichts stand das Schattenwesen vor ihm und stierte ihn an. Es öffnete sein Maul. Dahinter lag nichts als Dunkelheit. Es streckte gierig seine Hände nach ihm aus, flüsterte seinen Namen, verspottete ihn und als es ihn mit den kalten, armähnlichen Gliedern berührte, fiel er in Ohnmacht.

***

»Yannick?«

»Was ist mit dir?«

»Yannick!«

Er wurde geschüttelt. Yannick riss die Augen auf und blickte in die des Schattenwesens, rotglühend, alles verzehrend. Yannick schrie und schlug um sich. Seine Gelenke knackten.

»Jetzt beruhige dich, ich bins!«

Es dauerte ein paar Sekunden, bis er erkannte, dass nicht der Geist an ihm zerrte, sondern Robert Leipnitz.

»Lass mich los!«, brüllte Yannick, befreite sich aus dem Griff des angeblichen Arztes und dem der Pfleger, die ihm zu Hilfe geeilt waren, und sprang auf. Hektisch sah er sich um, erwartete, das Blut zu sehen. Aber da war nichts. Der Aufenthaltsraum war blitzblank, als wäre nie ein Unglück geschehen.

»Ich glaube, ich werde wahnsinnig!«

»Das glaubst nicht nur du«, kicherte Pia.

»Seien Sie ruhig, junge Dame, oder wollen Sie, dass ich Ihren Ausbildungsvertrag kündige?«, sagte Robert. Das Mädchen verstummte sofort. »Sie beide dürfen jetzt gehen«, wies er sie und Tommy an, der mit einer Spritze in der Hand vor Yannick stand. »Yannick und ich bekommen das unter Kontrolle, nicht wahr?«, wandte er sich an ihn.

Yannick begriff gar nichts mehr, nickte aber, um zu verhindern, ins Nirwana geschickt zu werden. Der Trip, den er hinter sich hatte, reichte vollkommen.

Seine Mitpatienten standen oder saßen wie Zombies in der Gegend herum. Er entdeckte auch Magda. Ihr ging es also gut? Marvin war ebenfalls da. Doch es freute Yannick nicht, ihn zu sehen – jedenfalls nicht so. Der Junge kauerte auf der Couch und hatte den Kopf auf der Lehne abgelegt. Ihm lief Speichel aus dem Mund. Wie viele Medikamente hatten sie Marvin gegeben, damit er derart ruhiggestellt war?

»Setz dich«, bat Robert ihn.

Er setzte sich dem Arzt gegenüber an einen der Tische.

»Hast allen einen riesigen Schrecken eingejagt.« Robert deutete auf die anderen. »Hast rumgeschrien, als würde man dich abstechen.«

Ob Robert ahnte, wie nahe er der Wahrheit war? Als Yannick ihm in die Augen schaute, brannte darin dasselbe Feuer wie in denen des Schattenwesens. Da wusste er es: Robert war genau im Bilde und würde Yannick mit keinem Wort der Welt vom Gegenteil überzeugen können. Der Mann, der sich als Psychiater ausgab, spielte ihm etwas vor. Das wusste er jetzt. Aber wieso? Welchen Grund gab es für diese Scharade?

Robert kam schnell auf die Geister zu sprechen. Für Yannicks Geschmack zu schnell. Nur einmal hatte er ihm davon erzählt. Den Doktor schien die Sache brennend zu interessieren. »Hast du sie gesehen? Also deine Gespenster, meine ich?«

Yannick zögerte und entschied sich, zu schweigen. Dem alten Mann konnte er nicht vertrauen, das spürte er mit jeder Faser seines Körpers.

Yannick sprang auf, als hätte ihn eine Wespe gestochen. Als etwas zu Boden fiel, bereute er es.

»Was ist das?« Robert bückte sich, hob es auf und legte es vor sich auf den Tisch. Mit der Hand strich er über den Einband des Tagebuchs. Seine Augen nahmen einen seltsamen Glanz an, als würden ihm die Tränen kommen. Es war nur ein kurzer Moment, der so schnell verging, dass Yannick sich nicht sicher war, ob er sich nicht getäuscht hatte.

»Wo hast du das her?« Robert schlug die erste Seite auf, fuhr mit dem Finger über Ramonas Namen und blätterte bis zu dem Eselsohr, das Yannick gemacht hatte.

»Ich habe es gefunden.«

»Wo?«

Erneut schwieg er. Das Geheimnis wollte er nicht teilen. Eigentlich wollte er nicht einmal, dass Robert das Tagebuch ansah, geschweige denn anfasste. Aber was sollte er machen? Sich das Buch schnappen, es sich unter den Arm klemmen und versuchen, damit an ihm und den Pflegern vorbeizukommen? Keine Chance.

»Wo hast du es gefunden?«, hakte Robert abermals nach. Es interessierte ihn brennend. Als Yannick nicht antwortete, seufzte der Arzt und bat ihn, sich wieder zu setzen. Er gehorchte.

Robert überflog Ramonas Worte. Mal zogen sich seine Augenbrauen zusammen, sodass eine tiefe Denkfalte entstand, dann zog er sie hoch und er sah aus, als hätte er einen Geist gesehen. Nach fünf Minuten betrachtete er Yannick kritisch.

»Da haben wir des Rätsels Lösung!«, stieß er unvermittelt hervor und hielt das Tagebuch in die Höhe. Yannick wollte danach greifen, es ihm entreißen und es nie wieder hergeben. Es gehörte ihm, er hatte es gefunden. Ramona hatte gewollt, dass er es entdeckte. Es machte ihn schier wahnsinnig, es in Robert Leipnitz' Händen zu sehen.

»Das hier«, der Arzt deutete darauf, »hat sechs Monate Therapie mit einem Mal zunichtegemacht. Du warst so gut wie geheilt. Dann haben dich die wirren Gedanken dieses Mädchens aus der Bahn geworfen.«

»Wer ist sie?«, fragte er. Vielleicht wusste Robert, wer sie gewesen war.

»Ich weiß es nicht und werde Nachforschungen anstellen.«

»So lange kannst du es mir ja zurückgeben …«, setzte er an und streckte die Hand danach aus.

Robert klemmte es sich unter den Arm und stand auf. »Auf keinen Fall! Du wirst dieses Buch nie wieder zu Gesicht bekommen. Die Worte darin sind Gift für deine Genesung. Das darf ich nicht zulassen. Wer auch immer dieses verwirrte Mädchen war, sie und ihre Gedanken sind nicht gut für dich. Jetzt, wo wir die Ursache für dein Verhalten gefunden haben, können wir endlich zur Tagesordnung übergehen. Ich möchte dich heute Abend in meinem Büro sehen. Wir beginnen die Therapie von vorn. Das hast du dir selbst zuzuschreiben.«

Yannick hätte Robert beinahe aufgefordert, nicht so eine Scheiße zu erzählen und mit dem Lügen aufzuhören, denn er konnte sich an die angeblichen Behandlungen nicht erinnern. Doch er schwieg.

»Du wirst später abgeholt und zu mir gebracht. Bereite dich bitte darauf vor, ich will keine Zwischenfälle mehr. Und hierüber«, er hielt wieder das Tagebuch hoch, »unterhalten wir uns nachher, wenn ich mich eingelesen habe. Ich kenne ein paar Kollegen, die sich mit Psychosen, die sich von einer Person auf die andere übertragen, gut auskennen und mir vielleicht sagen können, wie ich diesen Unsinn aus dir rausbekomme.« Damit drehte er sich um, sagte noch etwas zu den Pflegern und verschwand im Flur.

Yannick blieb wie paralysiert an seinem Platz und versuchte, den Zusammenhang zu verstehen. Was hatte das alles zu bedeuten? Die Wahrheit lag im Verborgenen und er würde tief graben müssen, um sie zu finden.

Er ging zu der Couch, auf der Marvin saß und hockte sich neben den Jungen. Behutsam hob er dessen Kopf an und strich ihm mit dem Ärmel den Speichel von Kinn und Mund. Das Kind sah blasser aus denn je und Yannick fürchtete, dass sie ihm zu viele Medikamente gegeben hatten und der Junge nicht im Delirium, sondern im Sterben lag.

Vorsichtig rüttelte er Marvin an der Schulter. »Hey, Kleiner, kannst du mich hören?«

Keine Antwort, bloß ein weiterer Speichelfaden, der zähflüssig aus seinem Mund tropfte.

»Kannst du mich hören?«, versuchte er es erneut, ohne mit einer Reaktion zu rechnen. Als sie unerwartet kam, zuckte er zusammen.

»Sie ist hier«, flüsterte Marvin.

Yannick schaute sich um, sah aber niemanden außer den Patienten und den Pflegern, die an der Tür Wache standen und ihn kritisch beäugten.

»Wen meinst du?«

Seine Augenlider öffneten sich flackernd. Was war mit seinen Augen los? Marvins Pupillen waren getrübt, als wäre er erblindet. Dann blinzelte er ein paarmal und die Sinnestäuschung war verschwunden.

»Wer ist hier?«, fragte Yannick und war kurz davor, das Kind so lange durchzuschütteln, bis es ihm endlich sagte, was er wissen wollte.

Marvin war mit einem Mal klarer im Kopf. Er beugte sich vor, legte die Hand auf Yannicks Brust und atmete schwer. »*Sie* ist hier! Ramona ist hier!«, flüsterte er und lächelte breit.

Hinter der Rückenlehne des Sofas tauchte ein blonder Haarschopf auf. Weiße krumme Finger tasteten sich auf dem Stoff voran, fanden Marvins Schulter und packten so heftig zu, dass es Yannick nur vom Zusehen wehtat. Den Jungen störte es nicht.

»Begrüße sie«, forderte Marvin ihn auf. Abermals trübten sich seine Pupillen. Sabber lief ungehindert aus dem Mund. Vielleicht waren es nicht die Drogen, die das Kind in diesen Zustand versetzten, sondern eher Ramona. War der Haarschopf, der sich hinter der Couch versteckte, wirklich das Mädchen, dessen verängstigte Worte er so kraftvoll in sich und seiner Seele gespürt hatte? Das Mädchen, dem er ungeahnte Gefühle entgegenbrachte, obwohl er es nicht kannte? Und das, wie es schien, nicht mehr lebte?

Eine bleiche Stirn schob sich in sein Sichtfeld. Gefolgt von schwarzen Augen. Dann statt einer Nase zwei dunkle Löcher, durch die er bis in ihr Gehirn sehen konnte und ein Mund, in dem braune abgebrochene Zähne steckten.

Als sie weiter aufstand, erkannte er, was sie umgebracht hatte. Jemand hatte ihr die Kehle durchgeschnitten. Nein, eigentlich war das nicht richtig. Vielmehr hatte man ihr die Haut und das Fleisch vom Hals geschält. Nein, auch das war nicht ganz richtig. Der ganze Kehlkopf fehlte, er konnte die Wirbelsäule sehen. An den ausgefransten Wundrändern hingen Muskelstränge, Sehnen und durchtrennte Adern. Es war ein grausamer Anblick und Yannick zitterte vor Angst.

Ramona roch seine Angst. Sie sog seinen Geruch in sich ein und kam um die Couch. Mit der Hand, die zuvor auf Marvins Schulter gelegen hatte, strich sie dem Jungen durchs Haar. Es wirkte wie eine liebevolle Geste. Doch sobald sie mit ihrem geschundenen Körper in Gänze vor ihm stand, hatte die Szenerie nichts Zärtliches mehr. Nicht nur am Hals hatte sie eine Verletzung, die aussah, als hätte ein tollwütiger Hund sie ihr zugefügt, auch an Armen und Beinen hatte sie ähnliche Blessuren. Was war mit ihr geschehen?

»Alles in Ordnung da hinten?«, rief jemand. Es war Tommy. Yannick beachtete ihn nicht, er hatte nur Augen für Ramona. Je näher sie kam, desto kälter wurde es und es verbreitete sich ein unangenehmer Gestank nach Tod und Zerfall.

»Was ist mit dir passiert?«, flüsterte er.

Ein Schauer überkam ihn, als sie die blasse Hand in seine Richtung streckte. Ihre Finger berührten seinen Schopf. Er spürte die Kälte, die ihn nicht mehr bloß umgab, sondern in sein Gehirn eindrang und sich dort ausbreitete. Kurz vernahm er Tommys Schreie, versank dann in eine vollkommene Apathie. Er sah durch ihre Augen, was mit ihr Schreckliches geschehen war. Es übertraf das, was Yannick sich vorgestellt hatte, um ein Vielfaches.

Kapitel 23

Gewaltsam hatten sie Lola einen Sack über den Kopf gezogen. Menschen riefen durcheinander, während der Lieferwagen durch die Nacht raste. Was mit Christoph war, wusste sie nicht. Lebte er überhaupt noch oder hatten die Männer mit den Skimasken ihn totgeprügelt? Was würden sie mit ihr anstellen? Sie vergewaltigen, bevor sie sie erwürgten und in einem Wald entsorgten? Darüber wollte sie nicht nachdenken, aber in der Schwärze, die sie umgab, kehrten die Gedanken immer wieder zu ihrem eigenen Tod zurück. Bis sie Yannicks Namen vernahm. Sie nannten ihn ständig, dann war von einem erschossenen Mann die Rede und davon, dass das nicht hätte passieren dürfen.

War das der Aufräumtrupp der Seelenheil-Klinik? Es musste so sein. Alles, was der Anstalt oder deren Mitarbeitern Scherereien bereitete, wurde beseitigt, auf brutalste Art. Der Verdacht lag nahe, dass der Tote, von dem sie sprachen, ihr Vater war. Den Schuss hatte sie gehört, kurz bevor sie in den Van gezerrt worden war. Mit Sicherheit gab es noch mehr Tote: Yannicks Familie. Was hatten diese Männer mit den Leichen gemacht?

Der Transporter hielt abrupt an. Sie knallte mit dem Kopf gegen die Innenwand, schmeckte Blut und befürchtete, sich ein Stück Zunge abgebissen zu haben. Aber sie fand nur eine winzige Verletzung, von der das Blut stammte. *Wenn das dein geringstes Problem bleibt, kannst du dich glücklich schätzen*, dachte sie und wartete ab, was als Nächstes geschah.

Jemand packte sie an den Schultern und stieß sie aus dem Wagen. Sie fiel und schlug sich das Kinn auf.

»Sachte, sachte!«, hörte sie einen Mann und wurde kurz darauf vom Boden gehoben. Jetzt war er direkt hinter ihr. »Wir wollen doch nicht, dass unser Täubchen auf den Mund fällt und uns nicht mehr erzählen kann, was wir von ihr wissen wollen. Pavlo, komm her. Nimm sie und bring sie ins Lager. Mach sie und den Typen wie üblich fest. Ich komm gleich, muss eben aufs stille Örtchen.« Dann verschwand er. Zwei andere Hände, kräftiger, unerbittlicher, umfassten ihre Handgelenke und schubsten sie voran.

»Was habt ihr da mitgebracht?«, fragte eine weibliche Stimme.

Dieser Pavlo blieb stehen und antwortete: »Was Feines. Wirst du gleich sehen.« Dann trieb er sie erneut vor sich her.

»Stopp«, murrte er nach ein paar Metern, hob Lola hoch und band ihr etwas um Arme und Oberkörper. Jetzt konnte sie nicht nur nichts sehen, sondern sich auch kein Stück mehr bewegen.

Wieder wurde sie angehoben. Als er sie losließ, spürte sie Druck um ihre Arme und den Körper. Unter ihr befand sich nichts als reine Luft. Dann nahmen sie ihr endlich den Sack vom Kopf. Sie hatten Lola mit einem Schiffstau gefesselt und sie damit an einem Haken befestigt, der an einer massiven Kette hing, die von der Decke baumelte. Sie schaukelte wie eine lebendige Piñata in der Luft.

Christoph war dasselbe widerfahren wie ihr, nur sah er zusätzlich so aus, als wäre er unter eine Dampfwalze geraten, die ihm über das Gesicht gefahren war. Eins seiner Augen war komplett zugeschwollen. Sie hatten ihn furchtbar verprügelt. Und er war nicht bei Bewusstsein.

Vor Schreck zuckte sie zusammen, als eine Tür zugeknallt wurde. Die Kette über ihr klirrte und sie fragte sich, wie alles so rapide hatte schiefgehen können. Eben noch hatten sie Yannick retten wollen. Jetzt hing sie wie ein Fisch am Haken und wusste nicht, wer der Angler war.

Zwei Männer traten aus dem Schatten und stellten sich vor sie und Christoph. Der eine – von den Muskeln her bestimmt Pavlo – hielt sich im Hintergrund. Es hatte den Anschein, als wäre er der Bodyguard des anderen.

»Ich hoffe, Pavlo hat dir nicht zu sehr wehgetan, meine Hübsche?«

Also hatte sie mit ihrer Vermutung recht gehabt. Der Muskelprotz war der Wachhund und der schmächtige, tätowierte Kerl war bestimmt der Anführer der Seelenheil-Klinik-Säuberungstruppe.

Lola fuhr sich mit der verletzten Zunge über die trockenen Lippen und dachte an ihr verletztes Kinn. »Schau uns an, dann erübrigt sich die Frage, du Schwein!«, schrie sie und deutete mit dem Kopf Richtung Christoph.

»Der hält das aus.« Er lachte und gab Pavlo ein Handzeichen. Der Wachhund verschwand in der Dunkelheit und kehrte mit einem Holzstuhl und einem Koffer zurück. Beides stellte er neben den Anführer auf den Boden und hielt sich im Hintergrund.

»Du willst sicher wissen, was ihr hier macht, nicht wahr?«

»Allerdings!«

»Ich sage dir später, warum ihr hier seid, alles zu seiner Zeit.« Er betrachtete sie von oben bis unten.

Lola kam sich vor, als würde er sie mit den Augen ausziehen.

»Erst möchte ich etwas über dich wissen. Dich kennenlernen«, säuselte er und trat einen Schritt auf sie zu. Instinktiv wollte sie zurückweichen, baumelte aber nur in der Luft wie eine hilflose Fliege an einem Klebestreifen.

»Langsam, Kleine«, sagte er und hob die Hände, als er ihre Scheu bemerkte. »Ich werde dich nicht anfassen, jedenfalls jetzt nicht.« Er lachte und warf einen Blick zu Pavlo.

»Was wollt ihr?«, brüllte sie.

»Ich sagte doch, später. Erst beantwortest du mir ein paar Fragen.«

»Welche?« Sie würde alles dafür tun, den derzeitigen Istzustand zu beenden, und war bereit, ihm zu sagen, was er wissen wollte.

»Wie heißt du?«

»Lola.«

»Das ist ein schöner Name. Wie alt bist du?«

»Einundzwanzig.«

»Noch so jung und schon in so großen Schwierigkeiten«, flüsterte er kopfschüttelnd. »Arme, kleine Lola. Eigentlich kannst du ja nichts für deine Misere. Da sind andere Schuld dran.«

»Haben *sie* dich geschickt?«

»Wen meinst du mit *sie*?«

»Die Leute von der Klinik.«

Als er einen weiteren Schritt auf sie zu machte und den Hals reckte, bis es knackte, wusste sie, dass hier irgendetwas nicht stimmte. Warum war er plötzlich so interessiert?

»Was für eine Klinik?«

Sie biss sich auf die Unterlippe und schwieg.

»Lola, mein Schatz, was soll ich nur mit dir machen?« Er ging zum Stuhl, hob den Koffer auf, stellte ihn auf die Sitzfläche, öffnete ihn aber nicht. Stattdessen wandte er sich an sie. »War das dein Vater?«

»Wer?«

»Oh Mann, ich hoffe, dir wurde nicht zu fest auf den Schädel geschlagen. Na, der Typ in dem Haus, der blutend in der Küche lag und gestunken hat wie ein Schnapsladen.«

»Ja, das ist mein Vater.« Warum hatte er gesagt *war* das dein Vater und nicht *ist* das dein Vater? »Was ist mit ihm, was habt ihr ihm angetan?« Sie dachte an den Schuss und an den Toten, der während der Autofahrt erwähnt worden war. Freute sie sich über seinen Tod oder betrauerte sie seinen Verlust?

»Nichts, nichts«, wiegelte er ab und widmete sich dem Koffer.

»Wer bist du?«, fragte sie, bekam jedoch keine Antwort.

Der Schmale hielt einen Wattetupfer und ein Fläschchen mit einer klaren Flüssigkeit in der Hand. War das Chloroform? Wollte er sie betäuben?

»Bring mir den Hocker, Pavlo«, verlangte er von seinem Wachhund und kam auf sie zu. Pavlo gehorchte aufs Wort und half seinem Herrchen dabei, sich auf den Hocker zu stellen, und achtete wachsam darauf, dass er nicht herunterfiel.

»Nein! Nicht!«, bettelte sie und versuchte, den Kopf wegzudrehen. Er packte sie mit seiner freien Hand im Nacken und zog sie zu sich ran.

»Mach da was drauf!«, forderte er Pavlo auf und gab ihm Wattepad und Fläschchen.

Lola schloss die Augen und atmete hektisch durch Mund und Nase. Sollte er versuchen, sie mit dem Chloroform zu betäuben, würde sie die Luft anhalten.

»Dann wollen wir mal sehen …«, flüsterte er.

Lolas Muskeln verkrampften sich. Als sie erst eine sanfte, kühle Berührung am Kinn spürte und es danach stark brannte, verstand sie nichts mehr.

»Sieht aus, als würde es ganz schön wehtun.«

Was machte er da?

»Wer hat sie aus dem Auto gestoßen?«, fragte er, während er ihre Wunde versorgte.

»Ich weiß es nicht«, gab Pavlo als Antwort.

»Du kannst es mir auch nicht sagen, oder, Lola?«

Beinahe hätte sie ihn ausgelacht. Wie hätte sie mit dem Sack auf dem Kopf etwas sehen sollen? War seine Besorgnis nur Schauspiel oder war er ernsthaft um ihr Wohlergehen besorgt?

Sie schüttelte den Kopf und der Schmale verzog den Mund.

»Wird wahrscheinlich wieder keiner gewesen sein, wenn ich meine Leute frage. Wie immer. Ich habe denen schon tausendmal gesagt, dass wir Frauen keinen unnötigen Schaden zufügen.«

»Sag mir einfach, was ihr von uns wollt, und lasst uns gehen.«

»Ist leider nicht drin«, sagte der Schmale schulterzuckend.

»Wieso nicht, verdammt?« Sie wurde so wütend wie noch nie in ihrem Leben. Diese Schweine waren in ihr Elternhaus eingedrungen, hatten ihren Vater erschossen, vielleicht ihre Mutter verschleppt, ganz zu schweigen von ihrer eigenen Situation. Vielleicht würden Christoph und sie den nächsten Morgen nicht erleben. Wenn sie doch nur wüsste, wer diese Leute waren!

»Ich will was von dir wissen, was Wichtiges«, säuselte er, stieg vom Hocker und ging zum Koffer. Dieses Mal kam er nicht mit etwas zurück, das ihr helfen würde, sondern mit Gegenständen, die ihr großes Leid zufügen konnten: Es waren ein Messer und eine Zange.

Anstatt zu ihr zurückzukehren, stellte er sich vor Christoph, der bewusstlos am Haken baumelte.

»Lass ihn in Frieden!«, zischte sie.

»Sonst was?« Lachend nahm er das Messer und schnitt die Schnürsenkel von Christophs Schuhen auf. »Wirst du mich sonst in Gedanken schlagen?« Er zog Christoph die Schuhe und die Socken aus.

Lola schwieg und sah dem Penner zu, der sich an Christophs Füßen zu schaffen machte. Er legte einen Zeh zwischen die Zange und drückte zu. Sie hörte die winzigen Knochen brechen. Plötzlich erfüllte ohrenbetäubender Lärm die Lagerhalle: Christophs Schreie. Er war aufgewacht und starrte schreiend auf den Mann, der den nächsten Zeh in die Finger nahm und die Zange davorhielt.

»Du?«, brüllte Christoph. »Was willst du von uns? Wir haben mit der Sache nichts zu tun!«

Ihr Freund kannte den fremden Kerl? Woher?

Der Schmale lachte. »Ach nein? Deine kleine Schlampe vielleicht nicht, aber sie wird mir behilflich sein, wenn sie mir sagt, wo ich ihn finden kann.«

Ihn? Wen meinte er?

Dann fuhr er fort: »Du bist der Grund, weshalb wir uns zu einem Treffen zusammengefunden haben, nicht wahr?« Er zeigte auf Christoph. »Nicht wahr?«, schrie er und wandte sich an Lola. »Nun zu dir, meine Kleine. Ich werde dir nicht wehtun. Aber deinem Freund, falls du mir nicht sagst, was ich wissen möchte.«

Hektisch nickte sie. Die Kette, an der sie hing, geriet heftig ins Schwingen. »Ich sag dir, was du willst, nur lass ihn bitte in Ruhe!«

Der Schmale lächelte traurig. »Ich weiß schon, warum ich mich nie mit jemandem ernsthaft anfreunde. Dann ist es mir wenigstens schnurz, wenn einem meiner Leute etwas passiert. Pavlo zum Beispiel«, er deutete auf seinen Wachhund, »kann meinetwegen sterben. Es ist mir egal und das weiß er. Alle wissen das. Doch du«, jetzt zeigte er auf Lola, »hängst an diesem Schlappschwanz und es wird dir mehr wehtun als ihm, wenn ich ihm den nächsten Zeh breche und den nächsten und den nächsten, bis du mir erzählst, was ich hören will.«

»Ja, verdammt, ja!«, schrie sie. »Ich verrate dir, was du von mir verlangst. Wie oft denn noch?«

»Okay. Dann sag mir, oh, du süße Lola, wo dein anderer Freund ist.«

»Wen meinst du?« Als er sie schief angrinste, wusste sie, wen er meinte. Endlich begriff sie, wer er war. »Nein, ich sage dir nicht, wo er ist, niemals!«

»Hast du nicht eben gemeint, du sagst mir alles, was ich wissen will? Verstehst du jetzt, warum ich mehrmals nachgefragt habe? Ich konnte mir denken, dass es nicht so leicht wird, die Informationen aus euch rauszuholen. Ihr klebt aneinander wie Pech und Schwefel. Hat mir dein Kollege gesteckt, als wir im Jugendknast auf einer Zelle saßen. Hat er dir von unserer gemeinsamen Zeit erzählt?« Als sie nicht reagierte, fuhr er fort: »Franz, hat er zu mir gesagt, ich bin froh, dich kennengelernt zu haben. Du bist ein richtiger Mann, nicht so ein Schlappschwanz wie Yannick. Und unsere trockene Möse Lola müsstest du mal kennenlernen, meinte er. Vielleicht wird sie bei deinem Anblick endlich feucht.«

»Hör nicht auf ihn!«, schrie Christoph. »Er lügt! So was würde ich nie über euch sagen und das weißt du genau! Verrate ihm nicht, wo er ist!«

Der Kriminelle log, wollte sie nur verunsichern, dennoch geriet sie in einen Zwiespalt. Was würde mit ihnen geschehen, wenn sie ihm nicht verriet, was er wissen wollte? Würde er sie umbringen?

»Komm schon, kleine, niedliche Lola. Ich weiß, dass er in einer Klinik ist, aber davon gibt es Hunderte und mir fehlt die Zeit, sie alle abzusuchen, bevor der Prozess beginnt. Ich muss Yannick finden, bevor er gegen mich aussagt.«

»Das wird er nicht«, sagte sie. »Er weiß nicht mal, dass du angeklagt wirst.«

»Du hast ihn also gesehen?«, fragte er grinsend.

Er widerte sie an. Noch mehr als ihr Vater, wenn dieser betrunken und nackt durch ihr Zimmer geschwankt war, während er gedankenverloren an seinem Schwanz gespielt hatte. »Also weißt du, wo er ist? Als wir ihn zu Hause besuchen wollten, war er nicht da. Wir baten seine Eltern höflichst darum, uns zu verraten, wo ihr

Sohn ist, aber was soll ich machen«, er zuckte mit den Schultern, »sie haben auch geschwiegen. Wenn du möchtest, erzähle ich dir, wie sehr sie geschrien haben, als wir sie …«

»Halt den Mund, halt den Mund!«, keuchte sie.

Sie hatten sich geirrt. Nicht die Klinik hatte etwas mit dem Verschwinden der Eltern zu tun, sondern dieser Widerling und seine Schergen. Und das nur, weil er glaubte, dass Yannick der Polizei verraten hatte, von wem er die Waffe gekauft hatte. All die Toten, einschließlich ihres Vaters, nur deswegen? Nur weil dieser kleine Pisser keine Lust hatte, in den Knast zu wandern?

»Dann sag mir, wo er ist«, forderte er und widmete sich wieder Christophs Füßen.

Christoph kniff die Augen zusammen und biss sich auf die Unterlippe. »Ich halte das aus, Lola, verrate ihm nichts! Selbst wenn ich dabei draufgehe!«

»Lass ihn in Ruhe!« Sie weinte. Rotz lief ihr aus der Nase.

»Erst wenn du es mir sagst.«

Als sie den Kopf schüttelte, vernahm sie das Brechen der Knochen. Christoph schrie seinen Peiniger an, sich die Scheißzange in den Arsch zu schieben, denn Lola würde ihm nichts sagen. Sie selbst war sich da nicht mehr so sicher. Was, wenn dieser Psychopath und seine Zirkusclowns à la Pavlo weitermachten, bis jeder Knochen gebrochen war?

Franz ließ die Zange sinken. »Ich glaube, das bringt nichts.«

Ja, genau, wollte sie schreien, *das nutzt dir alles nichts, du Idiot, lass uns gehen!* Dann wurde ihr schmerzlich bewusst, dass das nicht alles gewesen war, was er in petto hatte.

»Bring mir die Bohrmaschine«, rief er Pavlo zu.

Da wusste Lola, dass ihr ganz persönlicher Albtraum gerade erst begonnen hatte.

Kapitel 24

Ramonas Geschichte

Ramona schaute von ihrem Tagebuch auf. Soeben hatte sie aufgeschrieben, wie sehr sie sich nach ihrem Zuhause sehnte und wie gern sie fliehen würde, als das Licht ausgeschaltet wurde und sie im Dunkeln saß. Sie versteckte Stift und Buch hinter ihrem Kleiderschrank und legte sich aufs Bett. Von irgendwoher strömte ein leichter Geruch nach Rauch zu ihr, aber das störte sie weniger. Bestimmt hatten die Küchenleute wieder etwas anbrennen lassen.

An Schlaf war sowieso nicht zu denken. Zwei Nächte lang hatte sie bloß auf dem Rücken gelegen und die Decke angestarrt. Und natürlich den Geistern zugehört. Denen, die sie verfolgten und ihr auflauerten. Ihr bei jeder Gelegenheit ein Bein stellten, damit sie sich die Nase blutig schlug oder sich die Knie aufrieb. Es wurde immer schlimmer, Tag für Tag.

Es waren mittlerweile viele Gespenster, die sie besuchten, sie erschreckten, sie auslachten, und sie wusste, dass ihre Lebensuhr ablief. Das Schattenwesen würde sie töten. Dieser Geist war der Ursprung, derjenige, der entschied, wer starb und wer lebte. Niemand hatte ihr das gesagt, sie hatte es einfach gewusst.

Sie verschränkte die Hände hinter dem Kopf und sog die kalte, stickige Luft ihres Zimmers tief in sich hinein. Wann würde er kommen, der Geist, der sie zu ihrem Richtplatz führte?

Was würde aus ihr selbst werden? Auch eine umherirrende Seele? Wie würde sie dann aussehen? Das hing davon ab, wie sie starb. Wenn es ihr so erging wie der dürren Frau, würde sie ebenfalls nackt und mit Schnittwunden am Körper durch die Flure flitzen, als wäre der Teufel hinter ihr her. Der Gedanke war nicht ganz abwegig. Denn wer sollte dieser Schatten mit den roten Augen sonst sein als der leibhaftige Beelzebub?

Draußen auf dem Gang ging das Geschrei los. Das war der Junge, der mit weit aufgerissenem Mund – er hatte die Kiefer ausgerenkt wie eine Schlange – durch die Anstalt rannte und schrie. Er war ihr als Letzter erschienen und hielt sie seit zwei Nächten vom Schlafen ab. Nur am Tag, im Aufenthaltsraum, fand sie etwas Ruhe. Doch auch dort wurde es immer unheimlicher.

Um all die Rätsel musste sie sich bald keine Sorgen mehr machen. Sie wusste nicht, wie es passieren würde, aber wann. Heute, vielleicht in den nächsten Minuten.

Der schreiende Junge rannte an ihrer Zimmertür vorbei. Plötzlich sprang sie auf. *Jetzt ist es so weit*, dachte sie, *jetzt holen sie mich und ich kann gleich mit dem Jungen zusammen die Station auf und ab laufen. Immer schreiend, und für immer tot.* Doch es kam niemand in ihr Zimmer. Kein Geist, nicht das Schattenwesen und auch kein Pfleger. Ramona musste sich entscheiden. Sollte sie hier sitzen bleiben und darauf warten, dass kalte Hände sie ins Verderben rissen, oder die Chance nutzen, um zu fliehen? Kurzerhand entschied sie sich für die zweite Möglichkeit. Wenn sie schon sterben musste, dann nicht kampflos.

Sie holte ihr Tagebuch hinter dem Schrank hervor. Nicht irgendwer sollte es finden, sondern ein Mensch, der schlau und in derselben Situation war wie sie. Schwer atmend schlich sie sich auf den Flur und schaute sich zu allen Seiten um. Den Jungen, der schrie und mit den Armen in der Luft wedelnd immer wieder an ihr vorbeirannte, ignorierte sie. Die Tür zum Aufenthaltsraum war nicht abgeschlossen. Sie schlüpfte unbemerkt hinein.

Wie sollte sie Hinweise geben, dass sie ihr Buch hier versteckt hatte, ohne zu riskieren, dass ein Pfleger es fand? Ihr Blick fiel auf die Bücherwand. Vieles von dem, was dort stand, hatte sie nicht gelesen, lieber hatte sie selbst geschrieben. Sie zog das erstbeste Buch aus dem Schrank: *Der Sonntagsbrunch*. Ramona legte es zusammen mit ihrem Tagebuch auf den Tisch und rückte das Regal ein Stück von der Wand.

Sie setzte sich, schlug den Roman auf, schrieb ihren Namen auf die Leserliste und drückte vor Aufregung die Stiftspitze so stark in das Papier, dass sie befürchtete, es zu durchbohren.

»Beruhige dich!«, flüsterte sie und zeichnete ein Pentagramm. Warum sie das tat, wusste sie nicht genau. Drei Worte markierte sie, indem sie jeweils ein weiteres Pentagramm malte, dessen Spitze darauf zeigte. *Hinter dem Schrank*. Falls jemand dieses Buch fand und er den Hauch von Intelligenz besaß, müsste er ihre Botschaft verstehen.

Sie malte auch ein Pentagramm in ihr Tagebuch und schrieb einen letzten Satz: *»Es sind viele und sie werden dich kriegen!«* Dann legte sie es vorsichtig hinter den Schrank, schob ihn an die Wand und stellte den Roman mit ihren Markierungen zurück zu den anderen. Wie lange mochte es dauern, bis jemand kam, das Buch zur Hand nahm und ihrem Hinweis folgte? Tage, Monate oder Jahre?

Den Stift steckte sie ein. Würde sie ihn auf dem Tisch liegen lassen, wäre das zu auffällig. Als sie wieder in den Flur trat, rannte der Junge an ihr vorbei. Unvermittelt blieb er stehen, sein Schreien verstummte. Mit knackenden Knochen drehte er sich zu ihr um. Als er einen Arm nach ihr ausstreckte, schloss sich sein Mund mit einem knirschenden Geräusch. Wollte er sie führen? Ihr den Weg zu ihrem Schafott zeigen?

»Wer nicht wagt, der nicht gewinnt«, sagte sie und ergriff seine Hand, die sich kalt und trocken, fast schuppig anfühlte. »Wohin gehen wir?«

Mit den Augen blinzelnd, hakte er wieder die Kiefergelenke aus. Ramona starrte in einen schwarzen Schlund, aus dem die markdurchdringenden Schreie drangen. Er drehte sich um und stürmte los. Nur mit Mühe schaffte sie es, nicht zu stolpern und dem Jungen zu folgen. Eine Tür nach der anderen stieß er auf, als wären sie niemals abgeschlossen gewesen, bis sie eine Treppe nach unten rannten und sie erkannte, wo sie waren. Der Empfangssaal wirkte mit seinem diffusen Licht wie eine Totenhalle.

Der Junge blieb stehen, renkte seine Kiefergelenke ein und verstummte. Zuerst war es eine Wohltat, weil die Stille eine willkommene Pause war, doch als sie ein Scharren hinter sich vernahm, überzog eine Gänsehaut ihren Körper. Sie drehte sich um. Sie ahnte, woher das Geräusch kam. Hinter dem Tresen, an dem sonst die Empfangsdame stand, hockte etwas. Dort versteckte sich ein Ding von ungeahnter Grausamkeit.

Der Geisterjunge zog an ihrem Arm. In seinem Gesicht erkannte sie Verzweiflung. Was hatte er vor? Wollte er sie vor dem Monster retten, das nach ihr lechzte?

Beide rannten schreiend los. Der Junge stieß die Eingangstür auf. Ramona dachte nicht an die Wachen, die sich auf dem Außengelände aufhielten. Sie wollte nur vor dem Ding fliehen, das die Verfolgung aufgenommen hatte. Es war ganz nahe. Es keuchte. Krallen bohrten sich in den Boden und brachten einen massigen Körper in schnelle Bewegung. Wenn sie sich jetzt umdrehte, würde sie sterben.

Ramona rannte über den Parkplatz, erreichte den Weg, der sie zum Tor führte. Warum hörte sie nicht die aufgeregten Stimmen der Wachen oder eine Sirene, die Alarm schlug? Das Einzige, was sie vernahm, war ihr eigenes Keuchen und das des unheilvollen Geschöpfes, das hinter ihr her war.

Knapp vor dem Tor, das sie aus der Reichweite der Geister bringen würde, stoppte der Junge und drehte sich so schnell zu ihr um, dass sie gegen seine Brust stieß. Er hob den Kopf. Anstatt den Mund zu öffnen und zu schreien, lächelte er – nicht freundlich, sondern teuflisch. Bevor sie begriff, dass sie in eine Falle getappt war, trat er gegen ihr linkes Knie. Es knackte und sie brach schreiend zusammen. Mit einem dröhnenden Lachen stellte er sich neben sie, schaute zu etwas, das sich ein Stück hinter ihr befand, beugte sich über sie und berührte mit seiner eiskalten Hand ihre Stirn, als wollte er Lebewohl sagen. Er verschwand. Sie lag kurz vor dem Tor auf dem Boden. Die Sicherheit war so nah und doch so weit entfernt. Etwas keuchte. Es waren mehrere Gestalten, die sich ihr näherten!

Den Blick auf das Tor gerichtet, setzte sie sich auf. Ramona spürte den Atem der Kreaturen hinter sich. Er war warm, feucht, erregt und geifernd. Sie wollten sie zerfleischen. Sie nahm ihren letzten Mut zusammen und drehte sich zu ihnen um. Vier Augenpaare von sattem Schwarz starrten sie an. Lange Zungen hingen aus den Mäulern. Es waren Schäferhunde. Die muskulösen Körper waren angespannt und zum Sprung bereit.

»Bitte«, flüsterte sie. »Bitte nicht!« Ihr Atem zeichnete sich als Dunstwolke vor ihr ab. Auch vor den Hunden. Einer leckte sich über die Lefzen. Ramona fragte sich, warum sie nicht endlich angriffen und ihr Werk verrichteten.

Der Grund dafür schwebte in ihr Sichtfeld und verharrte hinter den Tieren. Es war das Schattenwesen. Der erste Geist, der sie heimgesucht hatte, war auch der letzte. Er war der Anfang und das Ende allen Übels.

Seine Augen glühten und ein schwarzer Arm hob sich. Der Schemen eines Fingers deutete auf sie. Die Hunde knurrten und sprangen sie an. Sie verbissen sich in ihrem Körper, schlugen die Köpfe von einer Seite zur anderen, zerrten ihr Fleisch von den Knochen, fraßen es auf. Ramona fiel auf den Rücken. Der größte Schäferhund, stürzte sich auf ihren Hals, biss zu. Das Blut spritzte aus ihrer Hauptschlagader. Während er an ihrer Kehle riss, stellte sich das Schattenwesen über Ramona und öffnete den Mund. Es knackte. Mit einem schmatzenden Geräusch hörte das Zerren an ihrem Hals auf. Der Hund trottete davon, um ihren Kehlkopf zu verspeisen. In den letzten Augenblicken ihres Lebens sah sie, dass sich der Geist über sie beugte. Ehe die Welt in seinem Leib verschwand, dachte sie an ihre kleine

Schwester und daran, dass sie sich im Jenseits vielleicht wiedersehen würden.

Kapitel 25

Yannick riss sich von Ramona los, fiel von der Couch und direkt in die Arme der Pfleger.

»Was ist hier los?«, fragte Tommy und half ihm auf die Beine.

»Alles in Ordnung«, stammelte er und hob abwehrend die Hände. Es war natürlich nicht alles in Ordnung, aber wenn er keine Spritze haben wollte, musste er die Pfleger davon überzeugen. Er musste unbedingt zum Doktor und sich das Tagebuch zurückholen. Heute hatte er noch eine Sitzung, die durfte er nicht verpassen. Nicht, wenn er endlich herausfinden wollte, was vor sich ging. Wer war dieses Schattenwesen und was wollte es? Alles, was bis jetzt geschehen war, hatte mit diesem einen Geist zu tun. Jede Gräueltat war auf ihn zurückzuführen und es schien, als scharte er seit Jahrzehnten gepeinigte Seelen um sich. Wie Ramona. Das arme Mädchen, das einen Fehler begangen hatte, war hier gelandet und hatte dafür büßen müssen, indem vier Schäferhunde es zerfleischten. Diese schreckliche Geschichte und das Massaker vor zwanzig Jahren hätten Spuren im Internet hinterlassen oder längst die Schließung der Klinik bewirken müssen. Hatten sie es vertuscht oder es als Unfälle abgetan? Wenn niemand von den Spukgestalten wusste, konnte auch niemand den Gejagten helfen. Roberts Blick, als er Ramonas Tagebuch gesehen hatte, hatte ihm verraten, dass er sie zumindest kannte. Ob er über ihre Geschichte Bescheid wusste oder darüber, dass nicht nur die Hunde schuld an ihrem Tod waren, wollte er herausfinden – wenn nötig mit Gewalt.

»Es ist wirklich alles in Ordnung mit mir«, wiederholte er.

Was er mit Sicherheit wusste: Nicht jeder konnte Ramona sehen. Mit ihrem herausgerissenen Kehlkopf stand sie vor ihm. Doch sie war nur für ihn sichtbar. Tommy und Pia starrten ihn ungeduldig an.

»Da bin ich mir nicht so sicher«, deutete Tommy sein Misstrauen an.

Yannick stand auf und trat von Marvin weg. »Ich bin von der Couch gefallen. Wirklich, nur ein Problem mit dem Gleichgewicht, sonst nichts.«

»Wir behalten dich im Auge!«

Yannick fürchtete, dass er keinen Schritt mehr machen konnte, ohne beobachtet zu werden. Er durfte nicht zu offensichtlich mit Ramona interagieren. Wollte er das überhaupt? Was, wenn sie ihn ebenso in die Falle lockte, wie es der schreiende Junge getan hatte?

Sie streckte die Hand nach ihm aus. Er schüttelte den Kopf, wollte sie nicht berühren und nicht das sehen, was sie gesehen hatte.

Sie zog den Arm zurück, bedeutete ihm, ihr zu folgen, und führte ihn zu dem Bücherregal und zeigte scheinbar wahllos auf eins der Bücher. Er nahm es heraus und hielt es ihr hin. Kopfschüttelnd deutete sie mit den Händen an, dass er es auseinanderklappen sollte. Die Seite war ihr offenbar egal, sie tunkte ihren Zeigefinger in die nasse Wunde an ihrem Hals und schrieb ein einziges Wort: *»Flieh!«*

Yannick starrte sie verzweifelt an, wollte sie fragen, wie er das anstellen solle, aber sie verblasste, bis vor ihm nur noch leerer Raum war. Angst, Verzweiflung und Wut machten sich Platz und verdrängten jeden klaren Gedanken. Viel war da nicht mehr. Eigentlich war er an dem richtigen Ort, wenn man seinen derzeitigen Zustand bedachte. Aber er wollte nicht sterben!

Er schaute auf das Buch. Was Ramona mit ihrem Blut geschrieben hatte, war verschwunden. Natürlich war es das. Die Gespenster wollten nicht, dass man ihre Spuren entdeckte. Er stellte es zurück ins Regal. Hinter sich hörte er ein Geräusch und drehte sich ruckartig um. Fast hätte er aufgeschrien, weil er dachte, das Schattenwesen würde vor ihm stehen und Untiere auf ihn hetzen, aber es war Pia, die ihn von oben bis unten musterte und mit der Zunge schnalzte. »Wir sollen dich zum Doktor bringen!«

Wortlos folgte er ihr. Als sie an Marvin vorbeigingen, der wie paralysiert auf der Couch saß, schwor er ihm in aller Stille, dass er ihn mitnehmen würde, wenn er einen Fluchtweg fand. Die Gespräche mit dem Kind hatte er sich nicht eingebildet. Sie waren real.

»Komm schon, nicht trödeln!«, forderte Pia, als er neben Marvin stehen blieb und den schlafenden Jungen betrachtete.

Pia übergab ihn an Tommy. »Los«, sagte er. »Ich bringe dich zum Doc.«

Was spielt ihr für ein Theater?, fragte er sich, folgte dem Stationsleiter aber ohne Murren. Wenn es einen gab, mit dessen Hilfe er entkommen konnte, dann war das Robert. Zumindest hielt er an diesem Gedanken fest. Sein Büro lag nicht innerhalb der gesicherten Station. Falls er ihn überwältigen und fliehen konnte, würde er mit der

Polizei zurückkehren, die Missstände aufklären, Marvin hier herausholen und einen Geisterjäger engagieren …

»Komm schon! Was ist los, hast du Blei an den Beinen?«, trieb Tommy ihn an.

Yannick fragte sich, wie viel er wusste. Oder ging der Pfleger blauäugig durchs Leben und begriff nicht, dass hier höhere Mächte am Werk waren, die man sich nur schwer vorstellen konnte.

Plötzlich rannte eine Frau kreischend an ihnen vorbei. Ein Mann und ein Kind liefen ihr hinterher.

»Was zum Teufel ist los?«, wollte Tommy von der Rezeptionistin wissen. Er zog Yannick hinter sich her.

»Keine Ahnung«, sagte sie aufgeregt. »Ich wollte die drei gerade zur Dohmen bringen, da zeigte die Frau auf euch, flüsterte, ob wir das auch sehen würden, und als wir verneinten, hastete sie schreiend davon.«

Yannicks Blut gefror augenblicklich in seinen Adern. Wie in Zeitlupe drehte er sich um die eigene Achse und hatte das, was er jetzt sah, erwartet. Der Geisterjunge, den Ramona ihm gezeigt hatte, stand dicht hinter ihm. Die Kiefer waren ausgehängt, der Mund war unnatürlich weit geöffnet. Er holte Luft, der Brustkorb blähte auf, und er ließ einen Schrei los, der sämtliche Härchen auf Yannicks Körper zum Erzittern brachte.

Schnell wandte er sich ab und unterdrückte den Drang, sich die Hände auf die Ohren zu pressen. Ob er versuchen würde, ihn ebenso in einen Hinterhalt zu locken wie Ramona?

»Seltsam«, sagte Tommy.

Die Familie stand draußen vor dem Haus und gestikulierte wild. Warum hatte die Frau den Jungen sehen können und all die anderen Menschen nicht? Entschieden die Geister, wer sie wahrnehmen durfte und wer nicht?

Tommy lächelte die Empfangsdame an, nickte ihr zu und versprach, sich nachher um den Fall zu kümmern. Jetzt habe er Wichtigeres zu erledigen. Was war daran so wichtig, ihn, den kleinen Psychopathen, zum netten Onkel Doktor zu bringen? Oder glaubte er etwa, Yannick selbst wäre wichtig? Wofür?

»Was geht hier vor?« Yannick wusste nicht, woher die Worte kamen, aber er konnte sie nicht aufhalten. Nie hatte er mit dem Pfleger darüber sprechen wollen, aber eine Macht, die stärker war als sein eigener Wille, brachte die Frage über seine Lippen.

Tommy blieb abrupt stehen und Yannick knallte gegen den Rücken des Pflegers. »Wie meinst du das?« Er drehte sich zu ihm um und Yannick durchfuhr ein weiterer Schauer.

Nicht nur, dass hinter ihm ein schreiendes Kind stand, das seit wer weiß wie vielen Jahren tot war, nein, jetzt veränderte sich auch noch Tommys Gesicht. Es verzog sich, schmolz wie Kerzenwachs, bis Augen und Nase zu Boden tropften, die Lippen den Hals hinunterrutschten und er nur noch aus einem Loch sprach: »Was soll hier vorgehen? Hm?«

Yannick starrte gebannt auf die dickflüssige bleiche Masse.

Das ist nicht echt! Das ist nicht echt!, betete er sich vor und mit einem Mal war Tommys Gesicht wieder normal. Alles war an seinem Platz, nichts war mehr verrutscht. Er hatte es sich bloß eingebildet. Oder jemand hatte gewollt, dass er es sah. Vielleicht der Junge, der noch immer hinter ihm stand …

»Was ist jetzt? Was meinst du?«, bohrte Tommy nach und stemmte die Hände in die Hüften.

Yannick senkte den Blick. »Ach, nichts.« Plötzlich war die Frage fort und die Macht, die ihn dazu gebracht hatte, sie zu stellen, ebenfalls. Und noch etwas geschah: Der Geisterjunge rannte schreiend weg.

»Ihr Bekloppten macht mich fertig«, murmelte Tommy und klopfte an die Tür zu Roberts Büro.

»Ah, da ist er ja!«, stieß der hervor, als sie es betraten.

»Soll ich bei Ihnen bleiben?«

Yannick fand es verstörend, wie viel Respekt Tommy dem Arzt entgegenbrachte. Noch vor ein paar Nächten war es anders gewesen. Da hatte der Pfleger ihn behandelt wie den letzten Dreck. Aber das sollte ja angeblich nicht stimmen.

»Nein, Yannick und ich schaffen das schon, nicht wahr?« Er lächelte ihn an.

»Ja … sicher«, stotterte er.

Tommy verließ den Raum.

»Netter Junge, dieser Tommy.« Robert stand auf, kam um den Tisch und bat Yannick, sich auf die Couch zu setzen. Er selbst nahm in einem Ledersessel Platz und rückte seinen Doktorkittel zurecht. Yannick konnte sich noch immer nicht an den Anblick gewöhnen. Von dem ungepflegten Hausmeister war nichts mehr übrig.

»Hast du dich beruhigt? Du warst vorhin im Aufenthaltsraum sehr nervös.«

»Ja, geht schon.«

Robert verschränkte die Hände über seinem Bauch und atmete durch. »Ich habe meinen Kollegen angerufen, von dem ich dachte, er könnte sich mit Fällen wie dem deinen auskennen. Letztes Wochenende ist er bei einem Autounfall ums Leben gekommen. Es ist nicht zu fassen.« Sein Blick ging in die Ferne und er wirkte für einen Moment wie weggetreten. Leider zu kurz, um die Chance zu nutzen, ihn zu überwältigen.

»Dafür habe ich mir dieses Büchlein angesehen.« Er zog das Tagebuch hervor.

»Gib es mir!«, verlangte Yannick und fand, dass er klang wie Gollum aus *Der Herr der Ringe*.

»Aber, aber«, sagte Robert und drückte sich das Buch an die Brust, als wäre er ebenso darauf versessen wie Yannick. »Nach so etwas habe ich all die Jahre gesucht.«

Er erinnerte sich an Max' Erzählung über das Massaker. Hatte er nicht erwähnt, es habe damals schon geheißen, dass ein Doktor im Keller seltsame Versuche machte? Hatte die Isolationszelle etwas damit zu tun? War auch Yannick ein Versuchskaninchen gewesen?

»Was soll das heißen?«, hakte er nach und hatte nur Augen für das Buch. Er wollte es haben und lesen, was Ramona in ihren letzten Tagen in der Klinik erlebt hatte. Wie sie sich fühlte, bevor der Junge sie in die Falle gelockt hatte.

»Ich arbeite schon lange hier, Yannick, und bekomme mit, was geschieht. Und das«, er hob das Tagebuch hoch, »ist der Beweis.«

»Der Beweis wofür? Für die Geister?«

»Ja, ich habe wichtige Informationen in diesem Buch gefunden. Es wird mir helfen, die Dinge so zu regeln, wie es sein muss.«

»Was meinst du damit?« Wütend sprang er auf.

»Setz dich sofort wieder!«, verlangte Robert, der sich sichtlich unwohl fühlte.

»Nicht bevor du mir verrätst, was los ist!«

Roberts Blick wurde sanft und es wirkte, als würde er Yannick bemitleiden. »Und was würde dir das bringen?« Er stand ebenfalls auf. »Du wirst sowieso bald sterben.«

Yannick zuckte zusammen. Dass er hier sterben sollte, war ihm bewusst, es aber aus dem Mund des Doktors zu hören, war ein anderes Kaliber. »Was hast du damit zu tun?«

»Womit?«, fragte Robert verunsichert.

»Was laberst du da für eine Sch…«, setzte Yannick an und verstummte, als er blutige Finger an Roberts linkem Oberarm entdeckte. Sie packten fest zu. Robert bemerkte es nicht, schaute sich nur verwirrt um. Hinter ihm schob sich ein blonder Haarschopf hervor, lidlose Augen folgten. Es war das Mädchen, das ihm in der Isolation die Oberschenkelarterie durchgeschnitten hatte.

Plötzlich lag Roberts Blick starr auf ihm. Der Geist steuerte den Doktor, redete durch ihn. »Du wirst sterben«, sagte er. »Vielleicht heute Nacht!«

Yannick erzitterte vor dem Mädchen, das ihn lenkte wie eine Marionette. Würde er wirklich in den nächsten Stunden sterben?

Als könnte sie seine Gedanken lesen, antwortete sie: »Das kann dir niemand beantworten, es kommt allein auf dich an.«

»Wie meinst du das?«

Sie lachte stumm. Ohne ihm zu antworten, verschwand sie im Nichts. Der Doktor fiel schlaff zu Boden. Yannick war egal, was mit Robert geschah. Nur das Buch interessierte ihn und das, was der Geist gesagt hatte. Was sollte das heißen, dass es allein auf ihn ankam?

Yannick bückte sich, nahm Robert das Tagebuch weg und setzte sich auf die Couch. Der Doktor hatte bunte Zettel zwischen die Seiten gelegt und bestimmte Textpassagen mit einem Farbstift markiert. Schnell las er die Stellen.

»Darf ihnen nichts verraten. Sie sollen nicht wissen, was vor sich geht«, stand auf einer der letzten Seiten. Dann: *»Heute Nacht holen sie mich. Der Geist hat es mir verkündet. Wie? Er hat es mit Geisterblut an die Wand geschmiert und das Geschriebene war eindeutig: Du stirbst! Mehr muss man nicht sagen, nicht wahr? Ich hatte es ohnehin schon den ganzen Tag geahnt. Kurz nachdem ich beim Arzt war, bekam ich dieses schlechte Gefühl, dass der Tag für mich nicht gut ausgehen würde.«* Yannick warf einen verächtlichen Blick auf Robert. War er der Doktor, von dem Ramona sprach? Wie tief steckte er in der Sache drin?

Wie hatte er nur so blind sein können? Robert musste das alles geplant haben, von Anfang an. Yannick war wahrscheinlich der geeignete Kandidat für sein Vorhaben. Instabile Psyche und Eltern, die ihren Sohn am liebsten verstoßen hätten.

Hatte Robert ihn in der einen Nacht aus seinem Zimmer gelassen, damit Yannick das Tagebuch für ihn fand? Was hatte er mit Ramona zu tun? Es tanzten Hunderte Fragen durch seinen Kopf, unter anderem auch die, wie viel Frau Dohmen von den Spielchen ihres Doktors ahnte.

Wut stieg in ihm auf. Den Mann, der bewusstlos vor ihm lag, hasste er und er würde alles dafür geben, um ihn zu überführen. Er sprang auf und ging zu Roberts Schreibtisch. Das Tagebuch warf er achtlos auf gestapelte Akten. Jetzt brauchte er es nicht mehr. Er wusste, was er zu tun hatte. Erst würde er die Polizei alarmieren und dann versuchen, in den Keller zu gelangen. Bilder von angeketteten Menschen, mit denen Robert spirituelle Séancen durchführte, um die Geister der Anstalt herbeizurufen, kamen in ihm auf.

Als er den Schreibtisch absuchte, fand er nichts. Ein Büro ohne Telefon? Eine Vorsichtsmaßnahme? Er rannte um den Tisch und durchsuchte Roberts Kittel und die Hosentaschen. Kein Handy.

»Verdammt!«

Als er sich umdrehte, sah er, dass er einen Teil der Akten und das Tagebuch heruntergefegt hatte. Obenauf lag das Buch, geöffnet auf der Seite, auf der Ramona den letzten Satz ihres Lebens geschrieben hatte: *»Sie sind viele und sie werden dich kriegen!«*

Ein paar Schritte machte er darauf zu. Bevor er es an sich nehmen konnte, blätterte etwas Unsichtbares um, und er starrte auf eine leere Seite. Plötzlich saß Ramona über das Tagebuch gebeugt da und hielt etwas spitzes Weißes in der Hand. Sofort begriff er, was es war. Sie tunkte einen angespitzten Knochen in ihre Wunde am Hals und schrieb mit dem Blut auf das Papier.

»Was willst du mir sagen …?«, fragte er.

Sie stand auf, drehte sich mit einem Ruck um und hielt ihm das Tagebuch entgegen. Die zuvor unbeschriebenen Seiten waren nicht mehr unschuldig weiß. Sie hatte etwas hingeschmiert, das er erst nicht lesen konnte. Mit zusammengekniffenen Augen konzentrierte er sich. Die Worte, die er endlich entziffern konnte, ließen ihn frösteln: *»Wir sind viele und wir werden dich kriegen!«*

Als er aufsah, grinste sie ihn boshaft an. Die Schonzeit war vorbei. Ramona, von der er gedacht hatte, sie würde ihm helfen, machte ihm unmissverständlich klar, dass sein letztes Stündlein geschlagen hatte. Nicht zuletzt dadurch, dass sie den Knochen in seine Richtung schnellen ließ und ihn damit an der linken Seite erwischte. Als das nadelähnliche Ding in sein Fleisch eindrang, schrie er und griff nach ihrem Arm, der kalt und ledrig, aber dennoch glitschig war, als habe sie sich mit Öl eingerieben. Seine Hand rutschte ab. Schritt um Schritt kam sie näher und bei jedem bohrte sich der spitze Knochen weiter in ihn.

Er hob das Bein, stemmte es gegen ihren Unterleib und stieß sie von sich weg. Sie verschwand im Nichts. Das Einzige, was sie zurückließ, war der Knochen in seinem Körper.

»Ich muss weg!«, jammerte er, langte nach dem Ende des Knochens und zog ihn mit einem Ruck heraus. Ein feines Rinnsal Blut lief über seine Hand, als er sie vor die tiefe Wunde presste. »Scheiße, scheiße, scheiße!«, fluchte er und war im Begriff, die ungewöhnliche, aber effektive Waffe von sich zu schleudern. Im letzten Moment hielt er inne und behielt sie in der Hand.

Sein Ziel hatte sich nicht geändert: Der Keller. Verletzung hin oder her, Geister, die ihn jagten oder nicht, er musste die Sache beenden. Ob sie nun mit seinem Tod endete oder er diesem Haus die Gespenster austrieb – beides waren Möglichkeiten, mit denen er sich anfreunden konnte.

Das Tagebuch ließ er liegen. Er hatte sich endgültig von dem Glauben verabschiedet, Ramona oder ihre

Worte könnten ihm irgendwie helfen. Diese Zeit war vorbei, jetzt kam die des Kampfes.

Robert lag noch am Boden und Yannick fragte sich, ob er womöglich tot war. Ohne es zu überprüfen, stieg er über ihn hinweg und schlich zur Tür. Er legte ein Ohr daran, als er nichts hörte, öffnete er sie und trat auf den Flur. Draußen war es bereits dunkel und er vermutete, dass der Großteil des Personals Feierabend gemacht hatte. Er wagte die ersten Schritte und dachte: *Wenn sie mich erwischen, dann erwischen sie mich eben und ich gebe mich kampflos geschlagen. Ich halte Ramona sogar meinen Hals hin, wenn sie ihn durchschneiden will, aber ohne zumindest einen einzigen Versuch gewagt zu haben, kapituliere ich nicht!*

Eine Hand auf die Wunde gepresst und in der anderen den angespitzten Knochen, schlich er in die Eingangshalle. Niemand bewachte den Eingang. Die Empfangsdame war fort. Sehr fahrlässig, wie er fand. Als er einen Blick auf die Ausgangstür warf, nahm er seine Meinung zurück. Von innen war ein Stahlgitter herabgelassen worden. Selbst wenn Yannick sich strecken würde, könnte er den Türgriff nicht erreichen. Für ihn war eine Flucht unmöglich. Es war nicht wie in Ramonas Vision, dass er einfach durch die Tür treten konnte.

Er lief um den Tresen und zuckte bei jedem Schritt zusammen. Auf dem Marmorboden quietschten seine Schuhe. Als er den Tisch absuchte, fand er ebenfalls kein Telefon. Hatte er die Rezeptionistin nicht telefonieren sehen? Verzweifelt versuchte er, sich zu erinnern. Es gelang ihm nicht. Je länger er hier war, desto durchlässiger wurde sein Gedächtnis. Auch Details seines Lebens vor der Anstalt begannen zu verblassen. Ebenso die Gesichter der Menschen, die er liebte. Dass Lola rote schulterlange Haare hatte, wusste er noch, aber er bekam kein komplettes Bild von ihr. Und das, obwohl er heimlich mehr Gefühle für sie hegte als sie für ihn.

Vor Wut trat er gegen den Mülleimer. Das Geräusch schepperte durch die verwaiste Halle. Yannick fuhr zusammen, fürchtete jedoch nicht, dass ihn jemand hören könnte, denn er wurde längst beobachtet. Auf ihm ruhten etliche Augenpaare, die zu Körpern gehörten, die Zeit und Zerfall erlegen waren. Es waren tote Menschen, die in den Ecken hockten. Er hörte sie atmen, manche keuchten, anderen scharrten mit ihren Fingernägeln an den Wänden oder auf dem Boden. Sie lauerten darauf, sich auf ihn zu stürzen. Worauf warteten sie? Auf den Befehl des Schattenwesens? Er nahm allen Mut zusammen und ging auf die Suche. Er musste den Keller, in dem er angeblich nicht an einen Stahltisch gekettet worden war. Die Geister folgten ihm und lenkten ihn in eine Richtung. Sobald er gefunden hatte, was sie wollten, würde das Chaos beginnen.

Kapitel 26

»Nein!«, schrie Lola. »Nein, bitte, lass ihn in Ruhe!«

Die Bohrmaschine verharrte knapp vor Christophs Knie. Franz war kurz davor, die Kniescheibe zu durchbohren.

»Dann verrat uns, wo er ist!«, forderte Pavlo.

»Genau, süße, kleine Lola, sag uns, wo er ist, dann lasse ich deinen Freund sofort frei«, sagte Franz.

»Er lügt! Hör nicht auf ihn!« In Christophs Augen entdeckte sie Trauer und Wut, aber auch den eisernen Willen, nicht aufzugeben. Von ihr erwartete er das Gleiche. Jedoch war ihre Grenze fast überschritten. Es fehlte nicht mehr viel und sie würde Yannicks Aufenthaltsort herausschreien.

»Nun? Was ist?«, fragte Franz. Als sie nicht reagierte, drückte er den Knopf der Bohrmaschine. »Du hast es nicht anderes gewollt, meine kleine, süße ...« Bevor er weitersprechen und den Bohrer in Christophs Knie rammen konnte, wurde eine Tür aufgestoßen. Eine Frau kam auf Franz zu und gab ihm einen flüchtigen Kuss. War das seine Freundin?

»Was ist, Donna? Hatte ich nicht gesagt, du sollst mich nur in Notfällen ...«

»Das ist einer!«, unterbrach sie ihn. »Du kannst aufhören. Ich weiß, wo er ist.«

»Woher?« Er schaltete die Bohrmaschine ab.

Lola atmete erleichtert auf.

Donna brachte ihren Körper in Pose, drückte die Oberarme aneinander und quetschte ihren Busen zusammen, bis er beinahe aus ihrer Bluse fiel. »Du hast deine Methoden und ich habe meine. Ich habe dir doch von dem Doktor erzählt, den ich aus meiner wilden Zeit im horizontalen Gewerbe kenne. Er schuldete mir einen Gefallen, den ich heute eingefordert habe. Ich habe über Skype mit ihm telefoniert, meine Babys in die Kamera gestreckt und ihm versprochen, ihn nächste Woche zu besuchen. Hat sich gleich einen runtergeholt, der Arme. Schien mächtig Druck zu haben.« Sie kicherte. »Jedenfalls hat der liebe Onkel Doktor einige Anrufe für mich erledigt und hat sich gerade zurückgemeldet. Yannick sitzt in der Seelenheil-Klinik in Bielefeld.«

Franz lachte und ließ die Bohrmaschine achtlos fallen. »Hätte ich vorher um deine Kontakte gewusst, hätte ich mir das hier sparen können.«

»Du hast ja nicht gefragt.«

»Dann könnt ihr uns ja jetzt gehen lassen«, murmelte Christoph.

»Was hast du gesagt?« Franz trat auf ihn zu und hielt sich eine Hand hinter das Ohr.

»Dann könnt ihr uns ja jetzt gehen lassen«, wiederholte Christoph.

»Tut mir leid«, meinte Franz schulterzuckend. »Ich kann euch nicht gehen lassen. Jedenfalls noch nicht. Erst will ich Yannick haben. Danach können wir neu verhandeln.«

Lola lachte. Sie wusste nicht, wo es herkam, aber es klang dreckig und laut.

Donna stürzte auf sie zu und schlug ihr in den Unterleib. »Was gibt es da zu gackern, Bitch?«

Ihr Lachen ging in ein Stöhnen über. »Ihr lasst uns so oder so nicht frei. Das ist mir bewusst. Wenn ich schon in den nächsten Stunden sterben muss, will ich das lachend tun.«

Donna holte wieder aus, Franz stoppte sie. »Schluss jetzt! Hier wird nur geschlagen und gelacht, wenn ich das sage! Haben wir uns da verstanden?«

Donna nickte artig und starrte Lola kalt an.

»Macht sie los und ab in den Transporter mit ihnen. Ihr zwei kommt mit, die anderen bleiben hier«, gab Franz Befehle und stand selbst untätig herum. In Christophs Erzählungen aus der Knastzeit hatte dieser Mistkerl eher wie ein Kleinkrimineller gewirkt, der ab und an eine Waffe verkaufte. Hatten sie es mit einer Gang zu tun?

Pavlo nahm erst Christoph, dann Lola vom Haken und trug sie nacheinander zum Auto. Dieses Mal verzichteten sie darauf, ihnen Säcke über die Köpfe zu ziehen. Pavlo stieß sie in den hinteren Teil des Wagens, sie landete auf etwas Hartem, das sich in ihr Steißbein bohrte. Beim genaueren Hinsehen stellte es sich als Wagenheber heraus.

Franz, Pavlo und die kaltherzige Donna nahmen vorn Platz. Erst kam es Lola leichtsinnig vor, dass sie Christoph und sie unbewacht hinten im Auto liegen ließen, aber als sie versuchte, sich zu bewegen, konnte sie es nicht. Das Seil um Arme und Oberkörper gab ihr keinen Spielraum. Nur die Beine hatten ein klein wenig Bewegungsfreiheit. Doch selbst wenn sie mit den Füßen etwas hätte bewirken können, hätten Pavlos Kontrollblicke jeden Befreiungsversuch unterbunden.

»Wie geht es dir?«, flüsterte sie Christoph zu. Durch das brummende Motorengeräusch bekamen ihre Entführer nichts mit.

Auch er sprach leise: »Der Fuß tut höllisch weh. Ich weiß nicht, ob ich laufen kann.«

Und ich weiß nicht, ob du jemals wieder die Gelegenheit dazu bekommst, dachte Lola und verabscheute sich für diesen Gedanken. Es war typisch für sie, aufzugeben. Das tat sie schon seit ihrer Kindheit. Nie hatte sie sich gegen den gewalttätigen Vater gewehrt, nicht einmal den Versuch gestartet. Sie war ein Opfer und sie würde immer eines sein, wenn sie nicht bald etwas unternahm – aber was?

»Wir müssen entkommen«, sagte sie.

»Und wie? Wir sind gefesselt, ein paar meiner Zehen sind gebrochen und wir sitzen in einem fahrenden Wagen voll krimineller Wichser. Die Chancen stehen schlecht.«

»Wieso hast du nie erzählt, wie gefährlich dieser Typ ist, und hast Yannick seine Nummer gegeben? Bist du verrückt?« Sie hatte ihm eigentlich keine Vorwürfe machen wollen, aber sie kamen einfach aus ihr heraus.

»Denkst du etwa, ich hätte unserem besten Freund Franz' Nummer gegeben, wenn ich gewusst hätte, dass er sich derart verändert hat?« Seine Stimme schwoll an und Pavlo drehte sich zu ihnen um.

»Schnauze dahinten!«, forderte der und fuhr mit dem Gespräch fort, das er mit Donna und Franz, der den Wagen lenkte, führte.

Christoph wartete ein paar Sekunden und flüsterte: »Damals im Gefängnis war er nicht so wie heute, er scheint tiefer ins Milieu abgerutscht zu sein. Bitte, du musst mir glauben. Außerdem hätte keiner von uns ahnen können, dass die Geschichte solch einen Verlauf nimmt.«

Lola nickte und dachte an den Augenblick, als sie die Nachricht von Theodors Tod erreichte und dass Yannick indirekt schuld war. Sie hatte gewusst, dass dieser Tag ihr gemeinsames Leben verändern würde. Vorbei waren die Zeiten, an denen sie lässig am See gelegen oder wenn sie in Christophs Wohnung gechillt und einen Joint geraucht hatten. Das waren die schönen Momente gewesen. Sie dauerten an, solange Lola mit ihren Freunden zusammen war. In der Schule und zu Hause bei ihrem Vater war es mit dem Lachen, den grünen Wiesen und den rosa Schweinchen, die dank des Marihuanas über ihrem Kopf schwebten, vorbei und sie sah der harten Realität ins Auge, meist in Form der Faust ihres Vaters. Aber auch das war jetzt Geschichte. Diese Verbrecher hatten ihn erschossen.

Lola wusste nicht, wie lange sie schon unterwegs waren. Es kam ihr vor wie Stunden. Sie rechnete jeden Moment damit, dass sie anhalten und sie hinrichten würden, als Pavlo unerwartet schrie: »Da ist es! Seht ihr?«

»Tatsache!« Franz lachte und der Wagen stoppte.

Hatten sie den Wald erreicht, in dem niemand ihre Leichen finden würde?

»Ganz schön groß für eine Klapse«, stieß Donna aus. In Lola machte sich Hoffnung breit. Waren sie bei der Klinik? »Was machen wir mit den beiden?« Die Verbrecherbraut drehte sich um und starrte Lola an. »Lassen wir die hier?«

Franz legte die Hände am Hinterkopf zusammen. »Wir nehmen sie mit. Die kleine, süße Lola scheint ein gerissenes Biest zu sein. Wir wollen doch nicht, dass sie einen Weg aus dem Transporter findet.«

»Und wie willst du mit denen da reinkommen?«, merkte Donna an. Kein unberechtigter Einwand, wie Lola fand. Als Christoph und sie Yannick besucht hatten, war ihr die Seelenheil-Klinik wie eine Festung vorgekommen. Wachen am Eingang, Schäferhunde, die einem nachstierten, und überall Personal, das einen kritisch beäugte.

Aber sie war sich leidlich bewusst, dass dieser Franz hineinfinden würde, selbst wenn das hieß, jeden auf dem Weg umzulegen.

»Seid schön brav.« Pavlo kam zu ihnen nach hinten, löste die Fußfesseln und führte erst den humpelnden Christoph, dann Lola aus dem Wagen.

»Kommt schon«, flüsterte Franz und lief geduckt über die Straße. In seiner Hand hielt er eine Pistole. Wie viele Menschen würden sterben, bevor dieser Mann Ruhe gab? *Mindestens drei*, dachte sie, *Yannick, Christoph und ich. Alles darüber hinaus ist das Sahnehäubchen …*

Sie blieben vor dem Zaun stehen. Franz deutete mit einer Handbewegung an, dass sie sich ducken sollten. Lola gehorchte, verlor dabei die Balance und landete auf ihrem Hintern.

»Verdammt, hilf ihr, Donna«, gab der selbst ernannte Boss der Duisburger Unterwelt seiner Untertanin den Befehl.

Donna parierte. Sie zog Lola an dem Seil hoch und half ihr, das Gleichgewicht zu behalten.

Sie versprach, ihr Bestes zu geben, was Franz sichtlich freute. Grinsend deutete er mit der Pistole auf sie. »Braves Mädchen. Wenn du und dein Kollege machen, was wir euch sagen, geschieht euch nichts und ihr könnt gehen, sobald wir Yannick haben.«

Sie wollte ihm glauben, das wollte sie wirklich, aber der Glanz in seinen Augen und Donnas leises Kichern sagten Lola etwas anderes.

»Gut, folgender Plan«, begann Franz. »Wir umrunden den Zaun, schauen, ob jemand Wache hält, und suchen uns einen geeigneten Platz, um drüberzuklettern.«

Lola sah schon das nächste Problem: Wie sollten sie mit gefesselten Armen über etwas steigen?

Das fiel auch Franz auf. »Wir müssen die Arme der beiden losbinden, also volle Aufmerksamkeit.«

Das Gebäude lag in vollkommender Dunkelheit. Es war seltsam, dass nicht ein einziges Licht hinter einem der Fenster leuchtete. Es musste doch eine Nachtwache oder Ähnliches geben.

»Bist du dir sicher, dass wir sie mitnehmen sollen?«, merkte Donna an. Franz glaubte, alles mit seiner Waffe regeln zu können.

Er hob sie hoch und sagte: »Die wird sie unter Kontrolle halten.«

»Wenn du meinst …« Donna war skeptisch.

Franz ignorierte sie, wandte sich an Christoph und deutete auf seinen Fuß. »Schaffst du das?«

Ihr Freund nickte. Lola sah ihm an, dass er log. Höllische Schmerzen plagten ihn und er hielt nur wegen ihr und Yannick durch. »Ich bekomme das schon hin«, bestätigte er und versuchte zu lächeln.

»Wenn wir uns einig sind, können wir ja endlich loslegen.« Franz verdrehte die Augen. »Du, Pavlo, passt auf meinen besonderen Freund Christoph auf, und Donna kümmert sich um die Kleine. Dann sollte alles glattgehen.« Er schlich geduckt voran.

Sie folgten ihm. Lola hätte am liebsten laut gerufen und die Wachen innerhalb der Mauern gewarnt, dass drei Möchtegern-Gangster dabei waren, einen Weg in die Anstalt zu suchen. Aber sie hielt sich zurück. Zum einen, da sie fürchtete, erschossen zu werden, und zum anderen, weil sie guter Dinge war, dass sie so oder so geschnappt werden würden. Das Gebäude war bei ihrem Besuch zu stark bewacht gewesen. Es war unmöglich, dass sie ungesehen hineingelangten. Geschweige denn, dass sie Yannick fanden. Selbst Lola, die am Tag hier gewesen war, konnte sich nicht mehr an den Weg erinnern, den sie zum Besucherraum genommen hatten.

Es dauerte einige Zeit, bis sie das Gelände komplett umrundet hatten. Lola war kein Bereich aufgefallen, der sich besonders zum Übersteigen eignete. Franz war da anderer Meinung.

»Ich schlage vor, wir steigen hinter dem Haus über den Zaun. Von da aus können wir uns direkt zwischen den Bäumen verstecken. Einwände?«

Niemand sagte etwas, alle gehorchten dem Großmeister Vollarsch.

Sie schlichen zurück, bis sie zu der Stelle kamen, die Franz meinte. Lola glaubte, dass es nur eine Frage der Zeit war, bis sie entdeckt wurden.

Zuerst kletterte Pavlo rüber, dann folgten Christoph, Donna, sie selbst und als Schlusslicht der Chef der Truppe.

»Los, verstecken!«, zischte Franz.

Sie gingen hinter den Bäumen in Deckung.

»Kannst du was erkennen?«, fragte Franz Pavlo.

»Nein, Boss, die Luft ist rein.«

»Gut, siehst du das Fenster da unten links? Ich glaube, das ist nur angelehnt. Renn hin und schau, ob wir da reinkommen.«

»Wird gemacht!« Pavlo gehorchte wie ein Schoßhündchen und rannte zum Gebäude. Lola spannte sich an. Sie wartete auf die Rufe einer Wache oder das Bellen eines Hundes. Nichts geschah. Ungehindert konnte er das Fenster öffnen.

Er winkte sie herbei. Donna trieb sie an: »Los, lauf, Häschen!«

Wenn Lola könnte, würde sie der blonden Frau an den Haaren ziehen und ihr ein paar Büschel herausreißen.

Geduckt liefen sie in einer Reihe zu Pavlo. Schneller und unkomplizierter, als Lola gedacht hatte, standen sie kurz darauf zu fünft in einem dunklen Raum der Klinik. Es roch nach kranken Leuten und sterilen Flüssigkeiten – fast wie in einem Krankenhaus.

Donna zerrte sie am Arm mit sich. Pavlo öffnete eine Tür und zeigte an, dass die Luft rein war.

Sie traten auf einen Flur, den Lola nicht kannte. Allerdings bezweifelte sie, dass sie überhaupt etwas wiedererkennen würde.

Nach ein paar Metern gingen sie um eine Ecke und plötzlich zischte Franz: »Runter!«

Kurz nachdem sie unter einem Fenster in Deckung gegangen waren, traf ein von draußen kommender Lichtkegel die gegenüberliegende Wand. *Eine Wache!*, dachte Lola. Ohne, dass etwas geschah, verschwand das Licht und damit ihre Hoffnung, das Ende ihres Martyriums erreicht zu haben.

»Ich sehe nach!«, flüsterte Franz.

In dem Moment, als er den Kopf hob, kehrte das Licht zurück, traf sein Gesicht und wanderte weiter. Er erstarrte. Lola rechnete mit lauten Rufen und Wachen, die zu Hilfe eilten. Nichts passierte. Alles blieb ruhig, bis Franz endlich mit ihnen redete. Doch das, was er sagte, schickte ihr eine Gänsehaut über den Körper.

»Was zum Teufel ist los? Was geht da vor? Leute, schaut euch das an!«

Als Lola zum Fenster hinausschaute, wünschte sie sich, sie wäre unten geblieben und hätte sich in sich selbst verkrochen. Denn das, was sie sah, konnte nicht real sein. Aber sie sahen es alle, nicht wahr? Also musste es sich genauso ereignen, wie ihre Augen es ihr zeigten.

»Was ist das?«, fragte Pavlo. Er klebte mit der Stirn an der Scheibe und sein Atem ließ das Glas beschlagen.

»Ich weiß es nicht«, gab Donna zurück und der Griff ihrer Hand um Lolas Handgelenk lockerte sich.

Jetzt wäre der perfekte Zeitpunkt für eine Flucht, doch weder sie noch Christoph waren in der Lage, sich zu bewegen.

»Wie kann ein Mensch laufen, wenn er so aussieht?« Franz deutete auf das Mädchen.

Niemand hatte eine Antwort. Aber er hatte recht. Hinter einem Wachmann stand ein Mädchen. Ihr Alter konnte Lola nicht schätzen. Dass sie unmöglich hätte leben dürfen, wusste sie hingegen. Ihr Körper war mit Wunden übersät, die aussahen, als hätten wilde Tiere Fleischbrocken aus ihr herausgerissen. Und das tödliche Ende dürfte der Verlust der Kehle gewesen sein. Doch trotz der Verletzungen stand sie hinter dem Wachmann und legte eine zierliche, zerfetzte Hand auf seine Schulter. Er wirkte wie erstarrt.

»Scheiße, wir müssen ihr helfen!«, stieß Lola hervor und spürte sofort Donnas unnachgiebigen Griff.

»Der ist nicht mehr zu helfen«, flüsterte die. »Schau ihr in die Augen, dann weißt du es. Sie sagt es dir.«

Lola hatte bereits an der Zurechnungsfähigkeit des Dreiergespanns gezweifelt. Jetzt hielt sie vor allem Donna für endgültig durchgeknallt.

Dennoch konnte sie nicht dagegen ankämpfen, genau das zu tun, was Donna ihr gesagt hatte. Sie schaute dem Mädchen in die Augen. Dort fand sie Tod, Schmerz und unendliche Dunkelheit. Es dauerte nur einen kurzen Augenblick und Lola wusste, wer sie war und was mit ihr geschehen war. Denn sie zeigte es ihr. Ihr Name war Ramona und sie war lange tot. Ihr Leben hatte auf grausame Weise ein Ende gefunden.

Als sie den Wachmann losließ, fiel er wie ein nasser Sack zu Boden. Das Mädchen – der Geist – kam auf das Fenster zu, hinter dem Lola und die anderen standen. Da wusste sie, dass ihr Leben bald ein Ende finden würde. Allerdings nicht so, wie sie gedacht hatte. Es würde keine Kugel sein, die ihren Schädel durchschlug, stattdessen stünden ihr Qualen und unaussprechliches Grauen bevor, beigebracht von Wesen wie diesem Mädchen. Wie Lola jetzt sah, waren es viele. Sie traten aus den Schatten und kamen auf sie zu.

Kapitel 27

Yannick war allein. Kaum hatte er die Stufen zum Keller betreten, waren die Geister verschwunden. Ihm war es recht. Zwar hatte er sich an ihre Anwesenheit gewöhnt, aber angenehm war es deshalb noch lange nicht.

Er stieg eine gewundene Treppe hinab. Die Luft wurde stickiger und wärmer, statt kühler, wie man es bei einem Keller erwartete. Als er an der ersten Tür ankam, wusste er, warum. Hinter ihr befand sich laut Schild der Heizungskeller.

Als er weiterlief, kam an Türen mit Aufschriften wie ›Lager‹, ›Wäscherei‹ und ›Archiv‹ vorbei. Beim Archiv stoppte er. Nicht freiwillig. Ihm kam es vor, als wäre er gegen eine unsichtbare Wand gelaufen.

Er drückte die Klinke herunter. Nichts geschah. Es war abgeschlossen. Sein Gefühl sagte ihm, dass er hinter dieser Tür etwas finden würde, das ihm weiterhalf. Nur, wo war der Schlüssel?

Was ihn aufgehalten hatte, verschwand. Er ging weiter, bis er an einer Stahltür mit der Beschriftung ›Isolation‹ ankam. Als er durch das Sichtfenster spähte, entdeckte er den Mann, der über ihn gewacht hatte, als er hier festgehalten worden war. Dieser Typ, der erst ausgesehen hatte wie Quasimodo und danach das Aussehen eines Surferboys angenommen hatte.

Yannick riss die Tür auf und stürzte sich auf Manfred. Es fühlte sich an, als steuere nicht er selbst seinen Körper, sondern jene unsichtbare Macht, die ihn schon länger unter Kontrolle hatte. Yannick musste tatenlos mit ansehen, wie er seine Hand hob und mit einem Ruck dem Pfleger den angespitzten Knochen in den Hals rammte.

Yannick zog den Knochen aus dem Fleisch. Ein dünner Blutstrahl spritzte aus dem Einstich, färbte die Wand rechts neben ihm tiefrot.

»Scheißkerl!«, schrie Manfred. »Das wirst du bereuen!«

Yannick bezweifelte, dass der Mann seine Drohung in die Realität umsetzen würde. Nach und nach sickerte mehr Lebenssaft aus seinem Hals. Nicht lange und er würde verbluten.

»Haben Sie den Schlüssel zum Archiv?«

»Was willst du? Den Schlüssel?« Manfred hustete. Aus seinem Mund floss rot gefärbter Speichel und rann ihm übers Kinn. »Hol lieber einen Arzt! Ich verrecke!«

»Recht so.« Quasimodos Schicksal interessierte ihn nicht im Geringsten. Er wollte, nein, er brauchte bloß den Schlüssel. »Haben Sie ihn denn?«, fragte er und fügte hinzu: »Wenn Sie ihn mir geben, rufe ich einen Krankenwagen.«

»Abgemacht! Und es tut mir leid, dass du hier unten schmoren musstest. Wird nicht wieder vorkommen!« Geschwächt zog er einen Schlüsselbund von seinem Gürtel und reichte ihn Yannick. »Das kannst du mir glauben! Wenn du mir hilfst, bekommst du eine Sonderbehandlung!«

Yannick nahm den Schlüsselbund an sich. »Ich brauche keine Sonderbehandlung, ich bin gesund!«, rief er und stürzte sich erneut auf Manfred. Diesmal mit dem Ende, dass der angespitzte Knochen aus Manfreds linkem Auge ragte und sein Körper nach ein paar Zuckungen regungslos auf dem Stuhl hing.

Mit einem Ruck zog er die provisorische Waffe heraus, schnappte sich den Schlagstock des Pflegers und wollte gehen, als ihm einfiel, dass er einmal in den Isolationsraum schauen könnte. Er entdeckte eine Frau, die auf dem Stahltisch festgebunden war. Auch wenn er ihr hätte helfen wollen – es war zu spät. Der dicke Geist und seine dürre Partnerin beugten sich über sie. Insekten und verfaultes, menschliches Gewebe fielen auf ihren Leib. Bevor er mit ansehen musste, was sie mit ihr anstellten, rannte er zurück zum Archiv.

Es hingen mehr als zehn Schlüssel an dem Bund. Bis er den richtigen gefunden hatte, vergingen ein paar Minuten, in denen er sich fragte, warum er sich vor dem dicken Geist ängstigte, wenn er doch selbst kein Stückchen besser war. Soeben hatte er einen Menschen getötet. Wenn man es genau nahm, war es sein zweites Opfer. Und da fürchtete er sich vor einem schwabbeligen Etwas, das eine wehrlose Frau tötete? Yannick lachte. Allmählich glaubte er, an dem Ort zu sein, an den er gehörte. Denn er war verrückt. Seine Sicherungen brannten durch. Wenn ihn niemand stoppte, würde er weiteres Unheil anrichten.

Er öffnete die Tür. Der Geruch von altem Papier und feuchten Wänden empfing ihn. Es standen zehn bis obenhin mit Akten vollgestopfte Regale im Kellerraum. Wo sollte er anfangen? Die unsichtbare Macht gab ihm die Antwort. Sie zog ihn nach rechts und er blieb vor einem Ordner mit der Aufschrift ›1994‹ stehen. Das Jahr, in dem das Massaker stattgefunden hatte. Schnell blätterte er ihn grob durch. Alles, was er bis jetzt erfahren hatte, stand dort drin. Sie hatten es vertuscht, nichts war davon an die Öffentlichkeit gedrungen.

Etwas schob ihn ein Stück nach links und befahl ihm, sich eine Akte von 1974 zu nehmen. Zwanzig Jahre vor dem Blutbad. Er öffnete sie. Es fielen mehrere Fotos einer anderen Bluttat heraus. Auf einem sah man drei aufgeschlitzte Menschen, die wie ein Sandwich übereinandergestapelt waren. Auf einem anderen eine enthauptete Jugendliche. Das ging so weiter, und als er den Text dazu las, verstand er, dass sich 1974 Ähnliches abgespielt hatte wie zwanzig Jahre später. Dieses Mal war es eine Frau gewesen, die acht Patienten und sich selbst hingerichtet hatte, ohne dass einer sie aufgehalten hätte.

Wieder wurde er wie ein Spielball weitergeworfen. 1954, ein neuer Ordner, ein weiteres Massaker. Nach und nach erkannte er das Muster: Alle zwanzig Jahre ereignete sich in dieser Anstalt ein Unglück. 1954 war es zwar ein Feuer, das neun Menschen das Leben kostete, aber es waren dennoch unschuldige Seelen, die gewaltsam in den Tod gerissen wurden. Die Person, die den Brand in der Küche gelegt hatte, wurde ebenfalls getötet.

Als Yannick zu einem Aktenordner von 1934 geschoben wurde, wusste er, dass er den Anfang gefunden hatte. Hier hatte es begonnen und ein Ende war nicht in Sicht. Er schlug die Akte auf. Das Schwarz-Weiß-Bild eines Mannes lag obenauf. Es war offensichtlich, dass er tot war: Die Augen fehlten, die Ohren waren abgeschnitten und die Kehle war bis auf den Knochen durchtrennt worden. Hatte jemand diesem Mann das angetan, weil er nichts sehen, nichts hören und nicht sprechen sollte? Hatte er etwas erfahren, was nicht für ihn bestimmt gewesen war? Wer hatte ihn umgebracht und weshalb?

Dass er je Antworten auf diese Fragen erhalten würde, bezweifelte er. Ihm blieb nur noch wenig Zeit. Es ging mit ihm zu Ende. Und er würde nicht allein gehen. Er würde die mitnehmen, die ihm im Weg standen, ob Freund oder Feind. Sie alle mussten sterben. Für ihn, für den ersten Geist, der hier sein Zuhause gefunden hatte. Etwas flüsterte in Yannicks Ohr, dass der Mann auf dem Foto das Schattenwesen war. Ein Rachegeist, der in regelmäßigen Abständen alles vernichtete. Und er hatte sich seine Marionette ausgesucht.

Yannick drehte sich um, lief zurück zur Isolationszelle. Die Frau lebte noch. Der Dicke hatte sie nicht angerührt. Yannick ging zu ihr, befühlte die Spitze des Knochens mit dem Daumen. Als er neben ihr stand, bemerkte er etwas an der gegenüberliegenden Wand. Es hatte leuchtende Augen. Der Körper erinnerte an Rauch. Es war das Schattenwesen, das ihn mit seinen roten Augen anstarrte. Mit einer Handbewegung brachte es Yannick dazu, den Knochen an die Schläfe der Frau zu drücken. Als die Spitze gemächlich eindrang, wusste er, dass er keine Kontrolle mehr über das hatte, was in den nächsten Stunden geschehen würde. Er wusste nur, dass es das Ende einiger Leben und das seines eigenen bedeutete. Ein neues Massaker nahm seinen Anfang.

Kapitel 28

»Weg hier!«, brüllte Franz und stürmte davon. Auch Donna und Pavlo verschwanden, ohne auf Christoph oder sie zu achten. Lola wusste nicht, ob sie sich darüber freuen sollte. Denn statt dreier Krimineller standen sie einer Armee Untoter gegenüber.

»Was ist hier nur los?«, schrie Christoph, packte sie am Handgelenk und zog sie mit sich. »Wir müssen sofort raus!«

Sie rannten zurück in den Raum, durch dessen Fenster sie das Haus betreten hatten.

»Was zum Teufel …«, setzte er an und verstummte. Jetzt befand sich dort eine Wand, und wie sie schnell merkten, waren die anderen Fenster verschlossen. Die Griffe ließen sich nicht bewegen.

»Geh zur Seite!« Er nahm einen Stuhl und schlug damit gegen die Scheibe. Nichts geschah. Es entstand nicht der kleinste Riss.

»Versuchs noch mal!«

Er schwang den Stuhl erneut. Anstatt die Scheibe zum Bersten zu bringen, zerfiel der Stuhl in seine Einzelteile.

»Ist das bruchsicher?«, fragte Lola.

Christoph betastete das Glas. »Ich glaube nicht. Etwas hindert uns daran, rauszukommen.«

Nicht etwas, sondern die!, dachte Lola und ihr lief ein Schauer über den Rücken. Sie hatte schon bei ihrem Besuch gespürt, dass in diesem Haus irgendetwas nicht mit rechten Dingen zuging. Der Mann im Internet hatte Ähnliches berichtet.

»Und jetzt?«

Christoph behielt eins der Stuhlbeine und schwang es wie eine Waffe. »Wir suchen einen anderen Weg. Irgendwie müssen wir doch rauskommen.«

Schützend legte er ihr einen Arm um die Schultern. Gemeinsam traten sie auf den Flur. Lola fühlte sich schutzlos ausgeliefert.

»Hier lang!« Er zog sie nach links.

Bei jeder Tür und jedem Fenster, versuchten sie ihr Glück. Alles war verschlossen und bruchsicher geschützt.

Sie rannten, immer weiter, Treppen hinauf, Treppen hinunter, Gänge entlang, um Ecken. Nirgends gab es die Chance auf eine Flucht. Sie saßen in der Falle.

»Ich kann nicht mehr!« Keuchend blieb Lola stehen und stützte die Hände auf die Oberschenkel.

»Los, wir müssen es versuchen!«

»Wir kommen hier nicht raus«, sprach sie das aus, was sie beide längst dachten. »Wir werden in diesem Gebäude sterben, Chris.«

»Das akzeptiere ich nicht!« Er packte ihren Arm und zog sie hinter sich her. »Das muss ein schlechter Scherz sein. Geister gibt es nicht, verdammt noch mal! Das waren irgendwelche Bekloppten, die sich verkleidet haben.« Aber er wusste es besser, das merkte sie ihm an.

»Du weißt, dass es Gespenster sind. Sind sie auch in deinem Kopf?«

Christoph fuhr sich mit der Hand durchs verschwitzte Haar. »Ja, verflucht.« Er schlug mit dem Holzbein gegen die Wand. Es splitterte leicht. »Aber das kann nicht sein.

Wie geht das? Heute Mittag war das eine gut angesehene Klinik, in der unser Freund Genesung suchte. Wir fanden heraus, dass sich Gerüchte um diese Anstalt ranken. Dann wurden wir von ein paar Verrückten entführt und jetzt sind nicht mehr sie diejenigen, die uns nach dem Leben trachten, sondern Geister?«

»Zugegeben, das klingt schräg, doch wir müssen der Tatsache ins Gesicht blicken. Etwas Seltsames geht hier vor. Wenn wir schon nicht rauskönnen, müssen wir Yannick finden. Vielleicht weiß er, was hier los ist …« Lola machte eine Pause, ihr Mund wurde trocken. »Sollte er noch leben.«

»Das tut er!« Christoph zog sie an sich und nahm sie in die Arme.

Der kurze Moment, in dem sie sich in seiner Nähe geborgen fühlte, wurde von einem gellenden Schrei durchbrochen. Es war Donnas. Was sie dazu veranlasst hatte, wollte Lola lieber nicht herausfinden.

»Komm schon, wir müssen weiter!« Er zog an ihrem Arm. Während sie davonrannten, schrie Donna unaufhörlich weiter.

Sie liefen die Flure entlang, versuchten, Türen zu öffnen, die alle verschlossen waren, stiegen Stufen hinauf und hinunter. Ihr kam es vor, als rannten sie im Kreis.

Plötzlich war es still. Christoph blieb stehen. »Sie hat aufgehört zu schreien.«

Lola wusste nicht, was sie darauf erwidern sollte. Es war fraglich, ob es ein gutes Zeichen war, dass Donna verstummt war.

»Okay, los!« Er zog sie hinter sich her. Rechter Gang, linker Gang, eine Tür, eine kleine Treppe, wieder ein

Gang. Ihr wurde schwindelig, als er erneut stoppte und auf etwas deutete. »Da, Licht!«

Sie schaute an ihm vorbei. Da war eine geöffnete Tür, durch deren Spalt ein vager Lichtschein fiel. Vorsichtig gingen sie darauf zu. Dann knallte es hinter ihnen. Mit einem Satz standen sie vor der Tür, rissen sie auf und stürzten ins Zimmer.

»Was zum Teufel war das?«, fragte Christoph.

»Da hat jemand geschossen! Bestimmt Franz.«

»Auf wen hat er geschossen?«

Lola zuckte die Schultern. Woher sollte sie das wissen? Sie schaute sich um. Was sie sah, gefiel ihr überhaupt nicht. Akten und lose Blätter lagen durcheinander auf dem Boden neben einem massiven Schreibtisch und das Schlimmste: Ein Mann, groß, älteren Jahrgangs, lag bewusstlos am Boden. Er hatte einen weißen Kittel an. War er ein Arzt? Sie mussten ihn aufwecken. Vielleicht konnte er ihnen sagen, was hier los war.

»Hilf mir!«, forderte sie Christoph auf.

Vorsichtig wuchteten sie ihn auf einen Ledersessel.

»Sieh nach, ob du Wasser findest!« Leicht tätschelte sie die Wangen des Mannes. »Hallo? Wachen Sie auf! Bitte! Wir brauchen Ihre Hilfe! Hier ist irgendwas nicht in Ordnung!«

Er reagierte nicht. Sie gab ihm eine saftige Ohrfeige. Grunzend schlug er die Augenlider auf.

Christoph kam mit einer Flasche zurück. »Hier.«

Lola nahm sie entgegen, öffnete sie mit einem Zischen und schüttete den Inhalt über den Fremden.

»Was zum Teufel …?!« Mit einem Mal kehrte das Leben in ihn zurück. Er sprang auf und schüttelte sich wie ein Hund, der aus einem See kam. »Was ist los? Wer seid ihr?«

»Ich bin Lola, eine Freundin von Yannick. Das ist Christoph. Und wer sind Sie?«

»Wohl der Einzige von uns dreien, der die Berechtigung hat, in diesem Zimmer zu sein.« Verwirrt schaute er sich um. Es wirkte, als versuchte er, sich an etwas zu erinnern. »Ich heiße Robert Leipnitz und bin der leitende Psychiater hier. Duzt mich, wenn ihr wollt«, sagte er.

»Was ist passiert?« Sie deutete auf die Unordnung.

»Ganz ehrlich? Keinen Schimmer.« Der Doktor rieb sich den Hinterkopf. »Das Letzte, das ich weiß, ist, dass Yannick bei mir war und wir uns stritten – um das Tagebuch. Genau! Danach hat mich irgendwas von hinten gepackt. Und dann bin ich gerade aufgewacht.«

»Vielleicht war es einer von *denen*«, warf Christoph ein.

»Was willst du damit sagen?« Robert machte einen Schritt auf ihn zu. Christoph dafür einen zurück.

»Die Toten«, sagte Lola. »Das Mädchen mit der rausgerissenen Kehle und ihre Schar. Wir haben sie draußen auf dem Hof gesehen. Sie steuerte eine Wache wie eine Marionette.«

»Haben sie sich euch gezeigt?« Er wühlte auf dem Boden und suchte etwas. »Was macht ihr eigentlich hier?«

»Ist schwer zu erklären, später«, gab sie als knappe Antwort. Den Doktor interessierte es auch nicht mehr, als er fand, was er suchte.

»Da ist es ja!« Er hielt ein Büchlein in der Hand. Darauf stand das Wort ›Tagebuch‹.

»Was ist das?«, fragte Christoph.

»Ramonas Tagebuch.«

Lola lief es eiskalt den Rücken hinunter. Ramona. Das war das Mädchen mit der zerfetzten Kehle!

»Sie hat es geschrieben, als sie hier in Behandlung war. Aber das wäre jetzt meinerseits zu schwer zu erklären.« Als er weiterblätterte, erstarrte er plötzlich.

»Was ist?« Als er nicht reagierte, stellte sie sich neben ihn und schaute auf das, was ihn erschreckt hatte. Dort stand in brauner Schrift: *»Wir sind viele und wir werden dich kriegen!«*

»Was hat das zu bedeuteten?« Sie packte Robert am Kragen und schüttelte ihn. »In was für eine Scheiße sind wir hier geraten?«

Sein Gesicht war plötzlich blasser als zuvor. »Es ist so weit. Es beginnt. Und sie haben sich euren Freund ausgesucht, um das Unglück herbeizuführen. Ich hätte es wissen müssen …«

Kapitel 29

Diese Frau hatte endlich aufgehört zu schreien. Ihre Stimme hatte sich in Yannicks Ohren gebohrt. Er war froh, dass endlich Stille eingekehrt war, nachdem der Kerl ihr eine Ohrfeige verpasst hatte. Er kannte ihn, hatte ihn irgendwo schon einmal gesehen, konnte ihn jedoch nicht einordnen. Überhaupt war alles in seinem Kopf verschwommen, als bestünde der Inhalt nur noch aus breiiger Gedankensuppe.

Aber ein Gefühl sagte ihm, dass er dem einen Typen bereits begegnet war. Den anderen und die Frau kannte er nicht. Ihr Tod wäre also kein Verlust.

»Hör auf zu schreien, du Schlampe!«, fuhr der Mann sie an. »Pavlo, nimm Donna und halt sie unter Kontrolle!«

»Wir müssen weg, Franz«, flüsterte sie. »Sonst sterben wir.«

»Red keinen Unsinn!« Franz stellte sich dicht vor Donna und packte sie am Kinn. »Das ist irgendein blöder Scherz. Du glaubst doch nicht echt an Geister, oder?«

»Du hast sie gesehen«, nuschelte sie. »Und ich wette, du hast sie in deinem Kopf gehört. Wenn es dir noch nicht aufgefallen ist: Hier ist weder ein Angestellter noch kommen wir raus. Unsere Handys funktionieren nicht. Also sag mir nicht, dass das nur ein blöder Scherz ist!«

Franz ließ sie los. »Okay, angenommen wir sind nicht alle auf einem von Drogen verursachten Horrortrip, sondern das passiert wirklich. Was schlägst du vor? Und lass das Gekreische sein, vielleicht lockt das die Scheißdinger genau zu uns.«

Sie nickte. »Ist gut, ich habe verstanden!«, zischte sie ihn an.

»Wie gehen wir jetzt vor?«, fragte Franz erneut.

Yannick schätzte, dass er der Anführer der Bande war. Was machten die um diese Uhrzeit in der Klinik? Er wusste es sofort: Sie waren für die Geister hier, *sie* hatten sie hierhergeholt.

Pavlo zog eine Pistole. »Weitersuchen, würde ich vorschlagen. Wenn wir eins von den Dingern sehen, knallen wir es ab.«

Franz schüttelte den Kopf. »Mein Freund, das wird uns nichts nutzen. Das sind Gespenster, Mann, die kann man nicht erschießen. Die sind doch schon tot.«

Dümmlich betrachtete Pavlo die Waffe. Das war Yannicks Chance. Wie gebannt starrten alle auf das Schießeisen, sein Moment war gekommen. Schnell trat er um die Ecke, hinter der er sich versteckt hatte, und hielt den angespitzten Knochen vor sich. Bereit, sofort zuzustechen.

Als er knapp hinter Pavlo stand, hob er den Knochen und rammte ihn in seinen Nacken. Der Mann und seine Begleiter schrien. Es knallte. Ein Schuss hatte sich gelöst. Pavlo hatte den Abzug betätigt.

»Du Vollidiot hast Donna erwischt!«, rief Franz wütend.

Yannick erlebte alles wie in Zeitlupe. Stach begleitet von den Schreien der anderen immer wieder zu, bis Pavlos Hals perforiert war. Zuckend ging er zu Boden. Yannick verharrte keuchend über der Leiche.

»Verdammt, das ist Yannick!«, brüllte Franz und zeigte mit einem zitternden Finger auf ihn. Mit dem anderen Arm stützte er die verwundete Frau. Der Schuss hatte sie am Bein verletzt, sie winkelte es an.

»Das ist nicht *nur* Yannick«, flüsterte sie. Ihre Stimme zitterte so sehr wie Franz' Finger.

»Scheiße, was geht hier ab, Alter?« Der Mann machte ein paar Schritte zurück.

Yannick wusste genau, was sie sahen. Ihn und denjenigen, der neben ihm stand. Das Schattenwesen mit den leuchtend roten Augen. Durch den Geist bekam Yannick die Kraft das zu tun, was ihm aufgetragen worden war. Wie eine Marionette wurde er gesteuert. Das war nicht unangenehm, es fühlte sich gut an.

»Was ist das für ein Ding?«, fragte Franz.

Auf die Frage ging er nicht ein, verfolgte nur den Auftrag, den er für das Schattenwesen ausführen sollte. »Lauft, Häschen, lauft!«, sagte er lachend und hob den Knochen.

Schreiend liefen Donna und Franz um die nächste Ecke. Er hatte keine Eile, er würde sie finden. Sie konnten sich nicht mehr vor ihm verstecken. Yannick besaß jetzt die Macht, in ihre Köpfe und durch ihre Augen zu blicken. Kein Ort würde ihnen Sicherheit bieten. Sie waren verloren.

Kurz betrachtete er Pavlos Leib, entnahm seiner schlaffen Hand die Pistole und untersuchte sie eingehend. Sie gab ihm ein Gefühl, das er kannte. Irgendetwas erwachte bei dem Anblick. Aber er wusste nicht was. Hatte er einst selbst eine abgefeuert? Nein, geschossen hatte er damit nicht. Jemand anderes? Die Erinnerungen wollten sich nicht einstellen. Sie waren zu weit entfernt. Geschützt von einer undurchdringbaren Mauer, die das Schattenwesen errichtet hatte.

Er zog seinen Hosenbund enger, steckte die Waffe hinein und blieb wie angewurzelt stehen. Seine Beine gehorchten ihm nicht mehr. Seine Arme, die der Geist für ihn steuerte, erhoben sich. Die Handflächen legten sich auf seine Augen. Es wurde finster. Ein Ruck fuhr durch seinen Verstand. Er wurde seinem Körper entrissen, als seine Seele den Leib verließ. Wenige Augenblicke später befand er sich in Donna. Er sah durch ihre Augen. Sie bemerkte nicht, dass er da war.

»Was machen wir jetzt?«, flüsterte sie.

Yannick vernahm ein Scheppern, danach ein Fluchen – das war Franz. Er erkannte schnell, wo die Häschen sich versteckt hielten. Sie waren in der Küche. Ein kurzer Stich ging durch ihn. Eine Erinnerung war in seinem Innern vergraben. Sie hatte mit Angst zu tun.

Franz stand mit einer Pfanne in der Hand vor Donna.

»Du hast was?«, fragte sie.

»Meine Waffe verloren!«

»Das ist nicht dein Ernst, oder?«

Er nickte zögerlich. »Es ging alles so schnell. Ich dachte, ich hätte sie bei mir.«

»Das merkt man doch, wenn das Gewicht einer Pistole fehlt!«, legte sie nach. Sie presste eine Hand auf die Wunde an ihrem Unterschenkel, zwischen ihren Fingern quoll Blut hervor. »Und Pavlos hat jetzt der Irre. Hast du nicht gesagt, der wäre harmlos? Das würde ein total einfacher Job werden?«

Franz setzte sich Donna gegenüber. »Das war Yannick auch, bevor er eingewiesen wurde. Mann, der Junge hat sich zu Tode geängstigt, als er damals die Wumme gekauft hat. Du hättest ihn sehen sollen! Als dann sein Bruder durch die Waffe ums Leben kam, war er endgültig ein Wrack. Deshalb ist er ja in der Anstalt gelandet. Woher hätte ich wissen sollen, dass aus ihm ein durchgeknallter Killer wird, den eine Armee Untoter begleitet? Bis heute habe ich nicht an diesen übersinnlichen Quatsch geglaubt.«

»Ich auch nicht.« Sie klang versöhnlicher. »Dir gebe ich nicht die Schuld daran, jedenfalls jetzt nicht mehr. Das hätte niemand von uns ahnen können.«

Mit einem Ruck verließ Yannick Donnas Körper wieder. Seine Glieder kribbelten, als er in seinen zurückkehrte.

»Du weißt, was du zu tun hast«, flüsterte eine dunkle raue Stimme. Yannick fühlte einen kalten Hauch im Nacken. Seine Haare stellten sich auf.

Ja, er wusste, was er zu tun hatte, und er wusste, wohin er gehen musste: In die Küche, zwei Häschen schlachten.

Kapitel 30

»Was für ein Unglück?« Lola wandte sich Hilfe suchend an Christoph. »Wovon redet der Mann da?«

»Woher soll ich das wissen? Lass ihn doch aussprechen.«

Robert nickte ihm dankbar zu und hielt Ramonas Tagebuch hoch, als wäre es der Heilige Gral. »Seit Jahren suche ich nach einem Beweis für ihre Existenz. Niemand wollte mit mir darüber reden. Alle haben sich verschlossen. Bis Yannick kam. Er erzählte mir von Geistern, die ihn verfolgen. Dann hatte er dieses Buch bei sich. Es ist von einem Mädchen, das hier behandelt wurde. Sie hat jedes Detail über die Gespenster notiert. Ich habe nachgeforscht, was aus ihr geworden ist. Es gab einen Unfall mit den Wachhunden. Sie haben sie totgebissen.«

Lola erinnerte sich an die Fleischwunde an Ramonas Kehle und erzitterte vor Furcht.

Robert fuhr fort: »Das hätte ich wissen müssen: Sie können uns steuern! Und ich befürchte, das haben sie mit mir mehr als einmal gemacht und auch mit den Pflegern. Deshalb meinte Yannick, ich wäre der Hausmeister. Sie haben es ihn glauben lassen, weil sie mich und die anderen dazu brachten, uns genau so zu verhalten. Sie haben ihm den Weg zu Ramonas Tagebuch gezeigt. Endlich ergibt alles einen Sinn!«

Lola brummte: »Für dich vielleicht, ich verstehe nur Bahnhof. Allmählich fürchte ich, dass du kein Arzt, sondern einer der Insassen bist.«

»Kommt mit.« Mit zwei Schritten stand Robert an der Tür und drehte sich erwartungsvoll zu ihnen um.

»Wohin?« Während Christoph fragte, folgte er ihm bereits.

»In den Keller.« Robert kicherte. Damit kam er ihr erneut eher wie ein Verrückter als ein studierter Mann der Medizin vor. »Die Patienten munkelten, ich würde dort unten Versuche durchführen. Lächerlich. Ich habe mich da verkrochen, um nach den Geistern zu forschen, wie es vor mir schon jemand anderes getan hat.«

»Wer?«, wollte sie wissen, aber Robert trat durch die Tür und war verschwunden. Christoph warf ihr einen resignierten Blick zu und folgte dem Doktor.

»Scheiße«, seufzte sie und lief den beiden hinterher.

Als sie im Gänsemarsch die Eingangshalle durchquerten, überfiel Lola das Gefühl, beobachtet zu werden. Von allen Seiten. Nicht nur ihr erging es so.

Robert flüsterte: »Wir sind nicht allein.«

Lola verzichtete darauf, zu sagen: ›Ach wirklich? Habe ich überhaupt nicht bemerkt.‹

»Hier lang.« Robert winkte sie zu sich und verschwand fast vollständig aus ihrem Blickwinkel, nur der Hinterkopf war zu sehen. Die Kellertreppe. Irgendetwas in Lola weigerte sich, die Stufen zu betreten. Ein Gefühl sagte ihr, dass dort etwas auf sie lauerte und sie wusste nicht, ob sie diesem Etwas entkommen konnten, wenn sie sich in sein Domizil begaben.

»Jetzt komm schon!«, forderte Christoph sie auf und hielt ihr eine Hand hin. Sie ergriff sie. Sofort sträubte sich jede Faser in ihrem Körper, aber sie folgte ihnen.

»Was ist denn hier los?« Robert blieb stehen.

Der Doktor drehte sich nach links und verschwand. Dort lag ein Raum, auf dessen geöffneter Tür ›Archiv‹ stand.

Robert hockte am Boden und sammelte Ordner auf. »Das sind die Unterlagen zu den Massakern in der Seelenheil-Klinik und von dem Mord an …« Er brach ab und fuhr sich mit der Hand durch die ergrauten Haare.

»Massaker? Mord? Du machst mich wahnsinnig, Doc!« Lola drängte sich an Christoph vorbei, entriss ihm die Akten und blätterte sie durch. Darin befanden sich Fotos von aufgeschlitzten Menschen, verbrannten Opfern, geköpften Körpern und einem Mädchen, dessen zerfetzter Leib auf einem Obduktionstisch lag. War das Ramona?

»Das ist schrecklich!«, entfuhr es Christoph. »Was hat das zu bedeuten?«

»Und wer ist er?« Sie hielt Robert eine Schwarz-Weiß-Fotografie eines toten Mannes entgegen, die aus dem Ordner von 1934 stammte.

Robert stand seufzend auf und streckte die alten Knochen. »Das sage ich euch, sobald wir in meinem Labor sind. Nimm die Unterlagen mit, ich erkläre euch alles.« Mit gesenktem Kopf ging er an ihnen vorbei in den Flur.

Sie folgten ihm. Als sie an einer anderen Tür vorbeikamen, stoppte er, stützte sich an der Mauer ab, schwankte und drehte sich zu ihnen um. »Seht nicht in den Raum!«, forderte er. Aber schon, als sie darauf zugingen, wusste Lola, dass sie hineinsehen würde. Christoph hielt sich an die Anweisung, er starrte stur geradeaus. Sie selbst wandte den Blick nach rechts. Ein Mann hing schlaff auf einem Stuhl. An seinem Hals befand sich eine Wunde, aus der viel Blut ausgetreten war. Eines der Augen wirkte seltsam.

Als sie an dem Zimmer vorbei waren, fragte sie: »Wer war das? Was ist mit ihm geschehen?«

»Das war Manfred, unser Aufpasser in der Isolation. Ich habe diese Methode verurteilt und Frau Dohmen gesagt, dass ich solch einen Umgang mit Patienten für sehr fragwürdig halte. Darauf reagiert hat sie nie.« Wieder blieb er stehen, dieses Mal vor einer geschlossenen Tür, die er rasch aufschloss. »Und wer das getan hat, kannst du dir denken. *Sie* haben ihn unter Kontrolle.«

Das konnte sie, er meinte Yannick. Aber dass er diesen Mann umgebracht haben sollte, konnte sie sich beileibe nicht vorstellen.

»Kommt, schnell.« Er zog erst Christoph, dann Lola ins Zimmer und schloss die Tür.

Als würde das einen Geist aufhalten, dachte sie.

Ein paar ärztliche Instrumente standen herum, ein Operationstisch, ein Schreibtisch und an die hundert Aktenordner.

»Was ist das?«, fragte Christoph erstaunt.

»Mein Heiligstes.« Robert ging zum Schreibtisch und setzte sich darauf.

»Setzt euch auf den Tisch«, bat er.

Christoph und Lola nahmen Platz. Das Metall war unangenehm kühl, doch es war besser als nichts. Dank ihres Irrlaufs durch die Anstalt fühlten sich ihre Beine an, als wäre sie den Eiffelturm hinauf- und wieder hinuntergelaufen.

»Und jetzt nimm bitte den Ordner von 1934 und hol das Bild des Mannes heraus.«

Sie gehorchte. Traurigkeit überkam sie, als sie das entstellte Gesicht betrachtete. Die Augen und Ohren fehlten, die Kehle war durchgeschnitten.

»Wer ist das?«, fragte sie.

»Das ist wahrscheinlich mein Großvater väterlicherseits«, sagte er betrübt.

»Ach du Scheiße!«

»Da sagst du was.« Robert lächelte matt.

»Was hat dein Opa mit den Geistern zu tun? Wer hat ihm das angetan?«

»Immer schön der Reihe nach«, bremste er sie. »Wer ihm das angetan hat?« Er zuckte mit den Schultern. »Keine Ahnung.«

Sie las in dem Bericht nach. »Hier steht, Patienten wären das gewesen. War er auch Arzt?«

»Ja, das war er. Aber er wurde nicht von einem Patienten getötet, so viel weiß ich.«

»Also hat die Polizei falsch ermittelt?«

»Nein, es wurde vertuscht. Deshalb steht sein Name nicht drin. Eines Tages verschwand er einfach. Als ich anfing, hier zu arbeiten, entdeckte ich dieses Bild. Er muss es sein, auch wenn die Qualität des Fotos und der Zustand der Leiche grauenhaft sind. Ich weiß nicht, wer ihn tötete, aber vermutlich einer der Angestellten. In zweiter Generation versuchen wir schon, sein Verschwinden aufzuklären und was es mit den Massakern und den Geistern auf sich hat.«

»Was soll das bedeuten?« Lola legte die Akte beiseite.

»Mein Vater fing hier als Arzt an und versuchte, den Tod meines Großvaters aufzuklären. Doch er fand viel mehr. Hinter vorgehaltener Hand wurde über Gespenster getuschelt und über das, was 1934 geschehen war.

Als dann 1954, zwanzig Jahre später, ein Feuer ausbrach, dem er nur knapp entkam, ahnte er, dass Größeres im Gange war. Die Führungsetage vertuschte Unfälle und führte fragwürdige Behandlungsmethoden wie die Isolation ein. Leider verstarb mein Vater bei einem Autounfall, drei Jahre nach dem Brand. Er konnte nie zum Kern durchdringen. Seine Aufzeichnungen wurden verbrannt, so wurde es mir jedenfalls erzählt. Als ich alt genug war und das Studium abgeschlossen hatte, bewarb ich mich als Psychiater und Allgemeinmediziner, um dem Tod meines Großvaters auf den Grund zu gehen. Auch glaubte ich nicht an den Unfalltod meines alten Herrn, sondern daran, dass die Klinik etwas damit zu tun hatte. Sie stellten mich nicht ein, sagten, meine Qualifikationen würden nicht ausreichen.« Er schnaubte verächtlich. »Sie wollten mich nur nicht hier haben. Nicht noch ein Hohenberg, müssen sie gedacht haben. Das war mein Geburtsname. Und den wurde ich dank einer Hochzeit los. Als vor ein paar Jahren die Führungsetage der Anstalt durch Katja Dohmen neu besetzt wurde, witterte ich meine Chance und bewarb mich erneut. Es waren mehr als zwei Jahrzehnte seit meiner ersten Bewerbung vergangen und tatsächlich klappte es. Ich quartierte mich ein und nahm Vaters Nachforschungen auf. Jederzeit fürchtete ich, entdeckt zu werden, aber Manfred«, er deutete auf die Tür, »hat mir Rückendeckung gegeben und mich angerufen, sobald jemand im Keller herumschnüffelte. Er war ein Arsch, aber zu mir war er immerhin ein netter Arsch.«

»Und was hast du herausgefunden?«, wollte Christoph wissen.

»Nicht viel, bis euer Freund kam. Ich hatte keins der Massaker miterlebt, ich fing erst nach dem in den Neunzigern hier an. Doch ich wusste, dass es dieses Jahr so weit sein musste, nur was geschehen würde, konnte ich nicht vorausahnen. Erst jetzt fügt sich alles zusammen. Ich konnte keine Anzeichen für Geisteraktivitäten finden, weil sie erst ein paar Wochen vor dem anstehenden Unglück aus ihren Löchern kriechen. Vielleicht um ihren Kandidaten zu finden. Erst dachte ich, es könnte ein gewisser Jimmy Frier sein. Als er frühzeitig entlassen wurde, stand ich wieder am Anfang. Und der Anführer der Geister ist … ist …« Er räusperte sich und fuhr fort: »Es ist wahrscheinlich mein Großvater. Sein Tod war der Auslöser für alles. Seitdem er gewaltsam gestorben ist, findet diese Anstalt keine Ruhe. Niemanden scheint das zu interessieren. Es wird hingenommen, dass Leute sterben. Als müsse ein wichtiges Geheimnis bewahrt werden.«

»Was soll er sein? So was wie ein Rachegeist?«, fragte Christoph.

»Vermutlich. Darum glaube ich auch nicht, dass ein Patient ihn ermordet hat. Der wahre Täter wurde nie zur Rechenschaft gezogen. Deshalb ist er noch hier und lässt aus Wut und Zorn andere Menschen für sich töten, bis sein Ableben gesühnt ist.«

Lola zählte die Jahre an den Fingern ab. »Der Mörder ist wahrscheinlich längst verstorben.«

»Das ist ja die Misere. Jetzt, da ich dank Yannick von der Existenz spiritueller, böser Wesen weiß, versuche ich herauszufinden, wie man das stoppen kann. Von Ramonas Tagebuch erhoffte ich mir ein paar Antworten, leider warf es noch mehr Fragen auf.«

»Wie passt sie in das Ganze? Ist sie wichtig?«

»Ich denke nicht. Sie starb in der Nacht, in der das Feuer ausbrach, also 1954. In der Akte steht, sie wäre aus dem brennenden Haus geflohen und die wegen des Brandes verängstigten Hunde hätten sie angefallen. Diese Version glaube ich nicht. Mein Großvater hat mit ihrem Tod zu tun, das spüre ich. In den Flammen sollte sie umkommen, aber durch einen Zufall muss sie rausgelangt sein und er hat sie anders aus dem Weg geräumt.«

Lola wurde schlecht, sprang vom Tisch und übergab sich in eine Ecke. Zwei warme Hände legten sich auf ihren Rücken. Christoph stand neben ihr und betrachtete sie mitleidig. In seinen Augen las sie, dass auch er begriffen hatte, was Roberts Worte zu bedeuten hatten.

Es waren zwanzig Jahre vergangen. Der Rachegeist hatte seinen Täter gefunden und sie alle waren hier, um zu sterben. Es gab für sie kein Entkommen.

Kapitel 31

Die langen Flure der Anstalt kamen ihm jetzt vertraut vor. Yannick fühlte sich, als wäre er schon vor achtzig Jahren hier entlanggelaufen. Nur in einem anderen Körper. Vielleicht in dem, in dem die Seele des Schattens gesteckt hatte?

Er flüsterte Yannick zu, wer er sei, was er bezwecke und weshalb alle sterben mussten. Yannick hörte es, begriff aber nicht den Sinn.

Aber für seine Aufgabe war es nicht wichtig, zu wissen, wieso es geschah. Hauptsache es passierte und er brachte es schnell hinter sich. Es war nicht gewiss, wie lange die Geister die falschen Menschen draußen und die richtigen drinnen halten konnten. Deshalb beschleunigte er seinen Schritt und rannte Richtung Küche. Als er an seinem Zimmer vorbeikam, schaute er kurz hinein. Ramona saß auf seinem Bett, eine Hand an der blutigen Kehle, die andere winkte ihm zu. Den Gruß erwiderte er. Denn er hatte keine Angst mehr vor ihr. Auch nicht vor den anderen Gespenstern, die seinen Weg kreuzten. Da waren zum Beispiel zwei, die eine Erinnerung in ihm auslösen wollten, die er aber nicht zu fassen bekam. Zwei Männer, in alt aussehende Uniformen gekleidet. Die des einen ähnelte den Uniformen der Pfleger, die des anderen erinnerte eher an einen Handwerker. Sie standen sich gegenüber und sahen aus, als hätte man ihnen die Schädel eingeschlagen. Aufgeregt sprachen sie miteinander.

»Was machst du hier, Dummkopf?«, fragte der in der Pflegeruniform.

»Meinen Job«, sagte der andere. »Putzen.«

»Was ist das für eine Sauerei da auf dem Boden?«

»Mir ist Apfelsaft ausgelaufen, Sir, entschuldigen Sie, Sir. Ich wisch das sofort weg, Sir.«

»Das will ich dir auch geraten haben.« Kurzes Schweigen. »Wenn ich meine nächste Runde in zwei Stunden mache, bist du verschwunden, verstanden?«

»Ja, Sir, wie immer«, antwortete der Hausmeister demütig.

Der Dialog, die Situation – sie kamen ihm bekannt vor. Er wandte sich von den beiden ab, sie waren nicht wichtig. Ganz anders der schreiende Junge, der hinter ihm herlief, der konnte einem den letzten Nerv rauben …

Ein paar Meter vor der Küche blieb er stehen, überprüfte den Knochen in seiner Hand, nahm die Pistole aus dem Hosenbund und drehte sich zu dem Jungen um.

»Verschwinde«, flüsterte Yannick.

Mit aufgerissenem Mund schüttelte der Geist den Kopf. *Dann halt mit ihm,* dachte er.

Yannick ging einen Schritt auf die Küche zu, dann noch einen und noch einen. Jedes Mal durchfuhren ihn Stromschläge, als würde die Macht und die Energie der Toten durch ihn strömen.

»Ich weiß, dass ihr da drin seid!«, rief Yannick und lachte. Mit dem Jungen im Nacken betrat er den Raum und schaltete das Licht ein. Grelle Neonröhren tauchten alles in ein steriles Weiß. »Wo seid ihr?«

Als sein Blick auf der Stelle verharrte, an der er am Anfang seines Aufenthalts gesessen und sich versteckt hatte, überkam ihn ein heftiges Gefühl der Angst.

Das Schattenwesen raunte ihm beruhigende Worte zu. Nie wieder würde ihn jemand wegen einer Panikattacke auslachen. Diese Zeiten waren vorbei. Er war ein anderer Mensch geworden. Jegliche Emotionen waren aus seinem Herzen gewichen. Nur Gleichgültigkeit war noch da. Sie war schon immer in ihm gewesen, doch er hatte sie unterdrückt. Das Schattenwesen hatte ihm gezeigt, wie man das Unwichtige verdrängte.

Das Geschrei hinter ihm verstummte. Eine kalte Hand legte sich um seine eigene, in der er den Knochen hielt. Als er hinabblickte, sah er blonde Haare und eine Schussverletzung, an der getrocknetes Blut klebte. Sein Bruder war zu ihm zurückgekehrt, und wenn das vorbei war, würde Yannick mit ihm fortgehen und sie würden zusammen ihre verdiente Ruhe finden.

Er lief neben dem Jungen her, gemeinsam suchten sie die Küche ab. Das taten sie nur, um die Spannung zu heben. Denn Yannick wusste längst, wo die beiden sich aufhielten. Ihr schweres Atmen klang, als stünden sie genau neben ihm. Dabei versteckten sie sich im Kühlhaus.

Theodor ließ seine Hand los und ging hinter seinem großen Bruder in Deckung. Als wollte er nicht sehen, was gleich geschah.

Yannick riss die Tür auf. Donna und Franz saßen zitternd zwischen rohem Fleisch auf dem Boden.

Franz streckte ihm abwehrend die Hände entgegen. »Hör auf, Yannick! Bitte!« Hektisch kramte er in seiner

Hosentasche. Das Schattenwesen bewegte Yannicks Arm, bis die Pistolenmündung auf Franz' Brust zeigte.

»Falls das wegen deiner Eltern ist, dann …« Er fand endlich, was er suchte und hielt ein Smartphone hoch. »Wir haben sie nicht verletzt, nur entführt. Sie sind in einem Lager in Duisburg. Meine Leute warten nur auf einen Anruf von mir, dann lassen sie sie gehen. Wirklich, du musst mir glauben. Wir haben ihnen fast kein Haar gekrümmt. Dein Daddy hat ein paar blaue Flecken, aber er hätte uns ja auch sagen können, wo du bist, oder nicht?« Nervös lachte er. »Das Blut in deinem Elternhaus stammt von einem Vieh aus dem Schlachthaus. Der Onkel einer meiner Leute arbeitet dort. Wir haben ihm gesagt, dass wir das für einen Low-Budget-Horrorstreifen bräuchten, das hat er uns geglaubt.« Er wurde immer unruhiger. »Kann ja keiner ahnen, dass die Bullen davon ausgehen, alle seien tot. Wir haben sie nur gekidnappt und hätten sie freigelassen, sobald wir dich gefunden haben.« Mit flinken Fingern tippte er etwas auf dem Handy ein. »Warte, ich rufe sie an, dann kommen sie frei. Das ist doch das, was du willst, oder? Wenn wir sie freilassen, nimmst du die Waffe runter, okay?«

Weder bejahte, noch verneinte er Franz' Vorschlag. Es war ihm herzlich egal, was mit seinen Eltern und seiner Schwester Cindy passierte. Ob sie lebten oder starben, kümmerte ihn nicht. Theodor war bei ihm; etwas anderes zählte nicht.

Nach ein paar Sekunden nahm Franz das Telefon vom Ohr und fluchte: »Verdammt, noch immer kein Empfang!« Vorsichtig stand er auf und streckte Yannick wieder die Handflächen entgegen. »Ganz ruhig, mein Großer, das kommt alles in Ordnung. Wir lassen sie gehen, sobald ich telefonieren kann. Dass du mich bei den Bullen verpetzt hast, vergessen wir einfach. Alles wird wie vorher, niemand muss verletzt werden.«

»Du bist so ein Schlappschwanz!«, keifte Donna. Sie hielt sich das verwundete Bein.

»Halt dein Maul!«, zischte er. »Willst du das überleben, oder nicht?« Als sie nicht auf ihn reagierte, wandte er sich an Yannick. »Mann, jetzt sag doch endlich was!«

Yannick grinste. Die Haut spannte durch die Kälte, die seinen Körper befiel. »Mich interessiert weder, was ich zur Polizei gesagt haben soll noch was mit meiner Familie ist.« Sein Finger zuckte am Abzug. »Mich interessiert nur euer Tod.«

Dann knallte es und Franz sackte zu Boden.

»Du hast ihn erschossen!«, klagte Donna und beugte sich zu Franz, aus dessen Brust Blut sickerte. »Warum hast du das getan?«, schrie sie.

»Weil ich muss«, antwortete er und zielte auf ihren Schädel. Sie sah ihren Tod nicht einmal kommen, weil sie sich um ihren Freund kümmerte. Diese Fürsorge hörte in dem Moment auf, als das Geschoss in ihren Kopf eindrang und ein Teil ihres Gehirns an die weiße Wand des Kühlhauses spritzte.

Er ließ die Waffe sinken und suchte seinen kleinen Bruder. Theodor war verschwunden, aber das Schattenwesen war da. Es stand neben ihm und raunte ihm unaufhörlich Worte in die Ohren. Es flüsterte ihm zu, dass weitere Opfer auf ihn warteten. Insgesamt vier, und alle mussten sterben. Alle, alle, alle!

Wie der Zufall wollte, hatten sich mehrere Menschen Zugang zur Anstalt verschafft, und das Schattenwesen hatte sie ausgewählt. Vielleicht würden sie ihm die Ruhe verschaffen, die es seit so vielen Jahren begehrte.

Wie würde Yannick reagieren, wenn er von ihm verlangte, seine besten Freunde zu töten?

Kapitel 32

»Habt ihr das gehört?« Christoph legte ein Ohr an die Tür. »Klang wie Schüsse. Ob Franz und seine Gang Yannick erwischt haben?«

»Wer?« Der Doktor sah ihn fragend an.

»Spielt keine Rolle«, mischte Lola sich ein. Und an Christoph gewandt: »Ich hoffe nicht, dass sie ihn erschossen haben.«

»Das wäre aber besser für uns«, führte Robert an. »Er muss gestoppt werden. Im Moment befinden sich knapp fünfzig Patienten auf fünf Stationen in der Klinik. Vom Personal, das vielleicht ebenfalls festsitzt, mal abgesehen. Wie viele Tote willst du riskieren? Wir müssen ihn stoppen!«

»Er hat recht«, stimmte Christoph zu. »Falls es ist, wie er sagt, müssen wir Yannick aufhalten. Auch um seinetwillen. Wenn wir ihn davon abhalten, Menschen umzubringen, verbaut er sich nicht seine Zukunft …«

»Sofern er überhaupt eine hat«, unterbrach ihn Robert. »Alle Täter, die bis jetzt von den Geistern beeinflusst wurden, töteten sich im Anschluss selbst.«

»Wenn wir es lebend hier rausschaffen, nimmt uns das kein Schwein ab«, sagte sie. Aber sie glaubte nicht, dass sie je aus dieser Hölle entkommen würden.

»Lasst uns was suchen, womit wir uns wehren können, und dann los! Mit meinem Stuhlbein komme ich nicht weit.« Christoph legte es auf den Tisch und öffnete die Tür.

»Wie willst du dich gegen eine Schusswaffe verteidigen?«, wollte Lola wissen. Ohne zu antworten, verschwand er im Flur, der sie wieder an dem toten Mann vorbeiführte.

Was würden sie vorfinden, sobald sie oben waren? Nichts? Leichen?

»Gibt es irgendwo Waffen?« Christoph sah Robert hoffnungsvoll an.

»Die Pfleger haben Schlagstöcke und Taser. Ich weiß aber nicht, wo die aufbewahrt werden, wenn sie nicht im Dienst sind. Vermutlich in den Umkleideräumen. Folgt mir, wir sehen nach.«

Schlagstöcke und Taser? Lola fragte sich ernsthaft, was genau das für eine Institution war. Folter, Waffen, Isolationsräume. Es hörte sich eher nach einem Gefängnis an als nach einer Einrichtung, in der kranke Menschen geheilt wurden. Stattdessen stieß man sie hier tiefer in ihren Schmerz hinein. Was dabei herauskam, sah man ja …

Sie stiegen die Treppe hoch. Tote oder Verletzte fanden sie auf dem Weg zu den Umkleiden nicht. Noch nicht einmal einen Blutstropfen. Vielleicht hatten sie sich geirrt und es waren keine Schüsse gewesen, die sie gehört hatten.

»Hier rein«, flüsterte Robert, winkte sie in einen Raum und schloss die Tür.

»Meine Güte, stinkt das!«, stöhnte Lola und hielt sich die Nase zu.

»Bestimmt ist hier was drin«, rief Robert.

Sie folgten seiner Stimme und fanden ihn in der hintersten Ecke der Umkleide. Dort stand ein schwarzer, massiv aussehender Metallschrank mit einem Schloss.

»Und wie kommen wir da ran?«

Christoph schob sie zur Seite. »Lass mich mal.«

Sie dachte, er würde mit geschickten Fingern versuchen, das Schloss zu knacken. Entgegen ihrer Vermutung versuchte er es mit roher Gewalt. Er trat mit dem unverletzten Fuß gegen die Schranktüren. Der Lärm war kaum zu ertragen. Sie hielt sich die Ohren zu. Es konnte nicht mehr lange dauern, bis entweder die Bande Krimineller, ihr mordender Freund oder die Geister auf sie aufmerksam wurden.

»Wer sagts denn!« Das Schloss schepperte zu Boden. Christoph riss die Türen auf. »Scheiße!«

Der Schrank war leer. Selbst wenn hier irgendwann Schlagstöcke oder Taser gewesen waren, waren sie jetzt fort.

»Es ist alles bei der Prüfstelle, das müssen wir einmal im Monat machen.«

Woher kam die Stimme? Lola drehte sich erschrocken um und den Menschen, den sie vor der Tür erblickte, hätte sie am wenigsten erwartet.

»Frau Dohmen! Was tun Sie denn hier?« Robert warf die Hände über den Kopf und ging zu seiner Chefin.

Die lächelte matt und sah auf ihre goldene Armbanduhr, die schweineteuer aussah. Als Leiterin einer Klapsmühle schien man gut zu verdienen.

»Ja, ein bisschen spät, nicht wahr?« Ihre Stimme war dünn und schwach. Ihre ganze Erscheinung wirkte nicht wie am Vormittag, als sie Yannick besucht hatten. Da war sie der Boss, den dieses Haus brauchte. Jetzt war sie blass und der Dutt, der Christoph so geil gemacht hatte, hing schräg auf ihrem Kopf. War sie den Geistern begegnet?

»Ich wollte die Papiere für die Wartung der Pflegerutensilien fertig machen«, wisperte sie. *Pflegerutensilien* … so nannte sie das also. »Damit ich das morgen früh nicht machen muss. Ich bin immer so müde am Anfang des Tages.« Sie klang nicht mehr wie die unbarmherzige Lady, die ihr Personal und die Patienten fest im Griff hatte, sondern wie ein kleines Kind, das Angst vor dem schwarzen Mann hatte.

»Setzen Sie sich doch«, bat Robert sie und im Vorbeigehen flüsterte er Lola zu: »Ich hatte immer den Verdacht, dass sie von den Gespenstern weiß.« Als er bei Frau Dohmen ankam, gab er sich väterlich und half ihr, auf einer Bank Platz zu nehmen.

Was sollte das heißen? Dass sie von den schrecklichen Dingen wusste, die hier vor sich gingen? Hatte er Beweise dafür? Denn so, wie Dohmen wirkte, schien sie ganz und gar nicht vertraut mit dem zu sein, was die Geister trieben.

Wieder sah die Dohmen auf ihre Armbanduhr. »Und als ich gehen wollte, kam ich nicht mehr raus. Unsere Telefone und mein Handy funktionieren nicht. Alle anderen waren fort, außer die … die …«

»Die was?«, hakte Robert.

»Entstellte Gestalten. Dicke, dünne, alte, junge. Zerfetzt, erwürgt. Ich habe sogar Max gesehen!«, rief sie. »Das kann doch nicht sein!«

»Wer ist Max?«, fragte Lola.

Robert machte eine abwehrende Handbewegung. »Das ist jetzt nicht von Belang. Aber mich würde interessieren, ob er etwas gesagt hat.«

»Ja, hat er. Er sagte, dass ich niemandem trauen soll. Niemandem!« Sie sprang auf, doch anstatt fortzurennen, fiel sie vornüber und landete auf dem Fliesenboden. Ein kleines Rinnsal Blut breitete sich unter ihr aus.

»Haben Sie sich was getan?« Robert hob mit Hilfe von Christoph die verletzte und verwirrte Frau auf und setzte sie zurück auf die Bank.

Die Situation wurde für Lola immer absurder. Jetzt stieß eine konfuse Anstaltsleiterin mit zerzaustem Dutt zu ihrer Schar und brachte alles noch mehr durcheinander.

»Mir geht es gut«, flüsterte Dohmen. Nur eine Sekunde später klang ihre Stimme nicht wie die eines verängstigten Kindes, sondern wie die eines Menschen, der seinem Gegenüber alles Schlechte der Welt wünschte: »Lassen Sie mich los, Leipnitz!«

Erschrocken sprang Christoph zurück, als die Leiterin ausholte und nach dem Doktor schlug. Robert fing den Schlag ab.

»Ich fürchte, sie hat einen Schock«, sagte er und schlang die Arme um die tobende Frau.

»Sie sind schuld! Sie sind schuld! Max wusste es! Er wusste es!« Dohmen wand sich in seinem Griff.

»Los, mach die Tür zu den Toiletten auf!«, schrie Robert Lola zu und bat Christoph, ihm zu helfen.

Lola reagierte einfach, sie dachte nicht weiter darüber nach. Sie rannte zur Tür mit dem Aufkleber ›WC‹ darauf, riss sie auf und beobachtete die Männer dabei, wie sie die um sich schlagende Frau in die Männertoilette stießen und die Tür hinter ihr zuwarfen. Robert lehnte sich mit dem Rücken dagegen und hinderte Frau Dohmen daran, sie zu öffnen.

»Hat die Tür keinen Schlüssel?« Christoph musste schreien, denn durch das Hämmern auf der anderen Seite verstand man kaum sein eigenes Wort.

Robert wagte einen kurzen Blick zum Schlüsselloch. »Sieht nicht so aus. Aber an der Rezeption ist vielleicht einer. Da ist eine Schublade, in der es von den Besuchertoiletten und den Umkleideräumen Ersatzschlüssel gibt. Ihr müsst nachsehen. Wir können sie nicht frei herumlaufen lassen. Sie ist eine Gefahr für sich und andere.«

»Alles klar, komm, Lola!« Christoph packte sie an der Hand und riss sie mit sich. Bevor sie nachdenken konnte, stand sie schon auf dem Flur vor der Umkleide. Sie schaute zurück. Als sich ihr Blick und der des Doktors trafen, wusste sie, dass sie einen schrecklichen Fehler begangen hatten.

»Wir müssen umkehren!«, schrie Lola. Christoph reagierte nicht. Wie vom Teufel besessen rannte er trotz verletztem Fuß vorneweg und zerrte sie hinter sich her.

Erst als sie die Empfangshalle erreicht hatten, blieb er stehen. Sofort sprang er hinter den Tresen.

»Schublade, Schublade, Schublade«, murmelte er. »Ah, da ist sie!« Er rüttelte an etwas. Nichts geschah und er fluchte: »Scheiße, abgeschlossen!«

»Vergiss den blöden Schlüssel!«, forderte sie und ging zu ihm. Sie nahm ihn an den Schultern und drehte ihn zu sich, sodass sie Nase an Nase standen. »Jetzt hör mir doch zu, Christoph! Wir müssen zurück!«

Seine Augen wurden klarer und zuckten nicht mehr nervös hin und her. Hatte ihn der Anblick der Klinikleiterin derart geschockt oder hatte er seine persönliche Schwelle der zu ertragenden Grausamkeiten erreicht?

Was es auch gewesen war, was ihm solche Angst eingejagt hatte, es war verschwunden.

»Was war das denn?« Er schüttelte den Kopf, als wollte er seine Gedanken neu sortieren. »Ich dachte, es gäbe nichts Lebensnotwendigeres als diesen verdammten Schlüssel.«

Lola kam eine Idee, sie behielt sie für sich: Vielleicht hatte ein Geist ihn beeinflusst …

»Scheiß drauf! Wichtig ist, dass wir schleunigst zurückgehen!«, forderte sie.

»Warum?«

Ja, warum? Das fragte sie sich auch. Warum wollte sie zurück? Es hatte nicht nur an Roberts Blick gelegen, nicht wahr? Sondern auch an dem, was bei ihm gewesen war. Es war Ramona, die eine durchlöcherte Hand auf die Schulter des Doktors gelegt hatte.

»Ich fürchte, dass ein Geist ihn übernommen hat. Wer weiß, was er mit Frau Dohmen anstellt!«

»War einer bei ihm?«

»Ja, das Mädchen, das den Wachmann kontrollierte.«

»Scheiße!« Er rieb sich die Stirn. »Die hat mich bestimmt dazu gebracht, zu rennen, als wären Wespen hinter uns her. Mist! Los, zurück! Scheiß auf den Schlüssel!« Er nahm sie an die Hand, sanfter diesmal, und rannte los. »Scheiße, was machen wir, falls diese Geisterschlampe Robert dazu gebracht hat, Frau Dohmen etwas anzutun?«

Sie wollte fragen, woher sie das wissen sollte, aber er schien keine Antwort von ihr zu erwarten.

»Scheiße! Dann rennen hier schon zwei irre Mörder rum, die uns den Arsch bis zum Hals aufreißen wollen.«

Und einer davon ist unser bester Freund, dachte sie. Vor dem, was geschehen würde, sobald sich ihre Wege kreuzten, hatte sie noch mehr Angst als vor dem, was sie im Aufenthaltsraum erwartete.

»Er ist weg, die Tür zur Toilette ist auf«, flüsterte Christoph.

Robert war fort.

»Doc?«, fragte er leise.

Ihr kam ein anderer Gedanke: Was war, wenn nicht Robert Frau Dohmen etwas angetan hatte, sondern umgekehrt? Was, wenn sich die wahnsinnig Gewordene befreit und Robert angegriffen hatte?

Sie drückte Christoph gegen den Rücken und er verstand. Vorsichtig ging er in den Umkleideraum und sah sich um. Auch Lola beobachtete ihre Umgebung. Es hatte sich nichts geändert. Der Spind stand offen und es war alles an seinem Platz.

Mit einer Handbewegung bedeutete er ihr, zu warten wo sie war. Sie gehorchte und schlang die Arme um ihren Oberkörper.

Er schlich auf die Toilettentür zu. »Hallo, ist da wer drin?« Unsicher schob er seinen Körper voran und lugte in den Raum. »Verdammte Scheiße!«, stieß er aus, stolperte zurück, fiel über eine kleine Bank, landete auf dem Allerwertesten und rief: »Bleib, wo du bist! Geh nicht rein!«

Dieses Mal gehorchte sie nicht. Ihre Beine trugen sie weiter.

»Lola, bitte, nicht!«

Sie hörte nicht mehr auf das, was er sagte. In ihrem Leben hatte sie sich von Männern zu viel vorschreiben lassen. Damit war jetzt Schluss, sie würde sich ansehen, was in der Toilette war.

Hinter sich schob Christoph die Bank über den Fliesenboden. Es quietschte, als die Metallfüße über die Keramik schabten.

Mit der linken Hand stützte sie sich an der Wand ab und sah um die Ecke. Lola hatte bereits einiges gesehen. Horrorfilme in allen erdenklichen Härtegraden. Und wenn man den echten, den realen Horror sehen wollte, brauchte man nur Onkel Google mit den entsprechenden Informationen zu füttern und schon sah man, welche Gräueltaten auf der Welt verübt wurden. In Farbe und live von den Schlachtfeldern. Das, was neben dem Waschbecken lag, dieser rote, verdrehte, unförmige Haufen Fleisch, Haut und Knochen, würde sich ohne Probleme in die Reihen der Google-Snuff-Ergebnisse einreihen.

»Was ist hier passiert?« Sie beugte sich zur Seite und erbrach sich. Weiße schaumige Flüssigkeit tropfte auf den Boden. Als sie sich zurück zu der Leiche drehte, wusste sie, dass Robert das getan hatte. Lola konnte nicht genau ausmachen, was mit der Leiterin geschehen war, geschweige denn, dass es sich wirklich um die Frau handelte.

Sie trat ein paar Schritte in den Raum hinein. Selbst, als sie davorstand, konnte sie nicht erkennen, was Dohmen widerfahren war, als sie und Christoph nicht da gewesen waren.

»Sie sieht aus, als wäre sie in einen Häcksler gestürzt«, sagte er. Er legte ihr eine Hand auf die Schulter. »Das hättest du dir nicht ansehen sollen.«

»Ich musste«, flüsterte sie und fand den Vergleich von ihm sehr passend. Frau Dohmen, sofern sie es war, sah aus, als wäre sie in einen überdimensionalen Mixer gefallen. Die Haut war stellenweise vom Körper gerissen und hing in Form von Fetzen an den Wänden oder als Fäden wie Würmer auf dem Boden. Im Gesicht fehlte sie völlig. Ihre Knochen waren gebrochen und überall war Blut, es war bis an die Decke gespritzt.

»Das sieht aus, als wäre Freddy Krueger über sie hergefallen oder ein Grizzlybär.« Als sie das aussprach, lief es ihr kalt über den Rücken. »Oder Hunde ...«

Plötzlich erklang ein Knurren hinter ihnen.

»Jetzt bloß keine hektischen Bewegungen.« Christoph drehte sich langsam um. Lola tat es ihm gleich. Vor ihnen standen zwei Schäferhunde. Zwischen ihnen war ein bekanntes Gesicht oder zumindest ein Teil davon. Zwar sah es nicht so zerfetzt aus wie Frau Dohmens, aber ähnlich.

Ramona tätschelte den Kopf eines der Tiere und lächelte. Es wirkte freundlich, aber nur im ersten Moment. Im nächsten verzog sich ihr Gesicht zu einer Fratze, die Abscheu ausdrückte.

Lola hatte keinen Zweifel, dass ihnen Dohmens Schicksal ebenfalls bevorstand. Schließlich waren sie zu keinem anderen Zweck hier: Sie mussten sterben. Das hatte Lola bereits nach ihrem Eintreffen in der Klinik gespürt.

»Was willst du?«, fragte Christoph. Die Hunde reagierten auf ihn mit einem Knurren. Sie zeigten ihre spitzen Zähne, die sich gleich in ihre Arme, Beine und am Ende in ihre Kehle bohren würden.

Ramona antwortete nicht. Wie auch? Ohne die Hilfe eines Menschen konnte sie nicht sprechen, weshalb sonst würde Lola ihre Stimme nur im Kopf hören? Sie flüsterte ihr seltsame Dinge ins Ohr. Fürchterliche Dinge. Von Qualen, Gefängnis, Pein, all das, was sie seit ihrem Tod ertragen hatte. Kein Paradies, nachdem man starb, sondern die ewige Verdammnis, wenn man in diesem Gebäude das Zeitliche segnete.

»Lauf«, raunte Christoph Lola zu.

»Was?«

»Du sollst laufen, jetzt!« Hart stieß er sie von sich, sprang nach vorn und begrub die überraschten Tiere unter sich. Ramonas Geist glitt beiseite und betrachtete das Schauspiel.

Er opfert sich für dich!, schoss es ihr durch den Kopf. Ohne zu zögern, rannte sie zwischen dem Knäuel bestehend aus Christoph und den Schäferhunden hindurch, stolperte in den Flur und schaute ein letztes Mal zurück, bevor sie um die nächstbeste Ecke bog. Die Tiere bissen ein ums andere Mal zu, Christoph schrie nicht ein einziges Mal, während sie Fetzen um Fetzen aus seinem Leib rissen. Sein Körper ruckte unter der Gewalt der Kiefer. Als sie zu Ramona sah, wusste Lola, dass sie noch so weit laufen konnte – entkommen würde sie nicht.

Kapitel 33

Yannick hatte es durch Ramonas Augen gesehen. Es hatten zwei Menschen vor ihr und den Hunden gestanden. Der Mann und die Frau waren ihm vertraut vorgekommen, als würde er sie seit Ewigkeiten kennen, konnte sich aber nicht an ihre Namen erinnern.

Der Kerl hatte ihr das Leben gerettet, indem er sich den Tieren entgegengeworfen und sich geopfert hatte. Das hatte ihr Verweilen auf der Erde für einen kurzen Augenblick verlängert. Denn sterben würde auch sie, und zwar aus einem Grund, den Yannick nicht verstand. Er spürte die Qualen, die das Wesen erfuhr, und die der anderen Geister, die im Moment das Haus abriegelten, damit er seine Pflicht erfüllen konnte.

Hilfe stand schon vor der Tür, er sah das Blaulicht durch die Fenster wabern. Warum sie da waren und wer sie gerufen hatte, wusste er nicht. Hineingelangen konnten sie nicht. Das konnten sie nie, wenn die Toten die Oberhand übernahmen und ihr Opfer forderten.

Er hatte keine Ahnung, wie viel Zeit ihm noch blieb. Es fehlte nur ein kleines bisschen, dann würde er mit seinem Bruder vereint sein. Für immer, für alle Zeiten, glücklich und zufrieden. Das sagte ihm das Schattenwesen und Yannick glaubte es.

Er kam zu der Umkleidekabine. Ramona schwebte über den fressenden Tieren und lächelte gezwungen.

Der zuckende Leib des jungen Mannes, den er glaubte zu kennen, enthielt kein Leben mehr. Hier gab es zwei Leichen, der Mann und die Frau auf der Toilette. Der

Tod hatte reichlich Ernte gehalten. Etwas enttäuschte ihn die Tatsache, dass nicht er der Mörder war, sondern die Hunde. Yannick hätte es auch ohne sie geschafft, rechtzeitig fertig zu werden.

Ramona deutete mit ihrem Finger in eine Richtung.

»Ist sie da lang?«, fragte er und bekam zur Bestätigung ein Nicken. Sie war diejenige gewesen, die ihn in diese Welt geführt hatte. Ohne sie wäre vielleicht nicht alles so gekommen. War sie ein Lockvogel? Er wusste mit einem Mal, dass sie es war, die ihn nachts aus seinem Zimmer gelassen hatte, damit er ungestört nach ihrem Tagebuch suchen konnte. Und sie war es, die Marvin lenkte, als er ihm von den Geistern erzählt hatte. Wenn Ramona ein führendes Glied in der Kette war, erklärte das einiges. Auch, warum der Junge mal sabbernd, mal quicklebendig gewesen war. Je nachdem, wer in ihm gesteckt hatte oder eben nicht …

Die kurz aufgeflammten Fragen erloschen rasch in dem Sumpf, der sich in ihm ausbreitete. Jegliche Aktion, die er selbst steuerte, wurde sofort vom Schattenwesen unterdrückt.

Yannick nickte Ramona zu und folgte dem Gang, den sie ihm angezeigt hatte. Wenn er Glück hatte, würde er die Frau schnell aufspüren, falls er Pech hatte, nicht rechtzeitig genug.

Yannick – oder eher das Schattenwesen – versuchte sie zu finden, in ihren Kopf zu gelangen, damit er sah, wo sie sich versteckte. Seltsamerweise funktionierte es nicht, sie blieb verschwunden. Die gesamte Klinik musste er absuchen. Dafür fehlte ihm die Zeit! Die Geister hatten nur alle zwanzig Jahre ein paar Stunden, um sich um ihre Angelegenheiten zu kümmern. Und bis jetzt war es ihnen nicht gelungen, sonst wären sie nicht mehr da.

Er lief durch den Gang, öffnete jede Tür, durchsuchte jeden Raum. Es verging Minute um Minute – er fand sie nicht. Dafür entdeckte er etwas anderes, oder eher jemand anderes. An der Wand lehnte eine Person und diese kannte er mit Namen.

»Da bist du ja. Komm, wir haben nicht mehr viel Zeit!«, rief sie ihm entgegen.

Yannick lächelte, also der wahre Yannick, nicht der, den das Schattenwesen lenkte. Er suchte die Umgebung um die Anstaltsleiterin Dohmen ab und hielt nach Anzeichen eines Geistes Ausschau, der die Kontrolle über sie übernommen hatte. Da war keiner. Handelte sie aus freien Stücken?

»Wo gehen wir hin?«, fragte er, während er hinter ihr hertrottete.

Sie lief vor ihm, der Dutt wippte auf und ab. Wieso hatte er nicht das Bedürfnis, die Frau umzubringen? Sie hatte ihnen den Rücken zugewandt. Es wäre ein Leichtes, ihr den Knochen in den Hals zu jagen oder sie zu erschießen. Aber er trottete nur stumm hinter ihr her.

»Wir haben es fast geschafft«, sagte sie. »Die Geister können den Schutz nicht mehr lange aufrechterhalten. Doch unser Ziel ist nahe.«

Yannick dachte an das Mädchen, das vor den Hunden geflohen war. Sie war wahrscheinlich das letzte Opfer, das gebracht werden musste.

»Los, hier rein!«, rief sie, nachdem sie in einem Raum verschwunden war. Als er ihr folgte, bemerkte er, dass dieses Zimmer ihm bekannt vorkam. Das Schattenwesen gab ihm ein bisschen Freiheit. Kurz durfte er auf seine Erinnerungen zugreifen und erkannte, dass es das Büro der Anstaltsleiterin war.

Plötzlich erschien ein Name vor seinen Augen: Lola. Es war, als hätte er ihn nie vergessen, als wäre er immer da gewesen. Ein Ruck ging durch seinen Körper, als das Schattenwesen schnell den Zugang zu seinen Gedanken versperrte und ihn aus seinem eigenen Geist ausschloss.

Aber den Namen vergaß er nicht, er blieb haften und er fand das dazugehörige Gesicht. Es war das Mädchen, das sich in den Gängen und Räumen der Anstalt versteckte. Doch selbst jetzt, als er es wusste, war er nicht in der Lage, sie zu finden.

»Sie ist ein starkes Mädchen«, sagte Frau Dohmen. »Ich habe sie gerade erlebt, als sie mit ihrem Freund und dem Doktor meine Arbeit störte.«

»Wie meinen Sie das?«

Seufzend sah sie auf ihre Armbanduhr und setzte sich auf ihren Bürostuhl. »Wir haben es fast geschafft, warum nicht ein Pläuschchen halten? Ich spreche gern über meine Angelegenheiten.«

Yannick nahm ihr gegenüber Platz. Sein Körper entspannte sich, nachdem sie eine fortscheuchende Handbewegung gemacht hatte. Hatte sie das Schattenwesen vertrieben?

»Keine Sorge, er ist weg«, bestätigte sie.

Mit einem Mal brachen die Bilder von dem, was er getan hatte, über ihn herein. Er war ein Mörder! Jetzt hatte er nicht nur durch die Beschaffung einer Waffe jemandes Leben auf dem Gewissen, sondern er hatte die eigenen Hände dafür benutzt. Gesteuert von einer Macht, die er nicht verstand. Weinend starrte er auf seine blutbefleckte Haut.

»Keine Sorge, Yannick, der Schmerz lässt irgendwann nach.«

»Was soll das alles? Haben Sie etwa damit zu tun?«

Zu seinem Erstaunen amüsierte sie die Situation. Es waren Menschen gestorben und sie lachte?

»Du musst wissen, dass ich in diese Sache hineingeboren wurde, ich kann nur geringfügig zur Rechenschaft gezogen werden. Diese Anstalt ist ein Familienunternehmen. Mein Ururgroßvater hat dieses Gebäude errichtet. Ich bin die fünfte Generation, die den Laden am Laufen hält. Bevor du fragst: Es geht um die Familienehre. Falls nicht immer einer von uns die schützende Hand über die Klinik hält, wird die Welt erfahren, was hier vorgefallen ist.«

»Sie bereinigen wirklich das Internet? Kümmern sich darum, dass niemand von den Massakern erfährt?«

»So kann man es sagen, ja. Die Unglücke, die alle zwanzig Jahre geschehen, wollen erklärt werden, und dann müssen findige Leute wie ich uns die passende Geschichte ausdenken. Ich kann ja morgen schlecht der Presse stecken, dass ein Rachegeist beruhigt werden wollte, da er sonst meine Familie und mich auslöscht.«

»Darum geht es also? Sie wollen Ihren eigenen Arsch retten?«

»So drastisch würde ich das nicht sagen, aber ja.«

»Was läuft hier?«

»Da muss ich ausholen.« Wieder sah sie auf ihre Uhr. »Ein bisschen Zeit bleibt uns, ich versuche, mich kurzzufassen. Wie schon gesagt, erbaute mein Ururgroßvater diese Klinik und leitete sie erfolgreich bis zu seinem Tod. Sein Sohn übernahm die Leitung und auch unter ihm hatte die Anstalt einen guten Ruf und eine hohe

Erfolgsquote. Dann kam er.« Sie zog den Mund kraus. »Mein Großvater Heinrich Kroll. Er war ein Psychopath. Heinrich nutzte seine Machtposition aus, um Experimente an den Patienten vorzunehmen. In seinen Aufzeichnungen heißt es, er wollte ein Pionier der Wissenschaft im Umgang mit der Psyche eines Menschen werden. Denen, die hierhergekommen waren, um Hilfe zu suchen, tat er unaussprechliche Gräueltaten an. Er hat sie dazu benutzt, um zu forschen. Viele starben bei seinen Versuchen, in den Unterlagen ist von Hunderten die Rede.«

»Ist er schuld an dem Chaos?«

»Ja, das ist er.«

Yannick dachte nach, dann ging ihm im wahrsten Sinne des Wortes ein Licht auf. »Ich habe im Archiv die Bilder eines toten Mannes gesehen. Das war 1934. Hat es damals angefangen?«

»Ach, hat er dich ins Archiv geführt?« Sie winkte ab. »Das macht er manchmal. Nostalgie.«

»Wer? Das Schattenwesen?«

Frau Dohmen nickte wieder.

»Wer ist er?«

Kurz lachte sie humorlos. »Lass mich die Geschichte weitererzählen, nicht so ungeduldig. Eines Tages kam mein Großvater in die Anstalt und der Klinikarzt wartete in seinem Büro auf ihn. Die beiden verstanden sich nicht besonders gut. Der Doktor war nicht mit Heinrichs Methoden einverstanden. An diesem Tag sagte er meinem Opa, dass er wüsste, was er mit den Patienten trieb, und drohte, ihn an die Polizei zu verraten.«

»Und da brachte Heinrich ihn um? Schnitt ihm die Kehle durch, stach ihm die Augen aus und trennte die

Ohren ab, damit er niemandem mehr etwas sagen oder zeigen konnte?«

»Nein, aber es gibt Leute hier, die das glauben. Zum Beispiel sein Enkel, der liebe Herr Doktor Robert Leipnitz.«

Auch Robert hatte Vorfahren, die in dieser Klinik gearbeitet hatten? Was war das hier? Das Paradies der Generationen?

»Das wusstest du nicht, oder? Das hat er nie jemandem erzählt. Er hat sich eingeschlichen und gedacht, ich würde nicht merken, zu welcher Familie er gehört. Der Kerl wollte herausfinden, wer seinen Großvater ermordet hat, und stieß bei seinen Recherchen auf meinen. Dann fand er die Bilder, die ungenauen Akten, da mein Vater versucht hatte, alles zu vertuschen, um eine Bloßstellung in der Öffentlichkeit zu vermeiden.«

»Ich verstehe nur Bahnhof«, seufzte Yannick und fasste sich an die Stirn. Er hatte unerträgliche Kopfschmerzen und Lola hatte er beinahe wieder vergessen.

»Ich weiß, es ist nicht leicht. Mein Großvater wurde von Roberts Großvater bedroht. Er wollte ihn der Polizei melden. Heinrich lachte den Doktor aus und sagte ihm, der Polizeichef sei sein bester Freund. Roberts Großvater ging dennoch zur Polizei und musste feststellen, dass Heinrich die Wahrheit gesagt hatte. Niemand unternahm etwas und das, obwohl er hieb- und stichfeste Beweise hatte. Also schmiedete er einen anderen Plan, um Heinrich aus dem Weg zu räumen. Er ließ die Patienten frei, die den Versuchen ausgesetzt gewesen waren. Sie fielen über Heinrich her und töteten ihn. Und Roberts Großvater verschwand spurlos auf Nimmerwiedersehen. Keiner hat ihn je wieder zu Gesicht bekommen.«

»Moment, damit ich das richtig verstehe: Ihr Großvater wurde ermordet und der von Robert tauchte unter? Und Robert dachte aber, das auf dem Bild wäre seiner?«

»Ja, und ich konnte ihm schlecht sagen, dass es nicht so ist, sonst hätte er gewusst, dass ich eine Nachfahrin bin.«

»Und was oder wer ist jetzt das Schattenwesen?«

»Mein Großvater. Er will Rache für das, was ihm angetan wurde. Alle zwanzig Jahre, bis heute. Dieses ist der erste Zyklus, den ich live miterlebe. Mein Vater musste zwei durchstehen und sie unter den Teppich kehren.«

»Aber warum dieser Zeitabstand? Und wieso schließen Sie diese Klinik nicht und verschwinden, statt ständig neue Massaker in Kauf zu nehmen? Das macht doch keinen Sinn!«

»Ich verstehe dein Unbehagen, aber ich, also wir, meine gesamte Familie, hat keine Wahl. Falls wir ihm nicht die Menschenopfer bringen, löscht er uns aus. Da nutzt es auch nichts, wegzurennen. Meine Schwester hat es versucht.« Sie senkte den Kopf. »Ist auf der Flucht ums Leben gekommen. Sie wurde vergewaltigt und ermordet. Wir sind verflucht, Yannick, und wenn nicht wir sterben wollen, müssen es andere tun. Und die Zeit, die dazwischen liegt … dafür gibt es keine bewiesene Theorie. Mein Vater glaubte, es wäre ein Jahr für jeden der Mörder. Es waren zwanzig Patienten, die über meinen Großvater herfielen. Und nach genau zwanzig Jahren kommen die Geister pünktlich aus ihren Ecken und fangen an, sich ihren Täter auszusuchen. Dieses Mal warst du es.« Sie deutete auf ihn. »Und du wirst so lange gesteuert, bis sie satt sind, es fehlen nur noch zwei Personen.« Frau Dohmen ging zu einer Tür, hinter der Yannick einen Einbauschrank vermutete. Als sie sie öffnete und Yannick dahinter den total verängstigten Robert Leipnitz entdeckte, blieb ihm fast die Spucke weg.

»Eigentlich müssen bei den Massakern mehr Leute sterben. Wir hätten ja noch ein paar auf deiner Station. Der kleine Marvin zum Beispiel, den mochtest du doch so gern, nicht wahr? Da waren die Gespenster echt gemein, ihn gegen dich zu benutzen. Aber auch unser Robert hat seine Rolle gut gespielt, er wusste zwar nichts davon, war aber großartig. Wie du erst dachtest, er wäre der Hausmeister, und dann nicht glauben konntest, dass er der Doktor ist. Die Geister haben schon einen eigenartigen Humor. Deine Freunde denken, Robert wäre schuld an allem und er hätte mich von den Hunden töten lassen.« Als sie den Kopf schüttelte, flog ihr Dutt hin und her. »Sie haben nicht meine Leiche in der Toilette gefunden, sondern Magdas. Die Hunde zerfleischten sie. Ich brachte Robert in meine Gewalt und versteckte mich, ehe deine Freunde zurückkamen.« Sie bemerkte Yannicks fragenden Blick. »Du weißt wahrscheinlich nicht, wovon ich rede. Es ist für dich auch nicht von Belang. Was mit Max passiert ist, interessiert dich aber, oder?«

»Was ist mit ihm?«

»Du hast ihn gesehen, oder? Ich meine, nach seinem Tod?«

»Ja, Robert sagte, er hätte sich erhängt.«

»Das hat er auch. Aber jemand hat … sagen wir, nachgeholfen.«

Yannick erkannte es in ihren Augen: Sie hatte Max umgebracht.

»Das waren Sie, nicht wahr? Eines Tages saß er tot in meinem Zimmer, mit den Abdrücken einer Schlinge um den Hals. Warum musste er sterben? Wegen mir?«

Sie machte eine abschätzige Handbewegung. »Nicht alles geschieht nur wegen dir. Du bist jetzt zwar unser Werkzeug, aber nicht unser Lebensmittelpunkt.«

Er wollte aufspringen und sie angreifen, doch plötzliche spürte er eine Last auf seinen Schultern. Yannick sah in die rot glühenden Augen des Heinrich Kroll, dem Großvater von Katja Dohmen. Seine Schattenhände lagen auf ihm und hinderten ihn daran, aufzustehen.

Wieder sah sie auf ihre Uhr. »Es ist gleich so weit. Und kurz zu deiner Information: Max musste sterben, weil er Wind von der Sache bekommen hat. Ich weiß nicht, ob der hier ihm was gesagt hat«, sie stand auf und trat Robert, »oder ob er ins Archiv gelangt ist und die Zeichen korrekt gedeutet hat. Jedenfalls kam er zu mir, sagte, er wüsste von den Geistern, und überreichte mir seine Kündigung mit den Worten: ›Sie werden noch von mir hören‹. Was hätte ich machen sollen? Ihn einfach gehen lassen?«

»Zum Beispiel«, murmelte Yannick.

Die Macht des Schattenwesens wurde immer größer. Das Finale rückte näher. Ein letztes Mal rief er sich Lolas Gesicht vor Augen und entschuldigte sich bei ihr. Wenn er sie gleich tötete, war nicht er es, der das tat, sondern ein Rachegeist, der unter dem Schutz seiner Enkelin jeden abschlachten durfte, bis er gesättigt war.

Yannick konnte sich ausmalen, dass das nicht die letzte Generation sein würde, die alle zwanzig Jahre die Aufräumarbeiten erledigte.

»Heute haben wir das besondere Glück, dass ein Nachfahre des Mannes hier ist, der das zu verantworten hat«, säuselte Dohmen, packte Robert bei den Haaren und zog ihn auf die Füße. »Wer weiß, womöglich bringt dein Tod das Ende des Fluchs? Vielleicht ist mein Großvater endlich zufrieden, sobald er an dir Rache genommen hat.«

Robert, der alles mit angehört hatte, schüttelte den Kopf. »Du und deine Familie, ihr seid wahnsinnig. Es war das einzig Richtige, was mein Großvater getan hat!«

»Ja? Findest du? Hm, lass mich überlegen. Wie viele hat mein Opa zu Lebzeiten ermordet und wie viele, seit er tot ist? Fällt dir etwas auf? Das dürfte sich die Waage halten.«

Robert senkte den Blick und schwieg. Er tat Yannick leid. Der Doktor hatte versucht, weiteres Unglück zu verhindern, und war gescheitert. Je tiefer das Schattenwesen zurück in Yannicks Bewusstsein schlüpfte, desto unbedeutender wurden Robert und seine Geschichte. Umso wichtiger wurde sein baldiger Tod. Es durfte keine Verzögerungen mehr geben.

»Es ist so weit«, brummte Yannick auf Befehl und machte ein paar Schritte auf Dohmen und Robert zu. Der Doktor zitterte am ganzen Leib. Dass er ein Nachfahre desjenigen war, der schuld an Heinrichs Tod hatte, gestaltete die Sache noch interessanter. Vielleicht würde er endlich Ruhe finden und alle anderen, die er aus Rache getötet hatte, ebenfalls, sobald dieser bibbernde

Mann starb. Wenn dem nicht so war, würde er weitermachen, bis er erlöst wurde.

Dohmen schaute hektisch auf die Armbanduhr. »Los, wir haben nicht mehr viel Zeit.«

»Dann geh du los und such die Kleine«, raunte Yannick ihr zu und hob die Pistole.

Sie rannte aus dem Raum. Yannick rutschte tiefer hinab in den Strudel, der in seinem Innern tobte. Er hatte keine Kontrolle mehr über sich. Alles, was er tat, wurde von Heinrich gesteuert.

»Willst du noch etwas sagen?«

Robert schüttelte den Kopf.

»Du brauchst keine Angst zu haben, alter Mann, wir sehen uns gleich wieder.« Mit diesen Worten drückte das Schattenwesen ab. Yannicks mickrige Reste seines Selbst zuckten in dem Körper zusammen, der ihm fremder war als je zuvor.

Roberts Gehirn spritzte aus seinem Schädel, Blut schoss aus seiner Nase, der schlaffe Leib knallte zu Boden. Sofort kamen die Geister herbei. Da waren Ramona, der schreiende Junge, die alte, spindeldürre Frau, dieses Mal ohne ihren dicken Kumpan. Sie stellten sich um den Toten, griffen nach ihm und halfen Roberts Seele aus dem unbrauchbar gewordenen Körper.

Roberts Geist wies das gleiche Loch in der Stirn auf wie seine Leiche. Alle sahen so aus, wie sie gestorben waren. Warum dann nicht Heinrich?

Er durfte nicht auf diesen Gedanken eingehen. Es ruckte und unverhofft hatte er die volle Kontrolle über sich zurück. Yannick starrte auf die Waffe in seiner Hand und auf die Gespenster, die vor ihm standen. Sie warteten auf etwas.

Jetzt hörte er wieder das Raunen des Schattenwesens in seinem Kopf. Was es ihm zuflüsterte, stellte jede bisher da gewesene Grausamkeit in den Schatten.

Es sagte: »Ich gebe dir fünf Minuten. Entweder du tötest dich in dieser Zeit selbst, wie du es vor einem halben Jahr hättest tun sollen, oder einer von uns wird Katjas Körper übernehmen und sie dazu bringen, Lola zu ermorden. Du hast die Wahl.« Dann verschwand die Stimme.

Das hatte Ramona also damit gemeint, dass er allein die Wahl hatte, was mit ihm geschehen würde. Sollte er sich selbst erledigen oder die Schuld für Lolas Tod auf sich nehmen?

Yannick hielt sich den Lauf an den Kopf und zählte die Sekunden mit, die verstrichen. Fünf Minuten. Wenig Zeit, um sich zu entscheiden. Jahrelang hatte er versucht, sich umzubringen. Am Ende war sein Bruder wegen ihm gestorben. Was sollte er tun?

Er kniff die Augen zusammen, berührte mit dem Zeigefinger den Abzug. Zählte die Sekunden, die ihm durch die Finger rannen. Aber er drückte nicht ab, nahm die Pistole herunter und sah einen Geist nach dem anderen an. Dann betrachtete Yannick die Waffe. Fünf Minuten waren einfach nicht genug Zeit, um sich zu entscheiden.

Kapitel 34

Lola versteckte sich hinter einem Schreibtisch. Wessen Büro das war, interessierte sie herzlich wenig. Wichtig war nur, dass Ramona, die sie verfolgt hatte, vor ein paar Sekunden verschwunden war. Dennoch blieb Lola, wo sie war. Hier fühlte sie sich sicher, auch wenn es sich dabei nur um Wunschdenken handelte. Allerdings hatte gerade etwas geknallt und sie konnte sich denken, was es gewesen und wer dafür verantwortlich war: Yannick.

Sie schlang die Arme um die Beine und wiegte sich vor und zurück. Dachte an ihre Eltern. An Christoph, der als Chappi-Ersatz für wild gewordene Hunde hatte herhalten müssen – und an Yannick. Einerseits wollte sie ihn sehen, ein letztes Mal noch, andererseits hatte sie große Angst davor.

Plötzlich hörte sie ein Geräusch. Es drang vom Flur aus zu ihr. Ihr lief ein Schauer über den Rücken, als sie erkannte, dass es Schritte waren, die auf sie zuhielten.

Hoffentlich geht er vorbei, hoffentlich geht er vorbei, betete sie. Als sich die Tür zu dem Büro quietschend öffnete, wusste sie, dass es an diesem Ort keinen Gott gab. Hier war die Hölle oder deren Vorhof.

»Komm raus, Schätzchen«, sagte eine Stimme, die sie nicht zu hören erwartet hätte. Das konnte doch nicht sein!?

Lola verhielt sich ruhig, reagierte nicht auf die Aufforderung, die zweifellos ihr galt.

»Ich weiß, dass du hier drin bist, Lola.«

Zögerlich kam sie hinter dem Schreibtisch hervor und starrte die Person an, die auf der anderen Seite des Tisches stand und sie anlächelte. Das durfte nicht sein! Hatte sie sich vorhin so geirrt? »Sie leben?«

Frau Dohmen lächelte schief. Noch schiefer als ihr Dutt, der sich fast gelöst hatte. Eine lange Haarsträhne hing herab. »Wir wurden angegriffen. Robert und ich schafften es, zu fliehen. Was ist passiert?«

»Wir – wir haben eine Leiche in der Toilette gefunden und dachten, Sie wären es. Christoph wurde von Hunden getötet.« Misstrauisch beäugte sie die Klinikleiterin. »Wo ist der Doktor jetzt?«

»Wir haben uns verloren.« Hektisch strich sie sich durch die Haare und sah auf ihre Uhr.

Lola wollte Dohmen vertrauen – es gelang ihr nicht. Schon deshalb nicht, weil mehrere Geister ihr in den Raum gefolgt waren. Einer – ein dicker, dem Insekten aus dem Körper fielen – näherte sich der Frau. Lola brauchte sich nicht vorzustellen, was geschehen würde, falls eines der Gespenster in Dohmen fuhr.

»Gleich ist alles vorbei«, flüsterte die Anstaltsleiterin. »Nur ein paar Augenblicke.« Sie sah wieder auf die Uhr. »Zwanzig Sekunden noch. Zehn.« Frau Dohmens Grinsen wurde breiter. Lolas Herz schlug schneller. Wenn sie nur wüsste, was geschehen würde, sobald die Zeit abgelaufen war. »Fünf, vier, drei, zwei, eins! Und Schluss!«

Als die Dohmen zu ihr aufsah, zerriss ein schallender Knall die flüchtige Stille.

»Schade.« Sie zuckte die Schultern und kam auf Lola zu. »Dann halt Plan B.«

»Was soll das heißen?«, schrie sie und versuchte, die Frau abzuwehren. Aber Dohmen war größer, schwerer und geübter in dem, was sie tat. Mit einem flinken Griff brachte sie Lola in ihre Gewalt. Die Klinikleiterin hielt Lolas Arme hinter ihrem Rücken verschränkt.

»Was ist eben passiert?«

»Dein Freund hat sich entschieden. Entweder du oder er. Ich habe nicht daran geglaubt, dass er es tut.«

Das traf Lola wie ein Schlag in die Magengrube. Was hatte er getan? Sie erfuhr es, als Dohmen sie vor sich her stieß und sie an einer geöffneten Tür vorbeikamen. Auf dem Boden des Raumes sah sie zwei Menschen, einer davon war Yannick, der andere der Doktor.

»Daran sind Sie schuld!«, kreischte Lola und versuchte, sich aus dem Griff zu lösen.

»Schuld, nicht schuld, wer kann das sagen?« Beinahe sang sie die Worte.

Sie kamen in der Empfangshalle an. Die Eingangstüren wurden aufgestoßen. Polizisten strömten herein und nahmen die Frauen in Empfang.

»Die Dame hat einen Schock«, sagte die Dohmen. »Bringen Sie sie nach oben auf unsere Krankenstation. Ich begleite Sie.«

Der Beamte nickte. »Was genau ist hier passiert?«

»Einer der Patienten ist Amok gelaufen, ich weiß nicht, wie viele er getötet hat. Es ist fürchterlich, wirklich fürchterlich.« Katja Dohmen wirkte jetzt wieder so verwirrt wie in der Umkleidekabine.

»Wo ist er?«

»Er hat sich erschossen, ganz schrecklich, es war in meinem Büro. Bitte, bringen Sie mich und meine Patientin in Sicherheit. Wir haben in den letzten Stunden Todesängste ausgestanden.«

»Ist einer von Ihnen verletzt? Brauchen Sie einen Arzt?«

»Nein, wir schaffen das, begleiten Sie uns nur nach oben. Ich kümmere mich dann um unsere Kleine. Ist ein schwerer Fall, muss rund um die Uhr betreut werden.«

»Gut, ich komme mit.« Er wandte sich an seine Kollegen. »Sucht ihr die Klinik ab!«

Frau Dohmen stieß Lola vor sich her. Vollkommen überrumpelt, war sie nicht imstande, sich zu wehren. Ihre Patientin? Sie war doch keine Patientin! Spätestens, wenn ihre Mutter davon erfuhr, würde man sie rausholen!

»Hier lang«, wies die Dohmen den Beamten an und ließ ihn einige Türen öffnen, bis sie in eine sterile, weiß gestrichene Abteilung traten. Sie legten Lola auf ein Bett und banden sie an Handgelenken und Füßen fest.

»Ist das wirklich nötig?«, wollte der Polizist wissen.

Dohmen nickte hektisch, bis ihr Dutt sich endgültig löste. »Sie hat einen Nervenzusammenbruch erlitten und redet die ganze Zeit von Geistern. Völliger Nonsens! Hier ist ein Junge Amok gelaufen. Wie er an die Pistole gekommen ist, weiß ich nicht. Vielleicht hat einer der Pfleger sie ihm besorgt. Womöglich war es Robert Leipnitz, unser Psychologe. Er kam mir schon immer seltsam vor. Ich hätte ihm kündigen sollen!«

Glückwunsch, dachte Lola, *eine super Show, die du da ablieferst.*

Katja Dohmen legte bei dem Polizisten die Grundsteine, um das, was geschehen war, zu erklären. Wie Lola schätzte, würde sie die richtigen Leute kennen, um das Ganze aus der Presse und dem Internet herauszuhalten.

Lola wollte etwas sagen, aber ihre Lippen waren wie zugeklebt. Was kein Wunder war. Ramona stand neben dem Krankenbett, tropfte mit ihrem Blut die weiße Decke voll und hielt ihr mit der zerfetzten Hand den Mund zu. Lola war zum Schweigen verdammt. Als Dohmen mit einer Spritze zurückkehrte, ahnte Lola, dass eine Menge Zeit vergehen würde, bevor sie jemandem vom heutigen Tag erzählen konnte. Hoffentlich dauerte es keine zwanzig Jahre.

»Ein kleiner Pikser, und sie wird stillhalten«, sagte Dohmen.

Während Ramona ihr den Mund zuhielt und die Anstaltsleiterin ihr etwas injizierte, wurde es um Lola herum dunkler, bis sie das Bewusstsein verlor.

Kapitel 35

Zwanzig Jahre später, 2034

Sie saß auf der Bettkante, so wie sie es jeden Tag tat. So ließ sie die Zeit verstreichen, die zwischen Frühstück, Mittagessen und Abendessen verging. Zu den anderen in den Aufenthaltsraum durfte sie nicht. Sie wurde nur zum Essen aus ihrem Zimmer gelassen, weil die Betreuer sie dann unter Kontrolle hatten.

Es klopfte an der Tür und zwei Pfleger traten ein. Der eine war, schon seit sie hier war, der Stationsleiter, er hieß Tommy. Trotz der Jahre, die seit ihrer Zwangseinweisung vergangen waren, sah er noch so jung aus wie an dem Tag, als er nach dem Massaker in ihr Zimmer gekommen war.

Er hatte damals zu ihr gesagt: *»Herzlich willkommen bei uns in der Seelenheil-Klinik. Deine Mutter ist mit deinem Aufenthalt einverstanden. Sie hat alle notwendigen Dokumente unterschrieben.«* Lola wusste von da an, dass es für sie keine Chance gab, diese Anstalt zu verlassen. Ihre Mutter würde sich ein schönes Leben ohne den gewalttätigen Mann und ohne die psychisch kranke Tochter machen.

Seit zwanzig Jahren saß sie nun Tag für Tag auf ihrer Bettkante und wurde von den Pflegern ruhiggestellt. Auch die Kleine, die damals noch in der Ausbildung gewesen war, diese Pia, stand jetzt vor ihr. Ihr konnte man die Zeit, die vergangen war, besser ansehen. Von dem jungen Früchtchen war nicht mehr viel übrig. Falten durchzogen ihr Gesicht. Aber ihren schwarzen Humor hatte sie nicht verloren. Wie sich herausstellte, war sie die Tochter einer der Küchenfrauen, die sich auf dieser Station um das Essen kümmerten.

Beide Pfleger hatten damals Glück gehabt, sie waren rechtzeitig nach Hause gefahren und dem Massaker von 2014 entkommen.

»Hier sind deine Tabletten, Lola«, sagte Tommy.

Lola nahm sie, wie jeden Tag, aus einer Pillenschachtel, warf sie sich in den Mund und schluckte sie mit reichlich Wasser aus dem Pappbecher, den Pia ihr hinhielt.

»Braves Mädchen«, sagte er und verließ mit seiner Kollegin das Zimmer. Erst morgen würden sie sich wiedersehen. Lola wünschte sich, sie könnte ihnen erzählen, was vor so langer Zeit geschehen war.

Sie wusste nicht genau, wie Frau Dohmen die Sache heruntergespielt hatte, doch es hatte keine Ermittlungen gegeben. Jedenfalls hatte Lola nichts dergleichen mitbekommen. Yannick war durchgedreht und hatte alle anderen umgebracht, so einfach war das. Nicht für Lola. Sie wusste, dass es die Geister gab. Zwar hatte Lola sie in all den Jahren nicht gesehen, jedoch spürte sie ihre Präsenz. Hätte Ramona damals, als sie ihr den Mund zugehalten hatte, nicht irgendetwas mit ihren Stimmbändern gemacht, könnte Lola jemandem von ihnen berichten. Doch seit dem Tag hatte sie nicht ein Wort mehr gesprochen und daran waren nicht die Medikamente schuld, die man ihr gab, sondern einzig und allein das, was Ramona ihr angetan hatte.

Ärzte hatten Lola halbherzig untersucht, keiner fand je heraus, warum sie nicht mehr sprechen konnte. Wahrscheinlich wollte das keiner herausfinden, am allerwenigsten Frau Dohmen. Sie leitete noch immer diese Anstalt, stand aber kurz vor dem Ruhestand und war dabei, ihren Sohn einzuarbeiten. Er wusste, was alle zwanzig Jahre vor sich ging. Das sah sie in seinen Augen, sobald er mit seiner Mutter die Stationen besuchte.

Lola wollte sich hinlegen und warten, bis der Schlaf endlich eintrat, als sie Geräusche vor der Tür hörte. Es klang, als schlurfte jemand an ihrer Tür vorbei, immer und immer wieder, als wüsste derjenige nicht, wohin er wollte.

Sie setzte sich hin, und als es zweimal kurz, zweimal lang an ihre Tür hämmerte, schrak sie zusammen. Hatten Tommy und Pia etwas vergessen? Aber niemand trat ein. Stattdessen klopfte nochmals jemand zweimal kurz, zweimal lang.

Mit weichen Knien stand sie auf. Die Tabletten fingen an zu wirken und ihre Sicht wurde schwammig.

Jetzt nicht einschlafen, sagte sie sich und taumelte zur Tür. Davor blieb sie stehen und legte eine Hand darauf, als es erneut schepperte. Lola zuckte zurück. War er es? War er nach all den Jahren zu ihr zurückgekehrt?

Sie ging in die Hocke, schaute durch das Schlüsselloch und sah einen Jungen mit weit geöffnetem Mund, der sie anstarrte. Sein Aussehen wechselte ständig. Erst war es der schreiende Junge, den sie vor zwanzig Jahren gesehen hatte, dann war es Yannicks Bruder Theodor.

Neben ihm stand ein Erwachsener, der die Hand des Kindes umklammerte. Wieder klopfte es zweimal kurz, zweimal lang.

»Yannick, bist du das?«, flüsterte sie und wunderte sich nicht, dass zum ersten Mal seit ewiger Zeit ein Ton über ihre Lippen kam.

Der zweite Geist bückte sich und sie schaute in Yannicks jugendliches Gesicht, das sich nicht verändert hatte. Auf seiner Stirn prangte ein schwarz gerändertes Loch, aus dem stetig Blut floss.

»Yannick, wieso hast du das getan? Warum hast du nicht mich sterben lassen? Das hier ist schlimmer als der Tod!«

Er zwinkerte ihr zu, stand auf und trat einen Schritt zurück. Die Tür wurde quietschend geöffnet.

»Es ist so weit«, flüsterte sie.

Die zwanzig Jahre waren vergangen und sie wusste, was in den nächsten Tagen geschehen würde. Ob sie diesmal die ausführende Kraft oder eins der Opfer sein würde, konnte sie nicht vorhersagen.

Sie öffnete die Tür ein Stück weiter, und als sie den schwach beleuchteten Gang betrat, rannte der Junge schreiend davon. Er hatte seine Stimme wiedergefunden, genauso wie sie selbst. Das Schweigen war vorbei.

Yannick lächelte und hielt ihr die Hand hin. Lola ergriff sie. Gemeinsam gingen sie den Flur hinab und einer ungewissen Zukunft entgegen. Als Christoph, oder das, was von ihm übrig geblieben war, aus einer Wand trat, war ihr egal, was passieren würde, Hauptsache, sie war mit ihren Freunden zusammen.

Ende

Nachwort

Wie immer möchte ich zuerst Ihnen, den Leserinnen und Lesern, danken, dass Sie sich die Zeit genommen haben, dieses Buch zu lesen. Ich hoffe, es hat Ihnen gefallen, und wenn nicht, ist das in Ordnung, denn zum Glück sind Geschmäcker verschieden.

Dann gilt es wie immer einen großen Dank an die wichtigste Frau in meinem Leben zu richten: Danke *Mudda*, danke für die Arbeit, die du dir mit meinen Rohfassungen machst, und danke für die lustigen Kommentare, die du mir um die Ohren haust, wenn ich Unsinn geschrieben habe.

Und jetzt kommen wir zu den vier *realen* Personen in diesem Buch. Da hätten wir einmal Yannick Gerlach, einen Leser der ersten Stunde, den ich damals bei Twitter kennenlernte. Wir verstanden uns von Anfang an und es war mir eine Ehre, seinen Namen verwenden zu dürfen.

Die zweite Person, die sich über Facebook in dieses Buch gebracht hat, ist Ramona Borner. Ich hoffe, sie verzeiht mir, dass ich sie als Geist habe umherschlurfen lassen.

Dann kommen wir zu meinen Verwandten. Da haben wir zum einen Katja Dohmen, meine Cousine, die mir ihren Mädchennamen geliehen hat, damit ich ihn der schrulligen Anstaltsleiterin verpassen konnte. Ganz so schlimm wie sie ist die echte Katja zwar nicht, dennoch hat sie es faustdick hinter den Ohren. Du weißt doch, wie ich das meine, oder, Bärchen? Hab dich lieb!

Und dann kommen wir zum letzten Namensgeber: Meinem Stiefbruder Robert Leipnitz. Ich glaube, die Leser wollen nicht hören, wie und um wie viele Ecken wir miteinander verbunden sind, deshalb erspare ich es ihnen lieber an dieser Stelle und sage einfach nur: Danke für deinen Namen, liebes Stiefbrüderchen!

VERLAGSPROGRAMM

www.redrum-verlag.de

01 Candygirl: *Michael Merhi*
02 Lilith Töchter, Adams Söhne: *Georg Adamah*
03 Höllengeschichten: *Wolfgang Brunner*
04 Roadkill: *Alex Miller, Joe De Beer*
05 Bad Toys: *Anthologie*
06 Gone Mad: *A.C. Hurts*
07 Mindfucker: *Joe De Beer*
08 All Beauty Must Die: *A.C. Hurts*
09 Runaways: *Alexander Kühl*
10 Love Of My Life: *A.C. Hurts*
11 Klipp Klapp … und du bist tot!: *Mari März*
12 Carnivore: *A.C. Hurts*
13 Lyrica: *Jane Breslin*
14 Der Feigling: *Andreas März*
15 Kinderspiele: *Wolfgang Brunner*
16 Victima: *Sam Bennet*
17 Blutbrüder: *Simone Trojahn*
18 Fuck You All: *Inhonorus*
19 Cannibal Holidays: *Ralph D. Chains*
20 Kellerspiele: *Simone Trojahn*
21 Der Leichenficker: *Ethan Kink*
22 Lyrica – Exodus: *Jane Breslin*
23 Gone Mad 2: *A.C. Hurts*
24 Der Leichenkünstler: *Moe Teratos*
25 Wutrauschen: *Simone Trojahn*
26 Dort unten stirbst du: *Moe Teratos*
27 Fida: *Stefanie Maucher*
28 Die Sodom Lotterie: *Ralph D. Chains*
29 Streets Of Love: *Ralph D. Chains*
30 Er ist böse!: *Moe Teratos*
31 Franka: *Moe Teratos*
32 Melvins Blutcamp: *Dagny S. Dombois*
33 Frosttod: *Moe Teratos*
34 Franklin: *Stefanie Maucher*

35 Ratz 1 – Mordhaus: *Moe Teratos*
36 Hexentribunal: *Gerwalt Richardson*
37 Ratz 2 – Mordsucht: *Moe Teratos*
38 Voyeur: *Kati Winter*
39 Ratz 3 – Das Mordgesindel: *Moe Teratos*
40 Die Sünde in mir: *A.C. Hurts*
41 Ficktion: *Ralph D. Chains*
42 Das Kinderspiel: *Simone Trojahn*
43 Todesangst im Labyrinth: *A.C. Hurts*
44 Crossend: *Marvin Buchecker*
45 Mörderherz: *Simone Trojahn*
46 Daddy's Princess: *Simone Trojahn*
47 Doppelpack: *Moe Teratos*
48 Billy – Die Blutlinie: *Gerwalt Richardson*
49 Ratz 4 – Mordversprechen: *Moe Teratos*
50 Selina´s Way: *Simone Trojahn*
51 Infam: *André Wegmann*
52 Ratz 5 – Blutige Ketten: *Moe Teratos*
53 Sinnfinsternis: *Reyk Jorden*
54 Carnivore – Sweet Summer: *A.C. Hurts*
55 Der Schlächter: *Jacqueline Pawlowski*
56 Grandma: *Inhonorus*
57 Billy 2 – Les chants from hell: *Gerwalt Richardson*
58 Endstation Hölle: *Jean Rises*
59 Runaways 2: *Alexander Kühl*
60 Totentanz: *Moe Teratos*
61 Leichenexperimente: *Moe Teratos*
62 Folterpalast: *Gerwalt Richardson*
63 Scary Monsters: *Wolfgang Brunner*
64 Schwarze Mambo: *Baukowski*
65 14 Shades of Unicorns: *Anthologie*
66 Ratz 6 – Blutiger Augenblick: *Moe Teratos*
67 Rabenbruder: *Ralph D. Chains*
68 Rednecks: *Faye Hell, M.H. Steinmetz*
69 Bad Family: *Simone Trojahn*
70 Homali Sagina: *Marie Wigand*
71 Todsonne: *Simone Trojahn*
72 Albino Devil: *André Wegmann*
73 Sommertränen: *Simone Trojahn*
74 Über uns die Hölle: *Simon Lokarno*
75 Weil ich dich hasse: *Simone Trojahn*
76 Der Leichenficker 2: *Ethan Kink*
77 Marvin: *Moe Teratos*

121 Die Anstalt der Toten: *Moe Teratos*

REDRUM CUTS

01 Bizarr: *Baukowski*
02 50 Pieces for Grey: *A.M. Arimont*
03 Koma*: Kati Winter*
04 Rum und Ähre: *Baukowski*
05 Hexensaft: *Simone Trojahn*
06 Still Morbid*: Inhonorus*
07 Fuck You All - Novelle: *Inhonorus*
08 Das Flüstern des Teufels: *A.M. Arimont*
09 Kutná Hora: *André Wegmann*
10 Die Rotte: *U.L. Brich*
11 Blutwahn: *André Wegmann*
12 Helter Skelter Redux: *A.M. Arimont*
13 Badass Fiction*: Anthologie*
14 Bloody Pain: *Elli Wintersun*
15 In Flammen: *Stefanie Maucher*
16 Denn zum Fressen sind sie da: *A.C. Hurts*
17 Die Chronik der Weltenfresser: *Marvin Buchecker*
18 Psychoid: *Loni Littgenstein*
19 Geisteskrank: *Marc Prescher*
20 Sweet Little Bastard: *Emelie Pain*
21 Süchtig nach Sperma: *Marco Maniac*
22 Badass Fiction 2019*: Anthologie*
23 Human Monster: *Stephanie Bachmann*

ANDREAS
LAUFHÜTTE
THRILLER
WO IST EMILY?
Name: Emily Miller
Geschlecht: Weiblich
Alter: 11
Haarfarbe: Dunkelblond/Rotstich
Augenfarbe: Blaugrün
Größe: 140 cm
Zuletzt gesehen: Curnie Falls Middle School
Kleidung: Graues T-Shirt, New Balance Turnschuhe mit goldenen Spitzen, schwarze Shorts.
HINWEISE: Büro des Sheriffs!
REDRUM

REDRUM
SIMONE TROJAHN
GIFTIGES ERBE
Das Blut unserer Väter
THRILLER

REDRUM
MOE TERATOS
DER KEHLEN SCHNEIDER
THRILLER

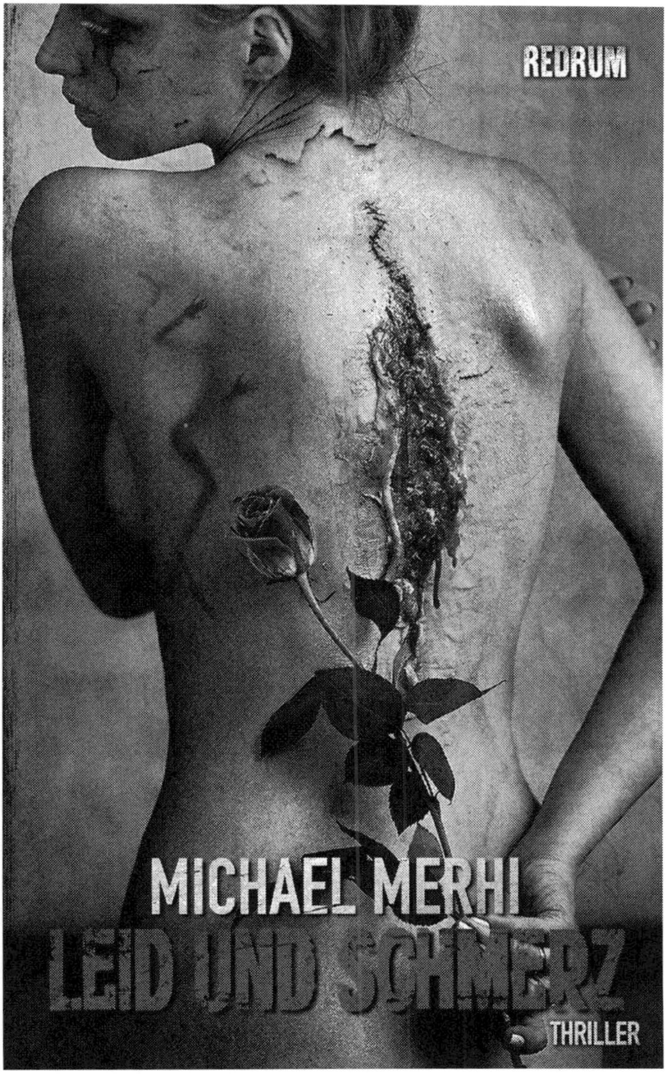
REDRUM
MICHAEL MERHI
LEID UND SCHMERZ
THRILLER

REDRUM
RALPH D. CHAINS
DIE SODOM LOTTERIE
Extrem-Horror

REDRUM loves you!

REDRUM liebt dich!

Printed in Poland
by Amazon Fulfillment
Poland Sp. z o.o., Wrocław

81646511R00190